LA TRACE
DE CTHULHU

SCIENCE-FICTION
Collection dirigée par Jacques Goimard

H. P. LOVECRAFT
et A. DERLETH

LES PAPIERS DU LOVECRAFT CLUB

LA TRACE
DE CTHULHU

Traduit de l'américain par Gérard G. Lemaire
avec la collaboration de Claire Lagarde

Préface par Francis LACASSIN

CHRISTIAN BOURGOIS ÉDITEUR

Titre original :
The Trail of Cthulhu

I

LA MAISON DE CURWEN STREET

ou

Le Manuscrit d'Andrew Phelan

CATALOGUE D'UNE BIBLIOTHÈQUE FANTÔME

Dans *Les Livres maudits*, une de ses œuvres les plus passionnantes, Jacques Bergier écrit : « Il paraît fantastique d'imaginer qu'il existe une Sainte Alliance contre le savoir, une Synarchie organisée pour faire disparaître certains secrets. [...]

« Le thème du livre maudit qui aurait été systématiquement détruit tout au long de l'histoire a évidemment inspiré beaucoup de romanciers, H.P. Lovecraft, Sax Rohmer, Edgar Wallace. Néanmoins ce thème n'est pas seulement un thème littéraire. Cette destruction systématique existe à tel point qu'on peut se demander s'il n'y a pas une conspiration permanente qui vise à empêcher le savoir humain de se développer trop vite [1]. »

L'auteur du *Matin des Magiciens* commence ensuite son examen des grands livres secrets (si secrets que seul le titre a pu traverser la nuit des temps) par le plus ancien d'entre eux : *Livre de Toth*. bien que « solennellement détruit » en 360 av. J.-C., sur ordre de Toth lui-même, il a paru ressusciter de ses cendres au fil des siècles, « mais on ne voit jamais apparaître le livre lui-même : chaque fois qu'un magicien se vante de le détenir, un accident interrompt sa carrière ».

Bergier cite encore :

Les *Stances de Dyzan*, manuscrit tibétain qui disparut du coffre de Mme Blavastsky, fondatrice de la Société de Théosophie, lorsqu'elle eut annoncé son intention de le publier :

Steganographie, écrit au XVIe siècle par l'abbé Trithème,

---

1. *Les Livres maudits*, Éditions J'ai lu, 1971.

« détruit par le feu sur ordre de l'Électeur Philippe, le comte palatin Philippe II, qui l'avait trouvé dans la bibliothèque de son père et qui fut terrorisé ».

Mais le magicien John Dee (célèbre par son miroir noir) en découvrit un fragment, échappé aux flammes, dans une librairie d'Anvers en 1563. En 1588, le même John Dee offrit à l'empereur Rodolphe II « l'étrange manuscrit Voynich ». Manuscrit chiffré qui a résisté à ce jour à tous les experts de la cryptograhie, sauf peut-être Roger Bacon, au XIIIe siècle...

Bergier cite encore le « manuscrit Mathers » au XIXe siècle, et au XXe siècle « un livre très dangereux dont la lecture rend fou, et qui s'intitule *Excalibur* ».

C'est le tsar Nicolas II qui, après l'avoir lu, fit brûler *la Révolution par la Science ou la fin des guerres*, découvert dans le laboratoire où le savant Mikhaïl Mikhaïlovitch Filippov fut assassiné en octobre 1902.

Tous les livres maudits ne disparaissent pas sans laisser de traces. Bergier termine son énumération par un ouvrage de James D. Watson : *la Double Hélice*. Les découvertes qu'il exposait dérangeaient le big business. Personne ne voulait l'éditer puis quand il a été publié, personne ne voulait en rendre compte. Il a finalement été traduit en français aux Éditions Robert Laffont en 1970.

Au cours de son étude, Bergier n'a pu s'empêcher de faire allusion à un livre maudit aussi introuvable que ceux dont il a relevé la trace, mais beaucoup plus connu du grand public. A propos du magicien John Dee, auteur lui-même au XVIe siècle d'un introuvable livre, *la Monade hiéroglyphique*, l'auteur du *Matin des Magiciens* laisse échapper un soupir de regret.

« Tordons le cou à une autre légende, John Dee n'a jamais traduit le livre maudit, le *Necromicon* d'Abdul Al Azred, pour l'excellente raison que ledit ouvrage n'a jamais existé. Mais, comme le dit très justement Lin Carter, si le *Necromicon* avait existé, Dee aurait été de toute évidence, le seul homme à pouvoir se le procurer et le traduire !

« Malheureusement le *Necromicon* a été inventé de toutes pièces par Lovecraft, qui me l'a personnellement confirmé dans une lettre. Dommage. »

Sans vouloir faire injure à la mémoire de notre regretté ami, nous ne ferons pas une grande différence entre les livres maudits auxquels il croyait et à celui dont il déplorait la non-existence. Dans la conversation, lorsqu'il évoquait Lovecraft, Bergier voyait en lui un initié, le correspondant terrestre – peut-être à son insu – d'une centrale psychique extra-dimensionnelle, détentrice de connaissances dangereuses pour le développement de l'humanité, en cas de divulgation prématurée.

L'initié devenu en possession de tels secrets ne pouvait qu'y faire des allusions chiffrées, codées ou encore sous le voile de la fiction. Dans son ouvrage *Admirations* [1], Bergier prête cette dernière attitude à des romanciers tels que John Buchan, Talbot-Mundy ou Lovecraft. Bergier n'était pas loin de penser que le *Necromicon*, faux livre maudit, avait été pour Lovecraft un moyen de soulager sans les divulguer le poids de secrets trop lourds.

Les familiers et lecteurs de Lovecraft ont très vite saisi le rôle clé joué par ce texte dans sa cosmogonie romanesque. Le *Necromicon* a pris une telle importance mythique que Lovecraft a dû, à la demande instante de ses amis, en préciser l'histoire et la chronologie.

Sa rédaction, vers 730 après J.-C. à Damas, est l'œuvre d'Abdul Al Azred, « un poète dément de Sanaa, capitale du Yémen dont on a dit qu'il avait connu la gloire sous la dynastie des califes Umayyades ». Intitulé *Al Azif*, le texte arabe sera perdu au XIe siècle. Heureusement, entre-temps, il a été traduit en grec, en 950, par Theodoros Philetas, sous le titre *Necromicon* : Code des morts. Le texte est brûlé en 1050 par ordre du Patriarche Michel. Un exemplaire ayant survécu permet à Olaus Wermius de le traduire du grec en latin en 1228. Quatre ans plus tard, les versions latine et grecque sont condamnées par le pape Grégoire IX.

Mais une impression en caractères gothiques est signalée en Allemagne vers 1440. Et le texte latin interdit sera néanmoins traduit en espagnol vers 1600. La traduction anglaise établie par John Dee, daterait – quoique en pense Jacques Bergier, du début du XVIIe siècle.

Le seul exemplaire connu de la traduction de John Dee est gardé sous clé à l'université de Miskatonic, dans la petite ville d'Arkham, capitale du monde imaginaire lovcraftien.

1. Christian Bourgois Éditeur, 1970.

Le *Necromicon* est cité avec une régularité incantatoire dans toutes les histoires des mythes de Cthulhu. Mais comme il a l'inconvénient d'être inconsultable, Lovecraft a été amené à imaginer d'autres ouvrages moins dangereux et plus accessibles. Tels les *Manuscrits Pnakotiques* (relatifs à la « Grande Race »), les *Sept livres cryptiques de H'San*, les *Chants des Dholes*, le *Texte de R'lyeh*. Dans la nouvelle l'*Abomination de Dunwich*, il cite encore le *Livre de Dyzan* dont il a emprunté le titre aux *Stances de Dyzan*, le manuscrit tibétain qui fut dérobé à Mme Blavatsky.

Cette bibliothèque fantôme n'a cessé de proliférer, du vivant même de Lovecraft. Pour lui rendre hommage, ses amis écrivains de la revue « Weird Tales » s'amusaient à citer dans leurs œuvres les mythes de Cthulhu et à ajouter un ou deux personnages à leur panthéon monstrueux. Ils n'hésitèrent donc pas à accompagner le *Necromicon* de quelques ouvrges aussi peu recommandables.

Clark Ashton Smith apporta le *Livre d'Erbon* ou *Liber Ivoris*; Robert Bloch : le *De Vermis Mysteriis* de Ludvig Prinn; Robert Howard : le *Unaussprechtlichen Kulten* de Von Junzt; J. Ramsey Campbell : les *Révélations de Glaaki*; Briam Lumley : les *Fragments de G'harne* et le *Ctaat Aquadingen*.

Auguste Derleth, le plus talentueux et le plus prolifique des pasticheurs de Lovecraft, propose plusieurs volumes. Surnommé par Lovecraft « le comte d'Erlette » en raison de ses lointaines origines françaises – il lance d'abord le *Culte des Goules* du comte d'Erlette suivis bientôt par les *Fragments de Celaeno*, et par un troisième livre, une thèse plutôt : *Approches des structures mythiques des derniers primitifs en relation avec le texte de R'lyeh* par le Dr Laban Shrewsbury.

C'est ce livre qui sert de fil conducteur aux cinq nouvelles réunies sous le titre *la Trace de Cthulhu*. L'étrange aventure du jeune Andrew Phelan (et des quatre narrateurs qui prendront son relais) commence par la lecture de cette thèse et la réponse à l'étrange annonce insérée par son auteur dans *The Saturday Review* :

« Recherche jeune homme musclé, intelligent et dénué d'imagination... »

Francis LACASSIN

(Le très controversé Manuscrit de Phelan, découvert dans la chambre d'où Andrew Phelan disparut si étrangement la nuit du 1ᵉʳ septembre 1938, a finalement reçu le visa d'Imprimatur de la bibliothèque de l'Université de Miskatonic à Arkham, Massachusetts, après avoir été retiré des dossiers de la police. Il est reproduit ici grâce à l'extrême obligeance du Dr. Llanfer, l'un des directeurs de la bibliothèque, à l'exception de certains passages dont la force évocatrice est trop terrible et dont les concepts sont par trop étrangers à nos contemporains pour qu'il soit permis de les publier.)

1.

« L'homme doit se préparer à accepter l'idée du cosmos comme celle de sa propre place dans le tourbillon écumant du temps dont la simple évocation est paralysante. En outre, il doit être mis en garde contre un péril pressant et souterrain qui, bien que ne pouvant pas engloutir la totalité de la race, pourrait provoquer de monstrueuses et peu désirables horreurs parmi ses membres les plus aventureux. »

H.P. Lovecraft.

Il ne serait pas faux de dire que mes récentes expériences furent le prolongement direct de la lecture d'une petite annonce, dans les colonnes spécialisées du *Saturday Review*. Je lus cette offre insolite et provocante un jour où je ne savais pas encore comment payer le loyer de la semaine prochaine. Elle était rédigée avec simplicité, mais on ne pouvait pas ne pas y déceler un curieux ton de défi qu'une fois découvert, il était difficile d'ignorer. Je lus toute la colonne, puis je revins à cette annonce.

« Recherche jeune homme musclé, intelligent et dénué d'imagination. Minimum connaissances secrétariat. Se présenter 93, Curwen Street, Arkham, Mass. pour information éventuelle rémunération. »

Arkham ne se trouvait qu'à quelques heures de Boston. C'était une vieille cité dont les toits en croupe avaient autrefois abrité les sorcières pourchassées; son aspect immuable à lui seul se prêtait à d'étranges légendes de revenants; ses ruelles étroites le long du Miskatonic manifestaient l'intense présence des siècles passés, et d'un peuple depuis longtemps disparu — aussi m'était-il particulièrement agréable de me retrouver à l'intérieur de ces murs en ce crépuscule de juin. J'avais stoïquement rassemblé tout ce que je possédais sur terre, car je sentais qu'il fallait me préparer à toute éventualité — avant même de savoir si cette offre pouvait m'intéresser.

Après avoir déposé ma lourde valise à la gare routière et pris une légère collation, je me mis en quête d'un annuaire afin de percer l'identité de l'inconnu résidant 93, Curwen Street : il s'agissait du Dr. Laban Shrewsbury.

Ayant l'intime conviction que le Dr. Shrewsbury devait être une personne d'une certaine importance, je décidai de consulter les archives de l'Université de Miskatonic. J'y découvris non seulement un dossier le concernant, mais aussi un livre qu'il avait publié deux ans auparavant. Les renseignements fournis par ce dossier étaient d'une exceptionnelle richesse; j'appris que le Dr. Shrewsbury était étudiant en mysticisme, lecteur en sciences occultes, professeur de philosophie, et qu'il faisait autorité pour ce qui est des questions de structures mythiques et religieuses des peuples anciens. Son livre, j'ai honte de le confesser, m'informa dans une moindre mesure; l'essentiel de son propos m'échappait. Il portait un titre austère : *Approche des structures mythiques des derniers primitifs en relation avec le texte R'lyeh*, et la lecture rapide que je pus en faire ne pouvait m'induire à autre chose, sinon au fait que mon possible employeur était engagé dans une recherche qui — même si elle n'était pas précisément de mon ressort — ne devait pas m'être totalement étrangère. En possession de toutes ces informations, je me dirigeai vers Curwen Street.

La maison qui s'offrit à mon regard différait quelque peu des autres maisons de cette rue; en effet, cette rue était si uniforme d'aspect qu'elle avait dû être conçue par un seul architecte dépourvu d'imagination et édifiée par un seul entrepreneur. La maison était imposante sans pourtant donner l'impression de lourdeur; ses fenêtres à deux battants étaient étroites; des pignons s'étageaient sur ses toitures au point qu'ils semblaient alternativement se dresser et s'affaisser; sa façade était couverte de taches d'humidité, mais la repeindre semblait inutile. Elle était sise entre deux arbres noueux, tous deux d'âge indéterminé mais semblant beaucoup plus vieux que la maison, qui pourtant, était entourée d'une aura d'ancienneté presque tangible. A ce moment du jour, à la dernière heure du crépuscule, quand le profond demi-jour s'étend sur les campagnes et les rues citadines, à l'instar d'un brouillard qui se matérialiserait, la maison prenait une apparence sinistre, mais je savais que c'était là le jeu inéluctable de la lumière perpétuellement mouvante.

Les fenêtres ne laissaient filtrer aucune lumière, aussi demeurai-je un instant dans l'expectative, me demandant si je n'avais pas choisi un moment inopportun pour me présenter devant mon probable employeur. Mais ce n'était pas le cas car, alors que je m'apprêtais à frapper, la porte s'ouvrit et je me trouvai en face d'un vieillard aux longs cheveux blancs qui ne portait ni moustaches ni barbe, révélant un menton solide et légèrement prognathe, des lèvres à demi retroussées et un fort nez romain. Ses

yeux étaient masqués par des lunettes noires qui ne laissaient guère la possibilité de les voir, même sur les côtés.

— Dr. Shrewsbury?

— Oui. Que puis-je faire pour vous?

— Mon nom est Andrew Phelan. Je viens au sujet de
l'annonce que vous avez passée dans le *Saturday Review*.

— Ah... Entrez. Je vous attendais.

Je n'attachai pas de signification particulière à cette
réponse; je présumai simplement qu'il devait attendre
quelqu'un d'autre, et en effet, il ne tarda pas à me le confirmer; aussi je lui demandais s'il pouvait m'accorder une
entrevue avant la venue de son visiteur. Je le suivis le long
d'un vestibule obscur, si faiblement éclairé que je dus
prendre garde de ne pas trébucher; je me retrouvai dans
le cabinet de travail du vieillard, une chambre très haute
de plafond qui contenait beaucoup de livres, entassés
non seulement sur des rayons, mais aussi sur le plancher,
sur les chaises et sur son bureau. Le professeur me désigna
une chaise et s'installa derrière son bureau. Sans attendre,
il me harcela de questions.

Si je pouvais lire le latin et le français? Oui, je pouvais
lire ces deux langues avec une certaine facilité. Si je savais
boxer et si je pratiquais le jiu-jitsu? Par chance, aucun de
ces deux arts ne m'était inconnu. Mes possibilités imagina-
tives semblaient particulièrement l'intéresser; et sans
jamais le demander explicitement, à plusieurs reprises,
et par une série d'étranges questions, il chercha à savoir
si je m'effrayais facilement. Il m'expliqua qu'il lui arrivait
de poursuivre ses recherches en des lieux retirés et inhabi-
tuels et qu'il se trouvait souvent menacé par des fripouilles
et des assassins; c'est pourquoi il avait besoin d'un compa-
gnon-secrétaire qui pourrait lui servir de garde du corps si
la nécessité s'en faisait sentir. Si je savais retranscrire une
conversation? Je pensais pouvoir m'en tirer convenable-
ment. Il souhaitait même que certains dialectes me soient

familiers et il sembla satisfait lorsque je lui révélai avoir étudié la philologie à Harvard.

— Vous devez vous demander, dit-il alors, pourquoi j'insiste tellement sur votre manque d'imagination; sachez que mes recherches et mes expériences sont d'un caractère si outré qu'un compagnon trop imaginatif ne serait pas à même d'en saisir les principes fondamentaux, au point de ne pas soupçonner les implications cosmiques que mon travail pourrait révéler. Vous comprendrez facilement que je dois prendre certaines précautions afin qu'il n'arrive rien de semblable.

Pendant un court instant, j'eus l'intuition que quelque chose de vaguement inquiétant entourait le Dr. Shrewsbury; je n'aurais pas su dire de quoi il s'agissait, ni sur quelles bases reposait mon intuition. Peut-être était-ce dû à l'impossibilité de saisir son regard, car il était certainement déconcertant pour moi de me trouver en face de ces lunettes noires opaques qui ne me laissaient rien deviner de l'éclat de ses yeux; mais ce n'était probablement pas cela; c'était plutôt quelque chose de psychique et, me soumettant trop rapidement à mon intuition, je ne pouvais que me tromper. C'est alors qu'advint quelque chose d'éminemment étrange; pour saisir cette étrangeté, il n'était pas besoin d'imagination; cette chambre était entourée d'une aura de peur et de terreur qui contrastait bizarrement avec l'odeur de moisi qui se dégageait des livres et des vieux papiers, et me donnait par-dessus tout l'impression insistante et absurde d'être dans un endroit éloigné de toute habitation humaine, semblable à une maison d'épouvante dans une forêt lointaine ou à un lieu incertain aux confins de l'obscurité et de la clarté, et non dans une vieille maison prosaïque le long de la rivière du vieil Arkham.

Dès qu'il s'aperçut que le doute commençait à naître dans mon esprit, mon futur employeur s'efforça de me rassurer en parlant de son travail d'une façon qui me désarma, semblant déjà nous associer tous deux contre

un monde prédateur qui inévitablement écrase les érudits
et les savants, réduit à néant l'ensemble de leurs travaux et
introduit la rouille insidieuse du doute et du dénigrement.
C'était pour cette raison, disait-il, qu'il préférait travailler
avec quelqu'un comme moi qui se présentait à lui délivré
de tout préjugé et que les préjugés bientôt ne pourraient
plus atteindre.

— Nombre d'entre nous recherchent dans d'étranges
endroits des choses étranges, dit-il, et il y a des aspects de
l'existence sur lesquels les plus grands de notre temps n'ont
pas encore osé spéculer. Parmi les scientifiques, Einstein
et Schrödinger, furent ceux qui s'en approchèrent le plus;
l'écrivain que fut Lovecraft s'en approcha d'encore plus
près.

Il haussa les épaules.

— Mais maintenant, au travail.

Il me fit aussitôt une offre si alléchante que même hésiter
aurait pu passer pour de la folie; aussi n'ai-je pas hésité.
A peine avais-je accepté qu'il m'adjura gravement de ne
parler à quiconque de ce qui pourrait éventuellement
arriver ou semblerait arriver dans cette maison — « Car
les choses ne sont pas toujours ce qu'elles semblent »,
expliqua-t-il énigmatiquement — et de ne pas m'abandonner à la peur même si les événements ne paraissaient
pas trouver immédiatement d'explications. Il attendait
de moi que j'occupe une chambre dans la maison; bien
plus, il souhaitait me voir commencer le travail sur le
champ, dès que mon bagage arriverait — et on ne tarda
pas à l'apporter — car il désirait que soit transcrite la
conversation qu'il allait engager avec son visiteur. La
transcription devait se faire dans la pièce attenante, car il
était certain que ce visiteur refuserait de parler s'il soup-
çonnait la présence de quelqu'un d'autre que son hôte
qui avait déjà eu les plus grandes difficultés pour le persua-
der de quitter le port d'Innsmouth.

Ne me donnant pas le temps de poser de questions, mais

mettant à ma disposition des crayons et du papier, et me désignant l'endroit où je devais me dissimuler — derrière un judas ingénieusement disposé dans un rayon de la bibliothèque — le professeur me conduisit à l'étage supérieur jusqu'à une petite chambre mansardée qui allait être mienne tout le temps de notre association. Je pressentais vaguement qu'il était flatteur pour moi d'être élevé du rang de secrétaire-compagnon à celui d'associé, mais j'avais eu le temps pour réfléchir à tout cela car, à peine avais-je regagné l'étage inférieur, que le professeur m'annonça le venue imminente de son visiteur. A peine avait-il parlé, que la lourde porte résonna sous les coups du martel et le professeur, m'indiquant ma cachette, alla lui-même accueillir son visiteur nocturne.

La première fois que mon employeur avait fait mention de sa venue, j'en avais conclu naturellement qu'il devait s'agir de quelqu'un engagé dans un même type de recherches; c'est pourquoi je n'étais absolument pas préparé à voir l'invité du professeur tel que je le vis de mon judas; il n'était en rien le genre d'individu que je me serais attendu à voir dans la maison du Dr. Shrewsbury. C'était un homme dans la force de l'âge, mais cela n'apparaissait pas d'emblée car sa peau était basanée, tellement basanée que je le pris pour un lascar et ce fut seulement lorsqu'il se mit à parler que son origine sud-américaine devint flagrante. Vu son costume, il ne pouvait être que marin et il était évident que ce n'était pas sa première rencontre avec le professeur, bien qu'il semblait aussi évident qu'il venait pour la première fois à la maison de Curwen Street.

Le ton du dialogue était trop bas pour que je puisse l'entendre, et cela resta lettre morte pour moi jusqu'au moment où le professeur Shrewsbury éleva la voix et que l'autre l'imita. La conversation que je transcrivis alors fut la suivante :

— J'espère, Señor Fernandez, que vous voudrez bien

me raconter depuis le commencement ce qui se passa
l'été dernier.

(Écartant apparemment cette suggestion, le marin
commença son récit, dans un curieux mélange d'espagnol
et d'anglais corrects, au point où il l'avait laissé la fois
précédente.)

— Il faisait une nuit très noire. Je m'étais éloigné du
groupe et j'ai marché sans trève, je ne sais trop où...

— D'après votre carte, vous vous trouviez non loin
de Machupicchu?

— Oui. Mais je ne sais pas où et plus tard, vous savez,
nous ne pûmes retrouver l'endroit ni même la route que je
pris. Il se mit à pleuvoir. C'est alors que je marchais sous
la pluie que je crus entendre de la musique. Une musique
étrange. C'était comme une musique indienne. Vous
savez, les anciens Incas vivaient là et ils avaient...

— Oui, oui. Je sais tout cela et les Incas ne me sont pas
inconnus. Je désire savoir ce que vous avez vu, Señor Fernandez.

— J'ai marché sans arrêt, je ne sais dans quelle direction
mais il me semblait que la musique augmentait d'intensité
et alors que je pensais m'en approcher, je ne rencontrai
qu'une falaise escarpée. C'était de la roche solide. Je
marchai autour un moment, la contournant. Soudain,
une trouée de lumière me fit découvrir une haute colline
et c'est alors que l'événement se produisit. Les mots me
manquent pour en parler. Soudain la colline parut s'évanouir, ou peut-être me trouvais-je ailleurs, mais je jure
que je n'avais rien bu, que je ne délirais pas, que je n'étais
pas malade. Je fis tomber quelque chose et une entrée se
présenta à moi — c'était des rochers qui donnaient l'impression d'une entrée, et il y avait plus bas une eau noire
et des Indiens à demi-nus, vous savez, comme ils s'habil-
laient à l'époque des conquistadores, et il y avait quelque
chose dans ce lac. C'est de là que venait la musique.

— Le lac?

— Oui, señor. Du fond de l'eau et aussi tout autour. Il y avait deux sortes de musiques. L'une était comme l'opium et c'était doux et enivrant à l'extrême; l'autre était celle des Indiens, une sauvage modulation de flûtes qu'il n'était pas agréable d'entendre.

— Pouvez-vous me décrire ce que vous avez vu dans le lac?

— C'était énorme. (Il marqua une pause et ses sourcils se froncèrent.) C'était tellement énorme que je ne sais comment l'évoquer. Cela paraissait aussi énorme qu'une colline, mais, bien entendu, cela était impossible. C'était comme une méduse. Sa forme changeait constamment. Parfois c'était haut, parfois trapu et large avec des tentacules. Cela produisait un son sifflant ou gargouillant. Je ne sais pas ce que les Indiens faisaient avec ça.

— Étaient-ils en train de l'adorer?

— Si, si. Cela est fort possible. (Il semblait très excité.) Mais je ne sais pas ce que c'était.

— N'êtes-vous jamais retourné là-bas?

— Non. Je pensais alors être suivi. Parfois je le pense encore. Nous attendîmes le jour suivant. Tant bien que mal je regagnai le camp dans la nuit, mais nous ne pûmes retrouver le chemin.

— Quand vous dites que vous pensiez être suivi, savez-vous par quoi?

— C'était par un des Indiens. (Il secoua la tête pensivement.) C'était comme une ombre. Je ne sais pas. Peut-être pas.

— Quand vous avez vu ces Indiens, avez-vous entendu quelque chose?

— Si, mais je ne pouvais pas comprendre. Ce langage n'appartenait à aucun de ceux que je connaissais, mis à part quelques mots de leur propre dialecte. Mais il y avait un mot, peut-être un nom...

— Oui? Poursuivez, je vous prie.

— Shooloo.

— Cthulhu.

— Si, si. (Il approuva vigoureusement.) Mais pour le reste, tout n'était que cris et hurlements, je ne sais vraiment pas ce qu'ils disaient.

— Et la chose que vous avez vue dans le lac... Connaissez-vous le dieu amorphe et horrible des profondeurs océanes, Kon, Seigneur des Séismes, des peuples pré-Incas ?

— Oui.

— Est-ce que la chose dans le lac ressemblait à Kon ?

— Je ne le pense pas. Mais Kon avait plusieurs visages et ce que je vis sortait de l'eau.

— Était-ce comme le Dévoreur, le dieu de la guerre des Quichua ? Je présume que vous avez vu la Pierre Chavin ?

— Notre groupe l'a examinée plusieurs fois avant de pénétrer en territoire inca. Elle est au Musée National de Lima. Nous sommes allés de Lima à Abancay, avons traversé les Andes par Cuzco, puis suivi la Cordillère de Vilcanota jusqu'à Ollantaytambo. Nous gagnâmes ensuite Machupicchu.

— Si vous l'avez examinée, vous avez dû remarquer que la dalle de diorite représente des serpents sortants des différentes parties du corps du Dévoreur. Maintenant, si vous repensez à la masse gélatineuse que vous avez vue dans le lac souterrain, n'avait-elle pas aussi des appendices sur le corps ?

— Pas de serpent, Señor. C'est très rare que Viracocha soit représenté ainsi. Mais, comme la chose dans le lac et à l'instar de Kon, il personnifie la mer. Beaucoup de gens disent que Viracocha signifie « Blanche Écume des Eaux ».

— Mais avait-il des appendices ? C'est le point que je voudrais éclaircir.

— Si.

— Vous trouviez-vous à proximité de la forteresse de Salapunco quand cela vous est arrivé ?

— Nous l'avions déjà dépassée. Vous connaissez cette

région. La forteresse est sur la rive droite de la rivière. Elle est très grande, mais sa construction diffère de la plupart des autres : en effet, elle est composée de larges blocs de granit trapézoïdaux dont la taille croît proportionnellement, ajustés avec régularité sans l'aide du moindre mortier. Les remparts font presque cinq mètres de haut et surplombent la rivière. C'est en dessous de cet endroit, dans les gorges terribles et profondes des montagnes granitiques, que vivaient les Quichua-Ayars qui édifièrent l'étrange et déserte cité de Machupicchu sise au sommet d'un promontoire rocheux, dans une boucle de la rivière. Le profond canyon l'entoure quasiment de toutes parts. Nous nous approchions de cet endroit lorsque nous dressâmes le camp pour la nuit. Deux d'entre nous refusèrent de partir, un autre exprima le désir d'aller à Sacshuaman. Mais la plupart d'entre nous se déterminèrent pour Machupicchu.

— A environ combien de kilomètres vous trouviez-vous de Salapunco?

— Peut-être un, ou deux. Nous étions dans le bas pays et l'endroit était très rocheux, bien que les arbres et les buissons y poussent drus.

C'est alors qu'un incident extrêmement curieux vint interrompre la conversation. Le Dr. Shrewsbury, les lèvres entrouvertes, comme prêtes à poser d'autres questions, fut soudain averti de quelque chose qui dépassait mon propre entendement; sa tête eut une imperceptible secousse comme s'il avait entendu quelque chose et ses lèvres se fermèrent; il se leva et demanda à son hôte avec une pressante insistance de partir dans le plus grand secret et de prendre soin de ne pas se faire voir lors de son retour à Innsmouth; et, ce disant, il le reconduisit en toute hâte jusqu'à la porte de derrière.

A peine la porte s'était-elle refermée sur le marin, que le Dr. Shrewsbury était revenu.

« Monsieur Phelan, dans quelques instants, un homme se présentera et demandera Fernandez. Quand vous entendrez frapper, répondez; dites-lui que vous n'avez pas vu Fernandez, que vous ne savez pas qui il est et que vous ne connaissez personne de ce nom. » Je ne pouvais discuter de tels ordres et en aucun cas je n'avais à le faire; le Dr. Shrewsbury tendit la main et je lui remis ma transcription juste au moment où le martellement de la porte résonna à travers la maison. Mon employeur fit un signe rapide; je me dirigeai vers la porte et l'ouvris. Jamais je n'avais ressenti une aussi extrême et immédiate répulsion qu'à la vue de cet homme. La rue était apparemment sans lumière et celle qui provenait du vestibule était très pâle, plus trompeuse que secourable; mais je suis prêt à jurer qu'il n'y avait pas que le visage du personnage pour trahir son aspect grotesque de batracien — de manière irrationnelle, mais peut-être pas sans fondement, la fascinante représentation du valet-grenouille de la Duchesse dans *Alice au pays des merveilles* me vint à l'esprit — il y avait sa main qui s'appuyait sur la rampe du perron, et cette main était *palmée*. Bien plus, il exhalait une odeur marine presque insoutenable — pas cette odeur habituellement associée aux régions côtières, mais celle des profondeurs. On aurait pu croire que de sa bouche étrangement ouverte allaient sortir des sons aussi répugnants que son aspect; mais, au contraire, il s'exprima dans un anglais parfait et demanda avec une politesse presque exagérée si l'un de ses amis, un certain Señor Timoto Fernandez, était venu ici.

— Je ne connais pas de Señor Fernandez, répondis-je.

Il demeura là un instant, m'adressant un regard insistant — étais-je en proie à une peur imaginaire? Un regard qui aurait certainement dû me glacer d'effroi; puis il me quitta en me remerciant et, me souhaitant une bonne nuit, il s'enfonça dans les ténèbres embrumées.

Je revins dans le bureau du professeur. Sans regarder

la transcription qu'il tenait à la main, le Dr. Shrewsbury me demanda de décrire notre curieux visiteur. C'est ce que je fis, n'omettant aucun détail de son vêtement tel que j'avais pu le distinguer dans cette lumière incertaine, sans oublier de mentionner la curieuse répulsion ressentie à sa vue.

Il grimaça un sourire.

— Elles sont partout, ces créatures, dit-il mystérieusement.

Mais il ne me donna aucune explication de cet événement singulier. Au lieu de cela, il insinua la raison de son intérêt pour le marin Fernandez.

— Évidemment, dit-il, sa patiente documentation me rend perplexe ; mais l'on suppose depuis longtemps qu'il doit exister un lien entre certains cultes des grands plateaux inconnus de l'Asie centrale, notamment ceux de Leng qui se déroulent en un lieu secret, et ceux des cultures les plus anciennes et les plus primitives des autres continents — dont certaines survivent sans aucun doute de nos jours sous des formes diverses.

« Kimmich, par exemple, demande d'où provient la civilisation khmère, si ce n'est des lieux reculés de ce que l'on appelle aujourd'hui la Chine ? Et les Dravidiens — qui furent chassés des régions de l'Inde par les Aryens et s'installèrent en Malaisie et en Indonésie pour se mêler plus tard à ces mêmes blancs, puis qui se dirigèrent vers l'Orient jusqu'aux lointaines îles de Pâques et au Pérou — doivent avoir apporté avec eux certains rites étranges et leurs propres mythes. En définitive, il m'apparut indéniable qu'il puisse exister une relation étroite entre de nombreuses cultures anciennes et des croyances religieuses dont nous n'avons qu'une connaissance fragmentaire ; actuellement, mon intérêt se porte sur le rôle probablement dualiste du dieu guerrier des Quichua-Ayars, le Dévoreur, et le survivant des temps pré-humains et monstrueux, l'être des eaux, Cthulhu, dont les adorateurs semblent avoir oublié les origines qui, même aujourd'hui, demeurent profondément enracinées parmi certaines sectes peu connues des hommes, ce qui prouve une profonde et intense détermination maléfique d'empêcher la divulgation en ce monde du moindre fragment de ce savoir, divulgation qui pourrait compromettre le moment propice choisi par les dévots de ces cultes étranges pour le retour de Cthulhu. »

Il parla de la sorte encore un moment et la plupart des choses qu'il disait m'échappaient; mais, tout en s'en doutant probablement, il n'en tint pas compte. Quoi qu'il en fut, j'en vins à conclure — bien que le Dr. Shrewsbury ne l'eut pas aussi formellement exprimé — que son intérêt pour le marin Fernandez était occasionné par sa connaissance des coutumes de ces cultes auxquels participait probablement notre second visiteur. Mais, de par le caractère évasif et général de son monologue, je ne pouvais comprendre une pensée qui n'enfermait pas seulement une infinité paralysante, depuis que prit naissance l'idolâtrie des ères pré-humaines, mais aussi l'effroi troublant et l'horreur incroyable des formes mythiques démoniaques qu'il évoquait. Que le professeur s'inquiétât du sort du marin Fernandez semblait évident, bien qu'il ne l'ait jamais dit explicitement; en effet, il parla du savant londonien, Follexon, qui s'était inexplicablement noyé dans la Tamise près de Limehouse, peu de temps après avoir annoncé qu'il allait faire certaines révélations importantes à propos d'anciennes survivances dans les Indes orientales; il évoqua ensuite la mort présumée accidentelle de l'archéologue, Sir Cheever Vordennes, après la découverte de monolithes noirs dans l'ouest de l'Australie; la curieuse maladie qui fit disparaître de ce monde — après la publication de contes, présentés comme de pures fictions, mais révélant progressivement de plus amples précisions sur les cultes de Cthulhu-Nyarlathotep-Grands Anciens, particulièrement le roman incroyablement évocateur, *les Montagnes hallucinées*, qui fait allusion à de terribles et étranges survivances dans les déserts incultes de l'Arctique — ce grand maître contemporain du genre macabre, H.P. Lovecraft.

Mais il y avait un aspect de ce singulier après-midi dont le docteur Shrewsbury ne dit rien, l'ignorant comme s'il n'avait pas existé; je n'y avais pas non plus songé avant d'avoir rédigé en trois exemplaires la conversation que je retranscrivais à l'intention du professeur. Et, m'étant retiré dans ma chambre, je me mis à songer aux étranges événements dans lesquels je m'étais jeté aveuglément. De prime abord, j'avais eu la preuve que mon employeur possédait un certain pouvoir que je ne saurais définir; ainsi, avant même que j'eusse frappé à la porte, il me l'avait ouverte. De même, il avait senti approcher Fernandez. Bien plus étonnante encore fut sa curieuse et inexplicable divination de la venue imminente de celui qui recherchait le marin. Comment en fut-il averti? Peut-être a-t-il développé une faculté supra-sensorielle qui lui permet d'entendre des sons et des pas inaudibles pour le simple mortel. Mais, quand bien même il aurait entendu les pas du poursuivant, *comment pouvait-il savoir le but de sa visite?* Profondément perplexe, je méditais ces questions tard dans la nuit sombrant finalement dans le sommeil sans trouver la moindre solution et vaguement conscient de l'atmosphère incroyablement vieille de la maison dans laquelle j'allais maintenant résider, une atmosphère chargée d'ans et de mystère, et, inévitablement, d'une aura de terreur.

2.

Sans aucun doute, le premier de ces rêves étranges dans la maison de Curwen Street fut le résultat des découvertes que fit mon employeur dans les papiers qu'il m'envoya chercher le lendemain en fin d'après-midi, après que j'eus passé des heures avec lui à rassembler le matériel qu'il avait ramené de tous les coins de la terre. Il m'avait confié qu'il quittait très rarement cette maison; que nombre des habitants d'Arkham n'étaient pas au courant de son existence et que je devais être prêt à faire des commissions pour lui. Habituellement, il ne lisait pas les journaux, à l'exception du *New York Times;* les affaires courantes de ce monde, et même la perspective d'événements conduisant à une autre guerre catastrophique en Europe étaient loin de son esprit; mais en ce jour, il prêta une attention particulière à une information qui, il en était certain, devait se trouver dans les pages du *Innsmouth Courier* ou du *Newburyport Correspondant*, si ce n'est dans les journaux locaux.

Et ce fut dans le journal d'Innsmouth qu'il découvrit un bref article isolé et me le tendit, me demandant de le classer avec ma transcription de la conversation de la nuit dernière. L'article, suggestif et inquiétant à la lumière de ce que le professeur avait laissé entendre dans son monologue de la nuit passée, disait ceci :

« Un marin a trouvé la mort dans les docks détruits par les Agents fédéraux au cours de l'hiver 1928. Le corps a été découvert à midi non loin du Récif du Diable. Tôt dans la matinée, un témoin raconta l'accident, disant que le marin semblait précéder ou marcher en compagnie de quelqu'un qui, d'ailleurs, avait disparu lorsque les citadins atteignirent les lieux du drame. Des récits de lutte dans l'eau ainsi que certaines allusions à des mains palmées sont généralement considérées comme le fruit d'une imagination troublée. Le marin a été identifié; il s'agit d'un certain Timoto Fernandez, résidant à *Chan-Chan*, à l'extérieur de Trujillo. »

Les implications de ce court article étaient effrayantes; cependant le professeur ne prononça pas une parole. De toute évidence, il s'attendait à quelque chose de ce genre; son intérêt pour l'événement ne laissait paraître aucun regret mais seulement une sorte d'acceptation stoïque; il n'ajouta aucun commentaire et son attitude m'interdisait de lui poser la moindre question. Toutefois, cet événement eut une ultime répercussion car, après avoir examiné une heure durant la conversation transcrite, il trouva parmi ses papiers une carte détaillée du Pérou, s'assit pour une autre heure et, l'étalant devant lui, scruta attentivement les régions des Andes, particulièrement la zone des ruines de Machupicchu, Cuzco, la forteresse de Salapunco et la cordilère de Vilcanota pour finalement circonscrire une aire minuscule entre la forteresse et Machupicchu.

Sans doute, mes réflexions sur cette étude singulièrement acharnée et silencieuse furent en partie responsables du rêve extraordinaire de cette nuit — le premier de cette étonnante série — car, immédiatement après l'examen de la carte, le comportement de mon employeur trahit une troublante bizarrerie : il décrèta que nous devions nous retirer bien que la nuit ne fut pas très avancée; en effet, le crépuscule venait à peine de céder la place à l'obscurité, et du dehors montaient encore les cris apaisés des oiseaux qui se préparent à la nuit. Bien plus, avant d'aller me coucher, je dus goûter un vénérable hydromel qu'il avait lui-même brassé, un liquide extraordinairement doré qu'il renfermait dans une carafe à l'intérieur de son bureau et qu'il servait dans de minces verres à liqueur de Belgique en une quantité si infime qu'il semblait même futile de le porter à ses lèvres — et cependant, son bouquet et son goût étaient tels qu'ils récompensaient amplement les efforts accomplis pour l'obtenir, car il surpassait le plus vieux chianti et le meilleur Château Yquem, à tel point que les comparer serait faire injure à la préparation du professeur. Mais, aussi chaleureux fût-il, il eut pour effet de m'assoupir et je ne me fis pas prier pour regagner ma chambre.

Je dus m'effondrer tout habillé sur le lit et c'est dans cet état que je me réveillai le lendemain. Pourtant, entre l'obscurité et la clarté, l'intensité extraordinaire du rêve qui prit possession de moi fut telle que, beaucoup plus tard, lorsque je commençai à douter de ma santé mentale et consultai un psychiatre au sujet de cette succession de rêves, je fus capable de les relater dans les moindres détails, même s'ils n'avaient aucun rapport avec mes découvertes ultérieures — découvertes aussi hideuses que choquantes.

Le rapport exécuté et résumé par le Dr. Asenath De Voto relate aussi succinctement que possible l'essentiel de ce rêve et je ne peux faire mieux que de le recopier tel quel.

> *Dossier du patient.*
>
> Andrew Phélan, 28 ans, de race blanche, né à Roxbury, Mass.
>
> Rêve I.

« Le professeur Shrewsbury vint dans ma chambre

apportant les feuillets de ma transcription et plusieurs
crayons. Il me réveilla, et dit : « Venez ». Il se dirigea
alors vers la fenêtre principale qui donnait sur le sud,
l'ouvrit et regarda au dehors. La nuit était très noire.
Il se tourna vers moi et dit : « Attendez un instant »,
comme si nous allions quelque part. Puis il sortit de sa
poche un curieux sifflet effilé dans lequel il souffla. Après
avoir produit cet étrange ululement, il se mit à crier dans
l'espace : « *Ia! Ia! Hastur Hastur of'ayak' vulgtmm,
vulgtagln, vulgtmm Ai! Ai! Hastur!* »

« Puis il me prit par la main et alla jusqu'au rebord
de la haute et étroite fenêtre. Je le suivis et, de concert,
nous nous élançâmes dans l'espace. Je sentis quelque chose
sous nos corps, et je réalisai que nous chevauchions une
monstrueuse créature aux ailes noires, semblable à une
chauve-souris, qui se déplaçait avec la rapidité de la lumière.
Peu de temps après, nous atteignîmes une contrée mon-
tagneuse; je pensai tout d'abord qu'il s'agissait d'une
contrée inhabitée, mais au même instant, il m'apparut
très clairement que nous nous trouvions dans une région
lointaine, presque inaccessible, qui avait été le siège d'une
civilisation ancienne, car près de nous se dressait un édifice
fait d'énormes blocs de granit trapézoïdaux, soutenus
par des colonnes monolithiques. Il s'élevait derrière un
haut rempart qui avait plus de deux fois notre taille.
Mais, apparemment, ce n'était pas là que nous devions
nous rendre, car le Dr. Shrewsbury changea de direction
pour suivre une vieille route qui descendait à travers
de grandes ruines abandonnées — vestiges probables
de constructions mégalithiques pré-légendaires — au plus
profond des gorges et des défilés, enfoncés entre les montagnes et qui, enfin, quittait la route pour parcourir les
crevasses et les passages creusés dans les falaises rocheuses
et les promontoires qui les surplombaient. Nous semblions avancer très rapidement et le temps et l'espace
ne paraissaient pas devoir gêner notre progression. Bien

plus, il n'y avait pas de temps : je n'étais plus conscient
du temps qui passait ou de toute autre exigence physique.
Pourtant il faisait nuit et les étoiles étaient bien à leur
place : je reconnus la Croix du Sud, le grand Canope
et quelques autres. Le Dr. Shrewsbury semblait savoir
où il allait car, peu après, il arriva à l'endroit qu'il cher-
chait et je le vis poser les mains sur un grand mur de
pierre, s'avançant en un lieu situé légèrement au-dessus
d'un torrent qui se jetait plus bas dans les profondeurs
de la gorge.

« Soudain, une partie du mur vint à basculer et nous
entrâmes. L'endroit dans lequel nous pénétrions était un
passage étroit très fortement incliné. Le Dr. Shrewsbury
ouvrit le chemin et je le suivis ; nous semblions littéralement
flotter. Le corridor s'ouvrit sur une vaste caverne souterraine baignant dans une lumière verte, sub-aquatique
et artificielle qui semblait émaner d'un plan d'eau avoi-
sinant. C'était le lieu décrit par le marin Fernandez.
Le Dr. Shrewsbury se dirigea directement vers le bord
de l'eau, la touchant du doigt et la goûtant, de telle sorte
que je fus tenté de l'imiter en dépit de la fange noire-
verdâtre de ses rives — cependant, le sol était rare
et seule une mince couche de vase recouvrait le rocher.
L'eau était salée.

« C'est exactement, comme je l'imaginais, dit le Dr.
Shrewsbury ; le lac est relié au Pacifique par des canaux
souterrains et de tels conduits doivent donner dans les
courants de Humboldt. » Il m'ordonna de consigner
ces faits par écrit, ce que je fis, y ajoutant une description
détaillée de la caverne, ou du moins de ce que je pouvais
en distinguer dans cette lumière pavide. « Ici se trouve
le deuxième point de confluence des courants de Humboldt
et cela permet de supposer qu'en un point de leur course,
les courants rejoignent R'lyeh l'engloutie. » Il allait
et venait, parlant tout seul mais indiquant toutefois que
je devais consigner tout ce qu'il avançait.

« A peine avais-je commencé qu'un Indien apparut. Le voyant sortir du mur opposé, le Dr. Shrewsbury s'avança immédiatement vers lui pour lui parler en espagnol, ce qui provoqua chez l'Indien un mouvement de la tête; il alla même jusqu'à menacer mon employeur de sa petite massue. Mais le professeur sortit d'une poche une étrange pierre taillée en forme d'étoile à cinq branches et l'agita devant l'Indien, ce qui le rendit moins soupçonneux à notre égard et surtout plus amène. Le professeur parla alors dans un autre langage que je ne pouvais comprendre et, finalement, dans un troisième dont les horribles sonorités ressemblaient à celles que le professeur avait proférées en enjambant le rebord de la fenêtre pour s'élancer dans l'espace. Comme il parlait cette langue que, de toute évidence, l'Indien comprenait et respectait, mon employeur traduisit et je pus noter les questions et les réponses.

— Quelle est la porte qui mène à Cthulhu?

« L'Indien désigna le lac.

— Voici la porte mais les temps ne sont pas venus.

— C'est seulement l'une des nombreuses portes, poursuivit le professeur, en connaissez-vous une autre?

— Non. C'est la seule. C'est son portail.

— Combien sommes-nous en cet endroit?

« En nous faisant passer pour des initiés, le professeur amena l'Indien à lui révéler qu'il y avait moins de deux cents adorateurs de Cthulhu dans la cordillère de Vilcanota.

« A ce moment-là, l'eau du lac se troubla légèrement et le comportement du professeur marqua un changement significatif. Il contempla un instant le frémissement de l'eau et attendit le moment où elle se mit à bouillonner et s'agiter pour se tourner à nouveau vers l'Indien et lui demander brièvement quand aurait lieu la prochaine réunion.

« Demain soir. Vous êtes venus un jour trop tôt.

« Alors le Dr. Shrewsbury se dirigea vers la sortie de la caverne et, parvenu au seuil, il se retourna. Je l'imitai. Je vis une chose horrible. Je ne peux la décrire. C'était une énorme masse protoplasmique qui subit plusieurs métamorphoses alors qu'elle jaillissait de l'eau dans toute sa monstrueuse horreur. L'enchevêtrement d'une étrange musique extra-terrestre et d'un sifflement aigu et insistant semblait en émaner. Le professeur me tira par la manche et nous sortîmes de la caverne; le professeur appela alors ces étranges créatures aux corps de chauves-souris et nous retournâmes à la maison de Curwen Street comme nous en étions venus. »

Il n'était pas tellement étonnant que j'aie pu faire un tel rêve à partir du récit bizarrement suggestif du marin Fernandez; mais ce rêve présentait certains signes inquiétants qui me troublaient, de même qu'un arrière-fond des plus réalistes et curieusement précis. Je mentirais en disant que cela ne m'avait pas ému; bien plus, certaines conditions énigmatiques avaient permis son émergence. D'une part, l'effet toxique et soporifique de l'hydromel du Dr. Shrewsbury, qui m'endormit sur le champ; d'autre part, l'impossibilité totale de me souvenir si j'avais ou non enlevé mes chaussures avant de m'effondrer sur le lit — en effet, le lendemain matin, lorsque je fus réveillé par les rayons du soleil qui envahissaient ma chambre, mes chaussures avaient disparu et je dus mettre mes pantoufles. Le professeur expliqua qu'il avait dû porter mes chaussures à nettoyer et, tout en mettant cela sur le compte de son excentricité, il me semblait cependant excessivement étrange qu'il ait pris la peine de s'en occuper pendant mon sommeil.

La première moitié de cette journée, il disserta sur les langues de ces cultes obscurs et démoniaques, des langues pré-humaines de Naacal, Aklo, et Tsatho-yo, et du terrifiant *Necronomicon* de l'arabe fou Abdul Alhazred.

Le Dr. Shrewsbury cita la traduction d'un couplet qui, à la lumière des récents événements, se chargeait d'une terrible signification.

Il n'y a pas de mort qui puisse éternellement mentir,
Et dans d'étranges éternités, même la mort peut mourir.

Mais la langue R'lyehian l'intéressait plus encore. Certaines allusions dans les passages les moins obscurs du *Necronomicon* aussi bien que le troublant *R'lyeh Text* semblaient indiquer que les temps favorables à la résurgence de Cthulhu approchaient; de plus, de troublantes références codées, dans la dernière prophétie en latin de Nostradamus, annonçaient des événements catastrophiques sous forme d'anagrammes, plus encore, dans les notes que le professeur avait prises auparavant et que j'avais retranscrites, il ressortait avec évidence que, durant la dernière décennie, il y avait eu un étonnant et puissant renouveau des cultes anciens dans le monde entier. Plus que jamais, j'avais la certitude qu'aussi franc et direct que pût sembler mon employeur dans les discussions de son ressort, il prenait grand soin, sans en avoir l'air, de m'empêcher d'en trop savoir. Ainsi, quel que soit le sujet abordé, il parlait en termes si vagues qu'il perdait virtuellement toute signification, séparé de connaissances préalables; sinon il utilisait tant de références érudites et inaccessibles qu'il était impossible de les rassembler dans une totalité. A la fin de ce jour, je n'en savais pas plus que lors de ma première conversation avec le professeur — je comprenais qu'il était à la recherche de certains cultes blasphématoires des temps pré-humains dont la survivance semblait le fasciner; qu'il fasse allusion à des êtres colossaux, les Grands Anciens, à des notes tirées de livres tels que *Cultes des Ghoules* du Comte d'Erlette, le *Pnakotic Manuscript*, le *Libor Ivonie* et le *Unaussprechlichen Kulten* de von Junzt, qu'il fasse des allusions détournées à des êtres tels que Nyarlathotep, Hastur, Lloigor, Azathoth qui, avec Cthulhu, avaient leurs propres assemblées d'adorateurs — tout cela n'avait ni queue ni tête. Mais il ne m'était pas possible de me documenter autrement que par les notes que le professeur me donnait à recopier en trois exemplaires qui contenaient les implications les plus outrées et les plus terrifiantes; c'est pourquoi certaines d'entre elles se fixèrent dans ma mémoire comme si je prenais conscience de ce que j'écrivais :

« Ubbo-Sathla est la source, le commencement inengendré d'où sont issus ceux qui osèrent se dresser contre les Premiers Dieux qui régnaient à Betelgueze, ceux qui guerroyèrent contre les Premiers Dieux, les Grands Anciens, conduits par le dieu aveugle et stupide, Azathoth, et Yog-Sothoth, celui qui est Tout-en-Un et Un-en-Tout, celui que les limites du temps et de l'espace ne sauraient affecter, dont les exécutants sont 'Umr At-Tawil et les Anciens qui rêvent éternellement du jour où, une nouvelle fois, ils pourront gouverner, auxquels appartiennent de plein droit la Terre et l'Univers tout entier dont elle est un élément... Le Grand Cthulhu s'élèvera de R'lyeh, Hastur l'ineffable reviendra de l'étoile noire qui se trouve dans les Hyades, près d'Aldebaran, l'œil rouge du taureau, Nyarlathotep mugira éternellement dans l'obscurité dont il a fait sa demeure, Shub-Niggurath pourra engendrer ses mille rejetons, et ils se reproduiront les uns les autres et étendront leur domination sur toutes les nymphes des bois, les satyres et les elfes, et le Petit Peuple, Lloigor, Zhar, et Ithaqua chevaucheront les étoiles à travers l'espace, et ceux qui les servent, les Tcho-Tcho, seront ennoblis, Cthugha accroîtra son royaume de Fomalhaut, et Tsathoggua reviendra de N'kai...

« Ils attendent derrière les grilles car les temps sont proches, bientôt sonnera l'heure, et les Premiers Dieux dorment et rêvent, ce sont eux qui savent quels furent les charmes jetés sur les Grands Ancêtres, eux qui sauront comment les briser comme déjà ils savent se faire obéir des serfs et de ceux qui attendent derrière la porte de l'Extérieur. »

Au cours de cette journée, le professeur descendit à son laboratoire au rez-de-chaussée et œuvra à ce qui semblait être des expériences chimiques, m'abandonnant à mon propre sort jusqu'au moment où il remonta au milieu de l'après-midi, apportant mes chaussures nettoyées et cirées et me demandant d'aller à la bibliothèque de l'Université de Miskatonic pour recopier la page 177 du *Necronomicon*.

J'étais heureux de quitter la maison, même pour une brève tâche, et je partis sur-le-champ. La page indiquée était rédigée dans le latin particulier à Claus Wormius, et était aussi peu explicite que les précédentes transcriptions, bien qu'à vrai dire, je rejetasse les sombres soupçons qui commençaient à germer dans mon esprit, préférant demeurer parfaitement objectif selon les conseils du Dr. Shrewsbury, car c'était là le meilleur moyen de le comprendre. La page en question n'était pas longue mais il me fallait la recopier, mon employeur doutant de l'exactitude de sa propre transcription que j'avais déjà eu l'occasion de consulter.

« C'est avec l'étoile à cinq branches, sculptée dans la pierre grise de l'antique Mnar qu'est forgée l'armure que l'on oppose aux sorcières et aux démons, aux Profonds, Dholes, Voormis, au peuple Tcho-Tcho, à l'Abominable Mi-Go, aux Shoggoths, aux Valusians, à tous ces peuples et à tous ces êtres qui servent les Grands Anciens et leur Descendance, mais elle est moins puissante contre les Grands Anciens eux-mêmes. Celui qui est en possession de l'étoile à cinq branches pourra lui-même commander aux êtres qui grouillent, nagent, rampent, marchent ou volent, même à la source dont on ne revient pas.

Dans le pays de Yhe, comme dans le grand R'lyeh-en Y'ha-nthlei comme en Yoth, en Yuggoth comme en Zothique, en N'kai comme en K'n-yan, en Kadath-dans, le-Désert-Froid, comme dans le Lac de Hali, en Carcosa comme en Ib, il détiendra le pouvoir; car même si les étoiles déclinent et se refroidissent, si les soleils meurent, si les espaces entre les étoiles vont toujours grandissant, si le pouvoir de toute chose disparaît — celui de l'étoile à cinq branches comme celui des charmes jetés sur les Grands Anciens par les Premiers Dieux Bienveillants, alors viendra un temps, où l'on pourra affirmer comme autrefois qu'

Il n'y a pas de mort qui puisse éternellement mentir,
Et dans d'étranges éternités, même la mort peut mourir. »

Alors que je commençais à recopier cette page, je remarquai que j'étais observé par un vieil employé qui évoluait toujours plus près de moi. Étant donné que le *Necronomicon* est un livre très rare — on en connaît seulement cinq exemplaires — je présumais naturellement que le vieil homme essayait de voir si aucun dommage ne lui était causé, mais il m'apparut bientôt que son intérêt se portait plus sur moi que sur le livre et, ayant terminé, je m'adossai, lui offrant ainsi l'occasion de me parler s'il le désirait. Il saisit l'occasion avec empressement et se présenta comme un vieil habitant d'Arkham. N'étais-je pas le jeune homme qui travaillait pour le Dr. Shrewsbury ? Je répondis par l'affirmative. Ses yeux brillèrent extraordinairement et ses doigts commencèrent à trembler. Il était clair, dit-il, que je n'étais pas d'ici car il courait de bien curieuses histoires sur le compte du professeur.

— Où disparut-il ces vingt dernières années ? demanda M. Peabody. Vous l'a-t-il confié ?

Je restai médusé.

— Quelles vingt années ?

— Ah, vous ne savez donc pas, eh ? Et bien, cela ne

m'étonne pas qu'il ne vous ait rien dit. Un beau jour il partit, aussi léger qu'un souffle ; il disparut littéralement pendant vingt ans. Il revint il y a trois ans, sans avoir vieilli d'une journée, juste comme s'il ne s'était rien passé. Il disait être revenu d'un long voyage. Mais il paraît extrêmement étrange qu'un homme puisse disparaître pendant vingt ans sans jamais retirer un centime de la banque, puis revenir comme si de rien n'était — pas vieilli d'un jour et sans un iota de changement — non monsieur, il n'y a rien là de très naturel. S'il avait vraiment voyagé, qu'utilisait-il comme argent ? J'ai travaillé tout ce temps-là à la banque, j'étais donc bien placé pour le savoir.

Devant un tel flot de paroles, il me fallut un certain temps pour comprendre. Il n'était pas étonnant que le professeur Shrewsbury fût l'objet de suspicions quasi superstitieuses de la part de ses concitoyens ; le vieil Arkham avec ses toits en croupe et ses affreuses lucarnes, avec ses légendes de sorcières et de démons exorcisés, était un terrain privilégié pour l'éclosion du doute et de la défiance, particulièrement lorsque de telles réactions concernaient quelqu'un de si manifestement versé dans un savoir fabuleux que l'était le Dr. Shrewsbury.

— Il ne m'en a jamais parlé, dis-je le plus dignement possible.

— Non, et il ne le fera pas. Et ne lui en parlez pas non plus. Tout ce que je vous dis pourrait me coûter mon travail, bien que je ne sache pas qu'il ait fait de mal à quiconque — vivant toujours seul et renfermé comme il le fait.

Je pensais qu'il ne pouvait continuer à parler de mon employeur sur ce ton. Poliment mais fermement, je lui fis remarquer qu'il devait y avoir des explications purement logiques à ce qui s'était passé, ignorant sa brève réplique : « Ils s'y sont tous essayé, mais aucun n'y est parvenu », et je pris congé de lui. Cependant, je ne quittais pas immédiatement l'établissement. Poussé par la curiosité qu'avaient éveillée en moi les questions de M. Peabody, je dépouillai les colonnes des journaux d'Arkham, la *Gazette* et l'*Advertiser*.

Il ne me fut pas difficile de trouver une confirmation à la curieuse histoire de M. Peabody; le Professeur Shrewsbury avait littéralement disparu sur un chemin à l'ouest d'Arkham, où on l'avait vu se promener peu avant, un beau soir de septembre, il y avait vingt-trois ans de cela. On ne découvrit pas même un indice, pas plus dans la campagne que dans sa maison; celle-ci avait été fermée, donnant l'impression d'avoir été mise sous scellés, et depuis personne n'y était jamais venu; et les impôts fonciers avaient été dûment payés par le chargé d'affaires du Dr. Shrewsbury; et elle resta dans cet état jusqu'au jour où, brusquement, il y a trois ans, le Dr. Shrewsbury en sortit, aussi muet qu'une carpe quant aux « pourquoi » et aux « comment », et il reprit son train de vie habituel, en dehors du fait que ses recherches prirent une autre tournure et que son existence quotidienne suivit un autre rythme. Les journaux traitèrent cette affaire avec le plus grand sérieux, mais avaient de toute évidence accédé à la demande insistante du Dr. Shrewsbury de clore l'incident aussi rapidement que possible afin d'apaiser les esprits; alors, toutes considérations et toutes spéculations cessèrent aussi brusquement que l'incident était né.

Aussi étrangement qu'ait pu m'affecter cet événement, je ne pouvais cependant pas ne pas sentir que c'était le privilège de mon employeur de maintenir autour de sa personne un silence qu'il jugeait préférable de garder. Quoi qu'il en soit, je ne pouvais nier que la découverte de ce fait curieux m'affecta étrangement, et, sinon agréablement, du moins sans désagrément. Il était manifeste que la situation dans laquelle je me trouvais était des plus troublantes. Le Dr. Shrewsbury semblait très controversé et, bien que jamais personne n'ait saisi l'occasion de le

dénigrer devant moi, je pouvais deviner un courant souterrain de défiance et de suspicion vis-à-vis de lui.

Lorsque je regagnai la maison de Curwen Street, je retrouvai le professeur dans son bureau, en train de manipuler
prudemment un paquet qui se trouvait sur sa table. Il prit
d'une main distraite la transcription que je lui tendais et
me donna par la même occasion une liste d'objets dont
il avait besoin, me demandant de me les procurer dès
que j'irais dans le quartier commerçant d'Arkham. Je
parcourus du regard cette liste et je fus étonné de constater
qu'il s'agissait d'ingrédients chimiques bien connus
pour la fabrication de la nytroglycérine; ceci, en plus du
soin avec lequel mon employeur maniait le paquet sur
son bureau, m'indiquait que le champ d'activité du professeur était plus étendu que je ne l'avais pensé au premier
abord.

— Oui, c'est tout ce dont j'ai besoin. Il n'y a aucune
erreur, murmura le professeur tout en lisant avec attention
ma transcription et en répétant plusieurs passages à haute
voix; l'écouter, alors qu'il portait ces lunettes qui mas-
quaient son regard, rendait cette lecture éprouvante.
Mais cela ne dura pas et il posa la transcription sur son
bureau.

— Je compte me coucher tôt ce soir; si vous le désirez,
vous pouvez travailler ici — vous avez de quoi faire;
sinon vous pouvez vous aussi aller vous coucher. Ou, si
vous en avez envie, vous pouvez aller vous promener...

— Non, je n'ai pas envie de sortir.

— Quelles que soient les circonstances, je ne veux pas
être dérangé jusqu'au matin.

Les dernières lueurs du jour s'estompaient lorsque nous
nous assîmes autour d'un frugal repas; immédiatement
après le professeur se retira, prenant avec lui non seulement le paquet sur son bureau, mais aussi la carafe contenant l'hydromel doré et un verre. Je pensai qu'il était
singulièrement discourtois de sa part de ne pas me faire

goûter à nouveau de cette agréable liqueur, mais je n'en
montrai rien, d'autant plus que je n'avais guère le loisir
d'y songer, car du travail m'attendait dans le bureau, et
c'est là que je passai la première moitié de la nuit.

Il ne devait pas être loin de minuit lorsque je sentis
monter l'orage et que j'entendis claquer un volet. J'avais
déjà remarqué un groupe de cumulus qui barrait l'horizon en revenant de l'Université de Miskatonic; sans doute,
ces nuages s'étaient-ils amoncelés dans le ciel et avaient-ils
apporté le vent et la pluie. Les battements du volet réso-
naient avec insistance dans ma tête et, finalement, je me
levai pour voir ce qu'il en était. De toute façon, il était
l'heure de me retirer.

Je fis l'inspection du rez-de-chaussée, mais les deux
fenêtres et les volets étaient fermés ou solidement attachés;
cela devait donc venir du premier étage; je montai d'abord
dans ma chambre, puis dans les autres, pour en arriver à
la conclusion que le volet ne pouvait claquer qu'à l'une
des fenêtres de la chambre du Dr. Shrewsbury. J'hésitais
à m'y rendre mais, en y réfléchissant bien, je pensai pouvoir
attacher le volet sans le réveiller; aussi tournai-je silencieusement la poignée de sa porte et pénétrai-je dans sa
chambre, laissant la porte légèrement entrouverte pour
ne pas allumer la lumière. J'atteignis la fenêtre qui était
restée ouverte, laissant la pluie entrer en rafales dans la
chambre; je me penchai pour attraper le volet et le tirer
en arrière, puis je poussai la fenêtre sans pourtant la
fermer complètement.

Alors que je me retournais, mon regard tomba sur le
lit et je découvris que mon employeur n'y était pas; je
traversai la pièce et ouvris tout grand la porte, stupéfait;
la lumière du couloir pénétra dans la pièce, me révélant
qu'il s'était seulement étendu sur le lit et qu'il ne s'était
pas dévêtu. Il était donc sorti pour une raison qui m'était
inconnue; mais à peine étais-je parvenu à cette conclusion
que je réalisai n'avoir entendu aucun bruit, alors que je

travaillais dans la bibliothèque; et il me semblait manifestement impossible que le vieil homme fut capable de quitter la maison sans attirer mon attention.

Alors que je ruminais ces pensées, je vis la carafe d'hydromel et le verre que le Dr. Shrewsbury avait apportés dans sa chambre. Je m'approchai et examinai le verre, constatant que mon employeur en avait bu car il restait une goutte au fond du fragile récipient et, impulsivement, je le portai à mes lèvres, retenant sur ma langue le liquide capiteux avant de le laisser glisser dans ma gorge. Puis je quittai la chambre, résolument déterminé à ne pas m'inquiéter des menées du Dr. Shrewsbury, car je pensais ne pas avoir le droit de m'occuper de ce qui ne me concernait pas.

Mais ma curiosité pour l'étrange absence de mon employeur ne tarda pas à disparaître, me trouvant confronté à des événements encore plus étranges. J'avais déjà eu l'intuition qu'il y avait autour de la vieille maison de Curwen Street comme une aura de terreur; aussi, à peine m'étais-je mis au lit que j'en eus parfaitement conscience, au point d'imaginer qu'une multitude hostile entourait la maison, et, plus particulièrement, sur le côté qui donnait sur les rives brumeuses du Miskatonic; bien plus, je ne pris conscience de ce phénomène que peu de temps avant de percevoir avec plus d'acuité quelque chose d'autre, quelque chose d'encore plus étrange. Ce n'était rien moins qu'une illusion auditive, et j'entendis, ou je crus entendre, des sons étranges qui ne pouvaient trouver leur origine qu'au fond de mon subconscient; il n'y avait pas d'autres explications rationnelles à ces bruits que je discernais à la frontière du sommeil. Cela commença par un bruit de pas — non de quelqu'un marchant sur le parquet ou évoluant à l'extérieur de la maison dans le jardin sur ce qui devait être un chemin rocailleux, car à ces bruits de pas venaient s'ajouter parfois de lointains crissements de pierres et de roches roulant et rebondissant, et j'eus même à une ou deux reprises, la nette impression que

quelque chose frappait l'eau. Combien de temps durè-
rent ces bruits, je ne saurais le dire; en effet, je m'y étais
si bien habitué, qu'en dépit de leur étrangeté, je demeurai
plongé dans un demi-sommeil jusqu'au moment où je
fus tiré du lit par une sourde détonation suivie d'autres
explosions et du terrible fracas d'un éboulement de roches
schisteuses auquel succéda un cri amer : « Trop petit!
Trop petit! »

Il n'y avait donc aucune possibilité d'hallucinations
en dehors de celle qui résulte du délire et j'avais la certitude de ne pas délirer; aussi, je sautai du lit et me dirigeai
vers la salle de bains pour prendre un verre d'eau. Je regagnai mon lit, essayant une nouvelle fois de m'endormir;
c'est alors que j'entendis clairement une ululation suivie
d'une voix qui psalmodiait les mêmes paroles mystiques
que celles que j'entendis dans mon premier rêve : « Ia!
Ia! Hastur cv'ayak 'vulgtmm, vugtagln, vulgtmm! Ai!
Ai! Hastur! » Il y eut un grand bruit, comme celui de
battements d'ailes gigantesques, puis le silence complet,
et plus un son ne vint troubler ma conscience si ce n'est
le bruit coutumier de la nuit à Arkham.

Dire que je ne fus que troublé serait sous-estimer mes
réactions; j'étais profondément ébranlé et, même au cours
de mon sommeil artificiel, je ne pouvais m'empêcher de
me rappeler que la première fois que le Dr. Shrewsbury
m'offrit de son hydromel, il m'était advenu un rêve aussi
étrange et prenant. Cette fois, avec seulement une goutte
ou deux de ce breuvage, l'acuité de mes sens avait augmenté
bien au-delà de la normale. Cette « explication » m'apparut
comme étant la plus convaincante mais, à l'examen, je
fus contraint de la rejeter car, d'un point de vue scientifique,
elle était sans fondement. Aussi près que je fus en cet
instant de l'incroyable vérité, qui allait encore se refuser
à moi pendant plusieurs semaines, je ne faisais alors que
découvrir l'une des propriétés de l'hydromel — celle
de m'engourdir au point de m'endormir.

Le matin, je décidai de révéler au professeur la nature de mon expérience mais, au dernier moment, je résolus de n'en rien faire ; son insistance relative à mon manque d'imagination lors de notre premier entretien me laissa penser que mon engagement pourrait toucher à sa fin s'il m'entendait tenir de tels propos ; c'est pour la même raison que je ne lui soufflai rien de mon rêve bizarre ; le professeur, pour sa part, n'offrit guère plus d'explications qu'à l'ordinaire sur son absence inhabituelle de la nuit passée. J'appréhendais vaguement qu'il ne demeurât absent — je savais que la question qu'il m'avait posée au début quant à ma capacité de me défendre physiquement semblait impliquer la possibilité que je puisse être son garde du corps lors de ses sorties — mais, à présent, il était de retour ; lorsque j'entrai dans la bibliothèque, il était plongé dans son travail, assis devant une carte à grande échelle épinglée au mur au-delà des rangées de livres, un planisphère sur lequel il piquait ici et là de petites épingles à tête rouge. Il venait à peine d'identifier une région d'Amérique du Sud lorsqu'il se retourna pour me saluer chaleureusement en dépit de son regard plutôt hagard. Immédiatement après le petit déjeuner nous nous employâmes à comparer les premières notes rédigées par le professeur, relatives comme à l'accoutumée aux cultes anciens et aux survivances contemporaines de ces étranges idolatries, et j'observais la même attention et la même réticence chez mon employeur que celles que j'avais remarquées au début. Notre travail était agréable, bien qu'obscur pour moi ; à aucun moment il ne fut pesant, et je voyais croître mon intérêt pour ces êtres étranges qui, selon mon employeur, ont été adorés sur la terre mais aussi dans l'espace interplanétaire par les races pré-humaines. Jour après jour, ces grands êtres sombres et leurs successeurs commençaient à prendre dans mon imagination une existence subconsciente au-delà de toute réalité ainsi qu'une forme ténue et fantastique, non sans une certaine terreur et un certain effroi qui finirent par me hanter.

Après trois jours de ce travail, le professeur fournit un étonnant épilogue à la malheureuse aventure du marin Fernandez. Il était en train de lire le *New York Times*, lorsque je vis un bref sourire effleurer ses lèvres; il prit des ciseaux et fit une coupure qu'il me tendit, me demandant de l'ajouter au 'dossier Fernandez et d'indiquer la mention : *classé*.

L'article provenait d'une agence, daté de Lima, Pérou, et je lus :

« Un tremblement de terre localisé dans la Cordillère de Vilcanota a complètement détruit cette nuit une colline rocheuse le long de la rivière qui sépare les ruines de la cité de Machupicchu de la forteresse de Salapunco. Mlle Ysola Montez, institutrice de l'école indienne, qui se trouvait dans une pièce de la forteresse abandonnée, rapporta que la secousse avait eu la puissance d'une explosion, la jetant à bas de son lit, et réveillant les Indiens à des kilomètres à la ronde. En dépit de l'effondrement de la colline, qui fut apparemment engloutie dans une rivière souterraine ou un réservoir, les sismographes n'enregistrèrent aucune perturbation de l'écorce terrestre dans la région. Les spécialistes sont enclins à considérer la situation comme un effondrement local provoqué par un affaissement de l'infrastructure caverneuse de la colline que surplombe Salapunco. De nombreux Indiens trouvèrent une mort inexplicable en ce lieu. »

3.

Une coupure de journal fut une fois encore responsable des deux derniers rêves qui m'assaillirent dans la maison de Curwen Street. Une si longue période s'était écoulée depuis le premier rêve — presque deux mois, puisque nous étions maintenant au milieu du mois d'août — que je fus amené à reconsidérer mon aventure initiale dans la sphère du sommeil comme la conséquence de l'atmosphère bizarre qui régnait dans la maison, le résultat probable de mon changement d'existence depuis que j'ai quitté Boston. Bien plus, la toute dernière quinzaine, le Dr. Shrewsbury commença à dicter son deuxième ouvrage, destiné à faire suite à *Approches des structures mythiques des derniers primitifs en relation avec le texte R'lyeh* ; il l'avait intitulé *Cthulhu dans le Necronomicon*, ouvrage qui, dans son ensemble, m'était parfaitement incompréhensible car il était écrit pour des savants par un savant ; mais, de temps en temps, je rencontrais des passages étonnants qui semblaient toucher au fondement même de ma récente expérience. Il dictait de tels paragraphes le matin de ce jour qui devait s'achever par le second de ces rêves remarquables.

« L'homme d'une intelligence supérieure ne parvient jamais à admettre que d'inconcevables structures mythiques puissent survivre encore de nos jours et, bien que

cela ne semble pas du tout impossible, il est manifeste
que les croyances sont centrées sur des êtres qui, pour la
plupart, sont coexistants à toute temporalité et à toute
spatialité.

« Bien plus, les propriétés extra-dimensionnelles ouvrent
de plus larges horizons que les lois dimensionnelles de
nos sciences. En niant ces faits, on nie également la possibilité de rechercher et de refermer systématiquement les
ouvertures de cette frontière; en effet, il a été démontré à
plusieurs reprises que les Grands Anciens ne peuvent revenir sans être appelés par les mignons qui sont toujours
prêts à les servir ici-bas comme dans les autres étoiles et
planètes. Je renvoie les sceptiques aux événements qui se
sont déroulés au Récif du Diable, au large d'Innsmouth,
et j'attire leur attention sur l'étonnante survivance de ces
batraciens que l'on peut rencontrer en des lieux écartés non
loin d'Innsmouth et de Newburyport; je les renvoie également au récit à peine déguisé qu'en a fait le regretté H.P. Lovecraft. Il faut aussi se référer à lui pour l'étude de
certains rapprochements — une comparaison entre Ithaqua, le Vent Errant des anciens mythes et le Wendigo des
Indiens des forêts septentrionales; entre le Dévoreur, le
Dieu de la Guerre des Quechua-Ayars, et le mythique
Cthulhu — pour ne mentionner que les deux dont nous
devons nous préoccuper et auxquels j'ai quelque peu
réfléchi. Les similitudes sont presque immédiatement
évidentes.

« Par ce refus persistant de certains aspects manifestes
de ce qui se trouve au-delà de l'exploration scientifique,
de ce que nous définissions aujourd'hui comme étant
la science, les sceptiques rendent impossible ou presque
impossible l'exploitation de l'animosité que l'on sait
régner parmi les êtres maléfiques inférieurs qui pourraient
à nouveau régenter le cours des planètes et qui ne sont
unis que dans l'incessante guerre menée contre les Premiers Dieux invincibles qui doivent se réveiller d'ici

peu et renouveler les charmes qui enchaînent cette race démoniaque, et qui déclinèrent comme déclinèrent les éternités depuis leur emprisonnement initial. Ils voudraient croire à la possibilité d'aggraver la tension existant entre ces partisans de Cthulhu tels que ces batraciens, les Profonds, qui habitent la cité aux mille colonnes, Y'ha-nthlei, ancrée au plus profond de l'Atlantique au large du port en ruines d'Innsmouth, ainsi que R'lyeh l'engloutie, et les voyageurs interplanétaires aux ailes de chauve-souris qui sont mi-hommes, mi-bêtes et servent le demi-frère de Cthulhu, Celui Qui Ne Peut Être Nommé, Hastur, l'Ineffable, de dresser les uns contre les autres les peuples amorphes qui servent Nyarlathotep, le fou sans visage, et la Chèvre Noire des Forêts, Shub-Niggurath, et les Créatures Ignées de Cthugha au sein desquels couve l'éternelle rivalité qui pourra se changer en folie dévastatrice. Laissez les serviteurs secourir quelque cerveau illuminé pour que les précurseurs de Cthulhu puissent être repoussés par ces êtres aériens qui servent Hastur et Lloigor ; laissez les mignons de Cthugha détruire les repaires cachés dans les entrailles de la terre où demeurent Nyarlathotep et Shub-Niggurath en compagnie de leurs hideux descendants. La connaissance est pouvoir. Mais la connaissance est également folie, et ce n'est pas aux faibles de prendre les armes contre ces êtres infernaux. Comme Lovecraft l'a écrit : « L'homme doit se préparer à accepter l'idée du cosmos comme celle de sa propre place dans le tourbillon écumant du temps dont la simple évocation est paralysante. »

Le Dr. Shrewsbury avait finit de rédiger le premier volume de son deuxième livre — un livre qui n'était pas destiné à être achevé, ce que je ne savais pas encore — et, sur ce, il me demanda de recopier ma transcription en trois exemplaires, de la corriger et d'expédier le manuscrit à l'imprimeur en même temps qu'un chèque couvrant les frais de publication ; en effet, aucun éditeur n'aurait risqué d'argent pour publier un tel livre qui, bien que se donnant pour réel, revêtait parfois les aspects d'une fiction si sauvage et si incroyable, qu'en comparaison, les romans les plus évocateurs de Jules Verne et de H.G. Wells faisaient pâle figure, car le professeur sortait complètement du domaine terrestre avec une telle conviction qu'il était impossible de le lire sans une appréhension paralysante et une intuition croissante des forces et des pouvoirs qui dépassent l'entendement humain.

Alors que je travaillais à la transcription, mon employeur ouvrit le journal et en parcourut rapidement les colonnes, jetant un coup d'œil sur toutes les pages. Peut-être était-il parvenu à la sixième ou à la septième page lorsqu'il s'exclama — une exclamation mêlée de joie et d'inquiétude — et prit les ciseaux pour découper un court article qu'il me tendit en me demandant de constituer un nouveau dossier. Je le mis de côté, pour m'en occuper après avoir achevé mon travail sur la première partie de *Cthulhu dans le Necronomicon*.

En fin d'après-midi je remarquai que mon employeur était en proie à une excitation croissante, comme s'il travaillait sous l'emprise d'une tension intérieure dont il ne pouvait se libérer. L'article était bref et rédigé dans l'habituel style affecté du *Times* :

« Londres, le 17 août : C'est un mystère sortant tout droit des pages des remarquables ouvrages de Charles Ford que nous suggère le cas de Nayland Massie, docker, qui avait disparu de son domicile depuis sept mois. Hier, M. Massie était de retour. On le vit errer dans les rues et il fut identifié grâce à certains signes particuliers. Il ne pouvait parler un mot d'anglais, mais s'exprimait dans un idiome étrange que personne n'a été capable jusqu'à présent d'identifier. Son état est sérieux. L'éminent spécialiste en pathologie générale, Sir Lenden Petra, qui est de surcroît un linguiste accompli, a été appelé en consultation. Aucun indice n'a permis de situer le lieu où M. Massie avait pu passer les sept mois que dura son étrange absence. »

C'était un article qui, en gros, présentait de nombreuses similitudes avec les récits des dossiers que j'avais eu la possibilité de consulter de temps à autre sous la direction du Dr. Shrewsbury, et il semblait incroyable qu'il pût engendrer les deux rêves que j'allais faire.

En effet, c'est précisément cette nuit que je fis le second rêve de cette impensable trilogie onirique. Et il fut annoncé par les mêmes événements que la première fois : le Dr. Shrewsbury insista pour que nous nous retirions de bonne heure afin de nous préparer à affronter le lendemain un travail plus intense, puis ce fut l'absorption de son hydromel doré et un prompt assoupissement auquel succéda un sommeil peuplé de rêves. Je me réfère une nouvelle fois au récit que je fis au Dr. De Voto et qu'il transcrivit en l'intitulant *Rêve II.*

« Le professeur Shrewsbury vint dans ma chambre comme la première fois pour m'apporter un bloc de papier et des crayons, me les donnant après m'avoir éveillé. Tout se déroulait comme dans le premier rêve. Après avoir ouvert les fenêtres, il lança son étrange commandement dans l'espace, nous nous élançâmes à nouveau pour chevaucher les énormes créatures aux ailes de chauves-souris. Je me rappelle les avoir examinées, et malgré la curieuse et repoussante impression tactile de chair humaine et d'ailes de fourrure, je ne pus discerner ce à quoi ressemblaient ces créatures; mais il me sembla alors que le professeur Shrewsbury leur *parlait.*

« A nouveau, nous ne tardâmes pas à être déposés à terre, mais cette fois, il ne s'agissait manifestement pas d'une région isolée car des lumières brillaient tout autour de nous et, à notre gauche, se trouvaient de grands phares et un intense champ lumineux. Le Dr. Shrewsbury semblait savoir avec précision où nous nous trouvions; aussi se dirigea-t-il vers les bâtiments au-delà du champ lumineux aussi vite qu'il le put. Nous n'en étions pas loin et, de toute évidence, nous suivions un sentier. A mesure que nous approchions de l'aire illuminée et des bâtiments, cet endroit me paraissait familier, comme si j'y étais déjà venu il n'y avait pas si longtemps. C'est alors que je reconnus les environs; nous nous trouvions à l'aérodrome de Croydon que j'avais visité trois ans plus tôt alors que j'étais étudiant. Le but du professeur était clair; il était venu dans la seule intention de prendre un taxi dans lequel nous nous engouffrâmes afin de trouver un annuaire de la ville dans le bâtiment le plus proche. Lorsqu'il en sortit, il demanda au chauffeur de nous conduire à une adresse à Park Lane et de nous attendre là.

« Nous fûmes conduits à cette adresse et nous demandâmes à être reçus, ce qui ne put se faire que lorsque mon employeur donna sa carte après y avoir inscrit : « Au sujet du cas Nayland Massie ». Puis nous fûmes introduits auprès d'un homme assez âgé et très digne que le professeur Shrewsbury me présenta comme étant le Dr. Petra. Mon employeur lui exposa sur-le-champ les raisons de son intérêt pour le docker Massie et expliqua qu'il était venu par avion d'Amérique pour tenter d'identifier et de traduire la langue que le docker mystérieusement disparu parlait à présent.

« Le Dr. Petra se montra immédiatement des plus coopérants. Il expliqua que Massie était un homme inculte, mais que la langue qu'il parlait maintenant était un mélange de grec et de latin et qu'il faisait preuve d'un niveau intellectuel élevé. Si l'homme physique, revenu d'on ne sait où, était bien le même, l'homme mental, par contre, était fort différent. Bien plus, sa condition physique était telle qu'il n'avait plus pour longtemps à vivre, car il avait apparemment été exposé à des climats rigoureux ainsi qu'à de violentes variations climatiques, et il ne paraissait pas capable d'endurer les dommages subis par son corps lors de cette transmutation éphémère. Le *London Times* d'aujourd'hui donnait un compte rendu complet de ce cas; si le Dr. Shrewsbury le désirait, il pourrait l'emporter.

« Mon employeur accepta et me tendit le journal que je mis dans ma poche. Il demanda alors à s'entretenir avec le patient, si cela était possible. Sir Lenden Petra mit à notre disposition sa propre voiture et nous accompagna dans Londres jusqu'à East India Dock Road, où avait été trouvé le docker Massie, plongé dans une sorte de coma, mais pouvant répondre de temps à autre à certaines questions posées en latin et en grec.

« Une infirmière nous conduisit aussitôt à son chevet.

« Là, reposait un homme d'une quarantaine d'années, immobile, les yeux grand ouverts, et visiblement gêné par la vague lumière diffusée par le plafonnier. A notre entrée, bien qu'il ne tournât pas la tête, il murmura lentement, sur quoi mon employeur me fit signe d'être prêt à noter tout ce qu'il traduirait.

« — Voilà quel est son langage, dit le Dr. Petra; j'ai remarqué qu'il employait certains sons récurants et une syntaxe qui suggèrent une langue formelle — mais personne à Londres ne semble savoir ce que c'est; il se peut donc qu'elle soit très ancienne.

« — Oui, répliqua le Dr. Shrewsbury, c'est du R'lyehian.

« Le Dr. Petra sembla étonné : « Vous la connaissez donc?

« — Oui, c'est une langue pré-humaine qui est encore parlée en certains lieux reculés, terrestres et extra-terrestres.

« Les sons qui sortaient à présent des lèvres du docker furent les suivants : *Ph'nglui mglw'nafh Cthulhu R'lyeh wgah-nagl fhtagn.* Ce que le Dr. Shrewsbury traduisit promptement comme suit : « Dans sa demeure à R'lyeh Cthulhu mort attend en rêvant. » Il posa alors une question à Massie, sur quoi le docker tourna la tête et nous regarda fixement. Le Dr. Petra affirma qu'il s'agissait du premier signe de connaissance qu'il faisait.

« Au cours de la brève conversation qui suivit, le Dr. Shrewsbury employa la même langue que le docker.

« — Où étiez-vous?

« — Avec ceux qui servent Celui Qui Va Venir. »

« — Qui est-il?

« — Le Grand Cthulhu. Dans sa demeure à R'lyeh il n'est pas mort, mais seulement endormi. Il viendra quand on l'invoquera.

« — Qui l'invoquera?

« — Ceux qui l'adorent.

« — Où se trouve R'lyeh?

« — Dans l'océan.

« — Mais vous n'étiez pas sous les eaux.

« — Non. J'étais sur une île.

« — Ah. Quelle île?

« — Une éruption l'avait fait jaillir du fond de l'océan.

« — Fait-elle partie de R'lyeh?

« — Oui, elle fait partie de R'lyeh.

« — Où se trouve-t-elle?

« — Dans l'océan Pacifique, au large des Indes.

« — A quelle latitude?

« — Je pense qu'elle se trouve à 49°51 de latitude Sud, 128°34' de longitude Ouest, près de la Nouvelle-Zélande, au sud des Indes.

« — L'avez-vous vu?

« — Non. Mais Il était là.

« — Comment y avez-vous été amené?

« — Une nuit, je fus emmené par quelque chose dans la Tamise. Ils me portèrent.

« — Qu'était-ce?

« — C'était comme un homme, mais ce n'était pas un homme. Cela pouvait nager dans toutes les eaux. Cela avait des mains palmées et sa figure ressemblait à celle d'une grenouille.

« A ce point de la conversation, Massie commença à respirer profondément, comme épuisé, et le Dr. Petra mit fin à l'entretien en s'excusant, mais le Dr. Shrewsbury coupa court à ses excuses disant qu'il en avait entendu assez, et il fournit au Dr. Petra le même genre d'explications que celles qu'il me donnait habituellement dans la maison de Curwen Street. Mon employeur était visiblement pressé de partir et, dès que cela fut possible, nous prîmes congé du Dr. Petra. Nous allâmes à pied jusqu'à un quartier isolé le long d'East India Docks où, dans l'obscurité profonde, le Dr. Shrewsbury s'arrêta et siffla son étrange ululement, ordonnant : *Ia! Ia! Hastur. Hastur of'ayak 'vulgtmm, vugtlagln, vulgtmm, Ai! Ai! Hastur!*

« Sans attendre, nos montures aux ailes de chauve-souris jaillirent des cieux et nous regagnâmes les antiques toitures enchevêtrées d'Arkham la maudite. »

Bien plus encore que les rêves eux-mêmes, c'était le hiatus qu'il y avait entre le deuxième et le troisième rêve de cette trilogie impie qui me détermina à consulter le Dr. Asenath De Voto, car je craignais pour ma santé mentale. En effet, je résidais bien dans la maison du Dr. Shrewsbury à Curwen Street, œuvrant avec mon employeur à des préparations chimiques qu'il élaborait fiévreusement durant de nombreuses heures, et il était curieux et bizarrement troublant de constater qu'entre le deuxième et le troisième rêve *il ne paraissait pas justement y avoir eu d'intervalle.* J'avais perdu, semble-t-il, le pouvoir et la capacité de distinguer le rêve de la réalité.

Je ne savais plus qui était quoi, car tous les événements qui se déroulèrent pendant cet inexplicable laps de temps, aussi clairs qu'ils puissent me paraître, avaient la même logique que celle du rêve.

Étions-nous dans la maison de Curwen Street en train de préparer ces mystérieux paquets que le Dr. Shrewsbury venait de poser sur son bureau ? Où étais-je pris dans l'engrenage d'un rêve si profond que je ne pouvais m'éveiller à la réalité? Cela me trouble encore aujourd'hui et cependant bien moins qu'alors. Mais en ces instants, seules comptaient les lois de la stricte nécessité, et la sensation d'un péril imminent alliée à une fébrilité extrême me faisait oublier jusqu'au manger et au boire — à l'exception de l'étrange hydromel doré; la journée était entièrement consacrée à l'accomplissement de notre tâche qui, comme toujours, était entourée de ce secret dont le professeur enrobait toutes choses.

Le Dr. De Voto prit note de toutes mes impressions comme il l'avait fait pour les rêves précédents; il ne fit aucun commentaire et les circonstances ne me permirent pas de le revoir; en effet, les événements se succédèrent avec une terrible rapidité après ce troisième rêve. Je ne peux dire avec certitude si ce troisième et dernier rêve apocalyptique se déroula de jour ou de nuit, telle nuit ou telle autre; ou encore s'il était une séquence du second rêve. Tout ce que je sais, c'est qu'il commença comme les précédents : le Dr. Shrewsbury entra dans ma chambre, lança son appel aux étranges animaux ailés qui nous emportèrent; son début différa seulement des autres par le fait que nous étions chargés des paquets que le Dr. Shrewsbury avait préparés.

Le troisième et dernier rêve, tel que le Dr. De Voto le rédigea, fut le suivant :

« Nous fûmes déposés en un lieu étrange et désert, éloigné de tout. Le ciel était noir, menaçant; il me sembla qu'un brouillard, d'un vert étrange et surnaturel, tourbillonnait autour de nous. De temps en temps, j'entrevoyais, non sans frissonner, d'étranges monolithes à demi-ruinés, recouverts d'algues désséchées qui pendaient mollement des bâtiments dont nous nous approchions. La mer bruissait et la terre que nous foulions était une fange d'un noir verdâtre; cette terre était la même que celle qui recouvrait le sol de la caverne de mon premier rêve.

« Le professeur se fraya un chemin avec précaution jusqu'à un portail devant lequel de nombreuses pierres de petite taille se trouvaient dispersées ; le professeur ramassa une curieuse pierre en forme d'étoile à cinq branches et me la donna en disant : « Le tremblement de terre a déscellé ces talismans déposés là par les Premiers Dieux lorsque Cthulhu fut emprisonné. Il s'agit de l'une des portes qui donnent sur l'Extérieur. »

« Il prit l'un des paquets, le défit, et je pus voir qu'il contenait des explosifs d'une singulière puissance. Il m'indiqua comment les placer autour du portail. Je m'exécutai en dépit de la frayeur causée par ce qui m'entourait. En effet, chaque fois que les brumes se dissipaient quelque peu, le paysage avait de quoi couper le souffle d'étonnement. Les ruines qui se dressaient çà et là, épargnées par le séisme qui avait fait jaillir cette île des profondeurs dont les bâtiments étaient conçus selon des plans si impressionnants, construits avec des pierres si colossales et recouverts d'hiéroglyphes et d'images tellement impies que je fus envahi par la plus intense terreur. Les angles et les plans de cette partie de la grande cité engloutie étaient non euclidiens, suggérant plutôt les sphères et les dimensions, horriblement différentes des nôtres, sur lesquelles le professeur avait médité, il n'y a pas si longtemps.

« Le portail où nous opérions encadrait une grande porte sculptée qui était entrouverte, mais insuffisamment pour que l'on puisse entrer. Je ne sais pas à quel moment la porte commença à s'ouvrir imperceptiblement, mais ce fut le professeur qui remarqua le premier les *choses* qui émergeaient plus bas et rampaient sur les roches monolithiques. Il avait installé l'appareillage nécessaire au déclenchement de l'explosion, et il me fit remarquer négligemment les créatures recouvertes d'écailles, leurs mains et leurs pieds palmés, et leur aspect mi-humain mi-batracien, m'adjurant de ne pas m'effrayer car l'étoile

à cinq branches qu'il m'avait donnée devait me pro-
téger d'eux, si ce n'est de « L'Etre Souterrain ».

« A cet instant, il remarqua que la porte semblait
s'ouvrir peu à peu.

« — Est-ce que cette porte était aussi largement ouverte ?
demanda-t-il avec agitation.

« Je répondis que je ne le pensais pas.

« — Alors, au nom du ciel, partons.

« Avant même que je puisse revenir sur mes pas, mes sens
m'informèrent de deux choses — d'abord d'une puanteur
de charnier qui semblait provenir de la porte qui s'ouvrait
lentement, et ensuite d'un peu délectable bruit de vase,
un clapotement de boue qui paralysait d'effroi. Ce fut
ce bruit qui nous fit reculer. Comme le Dr. Shrewsbury
courait jusqu'au détonateur, la porte s'ouvrait en grand
et une chose d'une horreur abyssale remplit l'encadrement
de la porte. Je ne peux la décrire. Elle était comparable
à la chose du lac souterrain dans la Cordillère de Vilcanota
au Pérou, bien qu'elle fut encore plus hideuse, car elle
n'avait pas cette multitude de tentacules : c'était une masse
informe et protoplasmique manifestement mue par une
intelligence lui permettant de se métamorphoser à volonté.
Aussi, sa première apparence fut celle d'une masse de chair
flasque qui emplissait l'entrée; soudain, un grand œil
maléfique s'ouvrit dans cette masse; au même instant,
la masse amorphe commença à se répandre autour de
l'entrée avec un bruit atroce et nauséabond de vomissements
accompagné d'un sauvage sifflement de flûte.

« Alors le Dr. Shrewsbury appuya sur le détonateur et
les pierres qui entouraient le portail se désintégrèrent littéralement sous la force terrible de l'explosif. Les piliers
monolithiques et les poutres se brisèrent et s'écroulèrent
sur la chose qui était sur le seuil de la porte. Sans attendre,
le Dr. Shrewsbury appela les créatures ailées qui accouru-
rent du fond des cieux embrumés afin que nous puissions
quitter cette île maudite. Mais nous ne partîmes pas avant

d'assister à un spectacle encore plus affreux que tout ce qui précéda. En effet, la chose qui avait été déchiquetée par l'explosion et broyée par les énormes pierres monolithiques se *reformait* comme des torrents qui confluent, se modelant elle-même à l'aide de tentacules gluants, s'avançant vers nous sur la boue noir-verdâtre avec une incroyable rapidité alors que la terre commençait à trembler et à se craqueler — conséquence de la détonation foudroyante et assourdissante qui avait dû provoquer des vibrations souterraines au point de compromettre l'existence précaire de cette île.

« Alors, nous enfourchâmes nos montures ailées et nous regagnâmes la maison de Curwen Street. »

4

Ce fut après ce rêve que j'allai consulter le Dr. Asenath De Voto à Boston. Certains événements, prosaïques en eux-mêmes, mais comportant de terribles implications, se produisirent, de telle sorte que je ne pouvais plus être sûr de ma santé mentale; je devais avoir la garantie d'un psychiatre compétent. Ironiquement, le seul conseil que De Voto me prodigua après m'avoir entendu fut de quitter la maison de Curwen Street et Arkham aussi vite que possible car il était manifeste, affirmait-il, que le Dr. Shrewsbury et son antique maison avaient sur moi une influence néfaste. Il ne se préoccupa pas d'expliquer les faits curieux dont je possédais à présent une meilleure connaissance après m'être éveillé de ce troisième rêve troublant, les rejetant comme étant le résultat d'une auto-suggestion hallucinatoire surajoutée à mes rêves après leur déroulement, supposant que dans mon état quelque peu anormal j'avais introduit les données physiques qui tendaient à prouver que *les rêves de la maison de Curwen Street n'étaient pas des rêves mais bien des phantasmes horribles et grotesques dans lesquels j'avais joué un rôle physique.*

Comment pourrais-je expliquer autrement ce qui se déroula et ce qui allait encore se dérouler?

En effet, les événements qui vont suivre cette trilogie onirique se succédèrent avec une telle rapidité qu'il sem-

blait ahurissant que je n'eus pas découvert plus tôt la
clé du mystère, aussi incroyable fût-elle, aussi peu préparé
que je le fusse à l'accepter ou à la reconnaître. S'il n'y
avait eu l'agitation du Dr. Shrewsbury ainsi que la profonde modification de son humeur qui le détourna de
son projet de subtiliser mes chaussures, j'aurais pu ne rien
savoir. En effet, lorsque je me réveillai le matin, je découvris que mes chaussures étaient couvertes d'une fange
noir-verdâtre — *la même fange que celle de cette maudite et diabolique île du Pacifique de mon dernier rêve.
Non seulement cela, mais, dans ma poche, juste à l'endroit
où je l'avais mise dans le rêve, se trouvait l'étrange pierre
en forme d'étoile à cinq branches couverte de hiéroglyphes
qui dépassaient mon entendement.*

Il pourrait y avoir, — *il pourrait* y avoir, pensais-je,
une explication logique de ces deux faits; il serait possible,
pour celui qui aurait eu connaissance de mes rêves, de
changer mes chaussures et de disposer une telle pierre;
mais personne n'aurait pu prévoir le troisième facteur,
si prosaïque en lui-même que ses aspects terrestres rendent
son apparition encore plus effroyable. Dans la poche
intérieure de mon manteau je trouvai un exemplaire du
« *London Times* » *daté de la veille, trop récent pour qu'aucune
force naturelle ait pu l'apporter à la maison de Curwen
Street* et ouvert à la page de la *Sensationnelle Affaire*
de ce docker que nous étions allés voir.

Cette découverte me rappela la déception que me
causa ma visite au Dr. De Voto et me détermina à affronter
le Dr. Shrewsbury. Mais l'agitation de mon employeur
était telle que je fus détourné de mon projet, non seulement
à la vue de sa pâleur et son égarement mais aussi à cause
du flot de paroles qui salua mon retour de Boston.

« Où êtes-vous allé, Andrew? Mais, peu importe —
dépêchez-vous; portez mes dossiers à la bibliothèque de
l'Université de Miskatonic. Quelque étudiant à venir
pourra peut-être en faire bon usage. »

Je fus profondément étonné de constater qu'il avait consulté tous ses dossiers en mon absence et qu'il avait sélectionné différents feuillets et des boîtes de matériel qu'il souhaitait mettre en lieu sûr. Mais son agitation et la bizarrerie de ses manières ne me laissèrent pas le temps de m'attarder sur son comportement, car il m'avait demandé avec une grande insistance de me rendre le plus vite possible à la bibliothèque avec ses précieux documents et il parcourait la chambre en choisissant de nouveaux objets à joindre au tas qui grandissait au milieu de son bureau — des livres, le manuscrit de la première partie de son deuxième livre, de vieux textes et les notes relevées dans les copies qu'il avait empruntées du *Pnakotic Manuscript*, du *Necronomicon* et de quelques autres, particulièrement un *in-folio* scellé qu'il avait lui-même intitulé, *Celeano Fragments* et qu'il m'avait d'ailleurs soigneusement déconseillé de lire.

Tout ce temps, il marmottait tout haut — des phrases telles que : « Je n'aurais pas dû l'engager! C'était une erreur! », en me regardant avec une commisération lassante — ou bien, ce qui était encore plus étonnant et effroyable, il s'arrêtait de temps à autre pour écouter, tournant son regard en direction des rives du Miskatonic, comme si là se jouait notre destin. Cela me portait tellement sur les nerfs qu'en quittant la maison je jetai un regard furtif et plein de frayeur sur les bords de la rivière; mais, en cette après-midi ensoleillée, ils ne pouvaient qu'être rassurants.

A mon retour, je trouvai mon employeur profondément absorbé par la contemplation de l'*in-folio* des *Celeano Fragments*. Une nouvelle fois, j'eus la preuve de son étrange sensibilité, car il se mit à me parler bien que je fusse entré doucement dans la pièce, sans faire de bruit, et qu'il me tournât le dos.

« Mon seul problème est de savoir s'il n'est pas dangereux de léguer aux hommes ces quelques notes. Toutefois, je ne dois pas craindre que le plus grand nombre puisse prêter quelque crédit à mes révélations sur ces grandes pierres. Fort est mort, Lovecraft n'est plus de ce monde. » Et il hocha la tête.

Je m'approchai de lui et regardai par-dessus son épaule. Mon regard tomba sur une formule composée de termes si étranges que je dus me référer au texte en bas de page. Ce que je lus apportait un nouveau maillon à la chaîne démoniaque qui rattachait les hideuses possibilités inscrites dans les vides de l'espace et du temps jusqu'alors inconnues des hommes. En effet, de sa fine écriture, le Dr. Shrewsbury avait inscrit cette légende : « L'hydromel doré des Premiers Dieux rend celui qui le boit insensible aux effets du temps et de l'espace, si bien qu'il peut voyager dans ces dimensions; bien plus, il aiguise ses perceptions sensorielles afin qu'il demeure constamment dans un état proche de celui du rêve... » Je ne pus lire plus avant car mon employeur referma l'*in-folio* et s'employa à le recacheter.

— L'hydromel! m'exclamai-je. Votre hydromel!

— Oui, oui Andrew, répliqua-t-il vivement. Que supposiez-vous d'autre? Mais, j'oubliais; on ne doit pas permettre à l'homme de se laisser prendre au piège de sa propre imagination.

— Imagination! protestai-je. Est-ce imagination que d'avoir trouvé ce matin de la boue de cette île sur mes chaussures, la pierre dans ma poche et le *London Times* dans mon manteau? Je ne sais pas — je devine seulement à la lumière de ce que j'ai appris ici comment cela a pu être possible — mais je sais que nous étions là-bas.

Il me dévisagea un long moment, songeur.

— N'ai-je pas raison! demandai-je.

Même alors, je souhaitais qu'il pût m'offrir, d'une manière ou d'une autre, une explication logique et raisonnable; Dieu seul sait avec quel empressement je l'aurais acceptée! Mais il se contenta de hocher la tête avec lassi-

tude, de me tenir le bras comme pour me rassurer et me
dire : « Oui ».

— Et cette nuit de juin — cette deuxième nuit, après
notre incursion dans la caverne — vous êtes revenu avec
vos explosifs et vous avez fait sauter cet endroit démoniaque. Je vous ai entendu dévaler les rochers, et j'ai entendu la détonation...

— Ah! Vous aviez donc pris de l'hydromel cette nuit-là.
Vous étiez dans ma chambre.

J'acquiesçai.

— J'aurais peut-être dû vous le dire. Mais ce fut là
mon erreur. Je n'aurais pas dû vous prendre avec moi. Je
fus d'abord trop prudent et par la suite trop imprudent,
présumant à tort que vous ne pourriez jamais rien savoir.
Mais maintenant ils nous ont vus, maintenant ils savent
qui a fait sauter et qui a refermé les portes de cette antique
frontière de l'éternité.

Il hocha la tête une fois encore.

— Maintenant, maintenant, il est trop tard!

Son ton était tellement sinistre que je ne pus, pendant un
instant, dire quoi que ce soit. Puis, quelque peu troublé,
je demandai :

— Que voulez-vous dire ?

— Même maintenant ils nous poursuivent. Il règne
une grande agitation sous le Récif du Diable, au large
d'Innsmouth, dans la cité de Y'hanthlei, et de grands êtres
sont venus de R'lyeh. Écoutez! Écoutez ces pas diaboliques!
Mais, j'oubliais, vous ne le pouvez pas, vos sens n'ont pas
été aussi affinés que les miens au cours de ces vingt
années.

— Oui, ces vingt années, répétai-je, me remettant en
mémoire la scène curieusement révélatrice dans la bibliothèque de l'Université de Miskatonic. Où étiez-vous pendant tout ce temps ?

— J'étais sur Celeano, dans cette grande bibliothèque

des antiques monolithes qui renferme les livres et les hiéroglyphes dérobés aux Premiers Dieux.

Il se tut brusquement, et après avoir tendu l'oreille un court instant, il se mit à trembler, sa bouche se tordit de dégoût et de répugnance; il se tourna vers moi, m'intimant l'ordre de transporter le reste des objets à la bibliothèque de l'Université de Miskatonic et de revenir le plus vite possible car le crépuscule approchait et je ne devais pas passer une nouvelle nuit dans cette maison. « Lorsque vous serez de retour, dit-il, tout sera prêt pour mon départ. »

Tout se passa comme il le dit. Je dus subir les habituelles lenteurs de l'administration avant que soient enregistrés les livres et les papiers du Dr. Shrewsbury, y compris une pertinente entrevue avec le Dr. Llanfer, le directeur de la bibliothèque qui, après avoir jeté un coup d'œil sur ma première donation, demanda à ce que je sois conduit dans son bureau, ceci afin de m'annoncer qu'il avait donné l'ordre que les papiers de mon employeur soient rangés dans la réserve avec la seule copie en possession de l'Université de Miskatonic du rarissime *Necronomicon* de l'Arabe fou Abdul-Alhazred. Mais le temps avait passé plus vite que je ne le pensais et le crépuscule tombait déjà lorsque je regagnai la maison de Curwen Street.

— Bon dieu! mon garçon, que faisiez-vous donc ? demanda le Dr. Shrewsbury.

Mais il ne me laissa pas le temps de répondre car, de nouveau, il ne me prêtait plus aucune attention. A cet instant, je ressentis ce qu'il devait ressentir — cette formidable émergence d'un mal ancien, comme si les potentialités que refermait l'atmosphère de cette vieille maison étaient soudain revenues à leur vie maléfique; j'entendis à mon tour le bruit de quelque chose en train de nager, puis ce terrible tremblement qui remuait de fond en comble les entrailles de la terre, *comme si quelque grand être évoluait dans d'aquatiques territoires souterrains!*

— Vous devez partir tout de suite, dit mon employeur d'une voix troublée. Vous avez bien la pierre à cinq pointes?

Je fis signe que oui.

Il s'obstinait à me serrer très fort le bras.

— Vous souvenez-vous de la formule qui permet d'appeler les créatures interstellaires qui servent Hastur?

De nouveau je fis signe que oui.

Il tira de sa poche la réplique exacte du petit sifflet dans lequel il avait soufflé ainsi qu'une petite fiole contenant un peu de cet étrange hydromel doré.

— Voilà; maintenant, gardez ceci avec vous ainsi que la pierre. Les Profonds ne peuvent vous toucher si vous portez la pierre; mais la pierre seule est sans pouvoir sur les autres. Allez à Boston, à New York, n'importe où — mais quittez Arkham, quittez cet endroit maudit. Et si vous entendez ce marcheur dans les profondeurs de la terre, dans les eaux souterraines, n'hésitez pas — buvez l'hydromel, saisissez-vous de l'étoile et répétez la formule. Ils viendront jusqu'à vous. Ils vous emporteront à Celeano où je retourne une nouvelle fois jusqu'à temps qu'ils renoncent à me trouver. Mais conservez la pierre; la première fois je ne l'avais pas ils m'ont torturé — mais n'ayez crainte, ils ne vous toucheront pas. Si vous venez, vous me retrouverez là-bas.

Je pris la fiole, la tête pleine de questions que je ne pus lui poser. En effet, l'atmosphère de la maison était devenue oppressante; elle était chargée de menace et, de dessous la maison, montait comme une vague d'horreur : ce qui me restait de bon sens m'adjurait de partir.

— Ils sont à l'embouchure du Miskatonic maintenant, dit le professeur pensivement. Mais je suis prêt. Quelques-uns sortent de la rivière — bientôt, maintenant, très bientôt...

Il se tourna vers moi encore une fois.

— Mais partez, Andrew, *partez!*

Il fit le geste de me pousser en avant, mais son brusque effort le fit tomber de côté et il se cogna à l'une des étagères, si bien que ses lunettes se brisèrent — et ce que je vis alors me fit quitter en hurlant cette maison maudite de Curwen Street pour gagner l'obscurité embrumée de l'extérieur. Étais-je en train de rêver moi aussi dans cette fuite effrayante que ces créatures aux mains et aux pieds palmés dont les yeux énormes et phosphorescents de batraciens se posaient sur moi, sortaient des ténèbres, se hissaient hors des eaux du Miskatonic, juste de l'autre côté de la rue? Je n'hésitai pas un seul instant. Me saisissant du sifflet et de la fiole remplie du liquide doré, je ne pensai qu'à sauver ma vie, hanté par le visage du Professeur Shrewsbury tel que je le vis dans la semi-obscurité de cette funeste maison. En effet, bien que je l'aie vu en train de lire ses papiers et ses notes, bien qu'il m'ait décrit des apparitions, et fourni une multitude de preuves de l'acuité de sa vision en plus de son étrange don de seconde vue, au moment où ses lunettes tombèrent, je ne vis, à l'endroit où ses yeux auraient dû se trouver, que les puits noirs de ses orbites vides!

5.

Deux semaines se sont écoulées depuis les événements que je viens de relater. La maison de Curwen Street fut totalement détruite par le feu la nuit même de ma fuite sauvage et l'on présuma que le Dr. Shrewsbury avait péri dans l'incendie; malgré toutes mes recherches, je ne pus retrouver dans ces ruines la moindre trace d'os humains. Je pouvais seulement supposer que le Dr. Shrewsbury était parvenu à en réchapper d'une manière ou d'une autre. Il m'apparaît clairement aujourd'hui, en écrivant ces lignes sous l'empire d'une peur bien plus terrible que celle que je partageais avec mon employeur d'un temps, que le Dr. Shrewsbury était sur les traces du grand Cthulhu, s'efforçant de refermer toutes les ouvertures sur l'Extérieur. Voilà l'essentiel de ce qui ressort des éléments que j'ai pu amasser. Il avait su s'allier à d'étranges créatures venues d'autres dimensions, libérées du temps et de l'espace, lorsqu'il se mit en quête du Cthulhu, déterminé à sauver l'humanité de l'asservissement avant que ne soient venus les temps effrayants de ce mal vieux comme l'éternité qui dépasse les limites de l'entendement humain.

Je me suis documenté sur Celeano. Il s'agit d'une des étoiles composant les Pléiades, située entre Alcyon et Electre d'une part et Maia et Taygeta d'autre part. Cela semble impossible — et pourtant, si ce que le Dr. Shrewsbury écrivit ou supposa se révèle exact, le lac noir d'Hali se trouverait à proximité d'Aldebaran, la demeure de Celui Qui Ne Peut Etre Nommé, Hastur l'Ineffable, qui est servi — c'est ce que rapportent les légendes ancestrales — par d'étranges créatures aux ailes de chauve-souris qui peuvent voyager dans le temps et l'espace... Pendant les dernières heures que je passais dans ma chambre de Boston, j'ai essayé de me convaincre, comme je l'ai si souvent fait, que tout ceci n'était qu'un rêve effroyable, un de ces étranges cas de démence que parfois connaissant les hommes. Mais je ne puis plus l'affirmer avec beaucoup de conviction. En effet, alors que je rentrais chez moi ce soir-là, après un dîner frugal, j'entrevis un visage qui me fit frissonner et, de nouveau cette illustrations grotesque de Tenniel du valet de pied de la Duchesse dans *Alice aux pays des merveilles* me vint à l'esprit, suivie d'autres visions — ces créatures aux mains palmées qui, à la place des hommes, hantaient mes rêves. Et maintenant, ce n'est sûrement pas mon imagination qui put me convaincre que quelque chose marchait dans les eaux de la terre. N'ayant jamais joui d'une imagination débordante, je ne pouvais rêver de telles choses.

Des profondeurs sort un bruit horrible de succion, comme si une énorme masse de chair protoplasmique s'avançait pesamment en un lieu d'eau et de boue — un son semblable à ce bruit de glissement répugnant et nauséabond que nous entendîmes dans cette île infernale du Pacifique juste avant que la Chose ne se répande au-delà de ce hideux portail sculpté! J'ai verrouillé ma porte et ouvert en grand ma fenêtre, mais le danger est partout — je ne peux plus me retourner sans frayeur : je crois voir ces grands monolithes avec leurs terribles bas-reliefs apparaître à chaque coin de ma chambre, le visage du professeur Shrewsbury avec ces horribles orbites énucléées à la place de ses yeux ou la silhouette de ces hommes batraciens...

Et maintenant — maintenant que les Pléiades et Celeano se trouvent au Nord-Ouest, juste au-dessus de l'horizon, j'ai bu l'hydromel doré; je suis allé à la fenêtre et j'ai soufflé dans ce sifflet aux curieux motifs sculptés que le Professeur Shrewsbury me donna au cours de la dernière heure frénétique que nous avons passée ensemble : je me suis dressé et j'ai lancé dans le vide illimité du temps ces mots : *Ia! Ia! Hastur! Hastur cf'ayak' vulgtmm, vugtlagln, vulgtmm! Ai! Ai! Hastur!*

Les bruits de pas se prolongent — des bruits horrifiants de clapotement — ils semblent maintenant provenir de derrière la maison; et dehors, il y a ce terrible bruit de martellement, pareil à celui de ces effroyables créatures aux pieds palmés qui rampaient vers nous entre les rochers de cette île du Pacifique...

Mais maintenant, quelque chose... Grands Dieux! Des ailes! Quels êtres devant la fenêtre!

Ia. Ia. Hastur fhtagn!...

Épilogue. Extrait du *Boston Herald* du 3 Septembre :

« Andrew Phelan, 28 ans, demeurant 17 Thoreau Drive, s'est littéralement volatilisé de son domicile. On suppose que le jeune homme a disparu de son plein gré ; la porte de sa chambre était fermée à clef et, bien qu'une des fenêtres de sa chambre soit restée ouverte, il n'est pas démontré qu'il ait pu sauter dans le jardin ou grimper sur le toit, ces deux possibilités ayant été examinées avec la plus extrême minutie. Son acte demeure inexplicable. Cependant un cousin de M. Phelan exprima quelques doutes quant à sa santé mentale au moment de sa disparition car il semblait prêter attention aux mouvements d'un être surnaturel qui l'aurait poursuivi. Puisque cette manifestation d'irrationalité coïncide avec la découverte de l'étrange manuscrit qu'il laissa derrière lui, cela laisse à penser que M. Phelan a bien disparu volontairement pour une raison qui demeure inconnue... »

II

LA VIGIE CÉLESTE

ou

La Déposition d'Abel Keane

1.

«ABEL KEANE... ABEL KEANE... ABEL KEANE...»

Parfois je suis obligé de prononcer mon nom à voix haute pour m'assurer que je suis bien Abel Keane et de m'examiner dans le miroir pour scruter le moindre changement intervenant dans ces traits familiers. Comme s'ils pouvaient changer! Comme si inéluctablement le changement allait se produire, trahissant l'expérience de la semaine dernière! Mais s'était-il vraiment écoulé une semaine? Ou moins? Désormais, je ne puis plus avoir la moindre certitude.

C'est une chose terrible que de perdre la foi, de ne plus croire au monde de la clarté du jour et de la nuit étoilée et de sentir qu'à tous moments les lois reconnues de l'espace et du temps pourraient être abrogées par sorcellerie, peut-être à l'aide d'un maléfice ancien que seul un petit nombre d'hommes connaîtraient, de ces hommes qui prêchent dans le désert. J'ai hésité jusqu'à ce jour à raconter ce que je sais de l'incendie qui détruisit en grande partie une ville portuaire de la côte du Massachusetts et de l'abomination qui y régna. Mais les événements m'ont déterminé à ne pas hésiter plus longtemps. Il y a des choses que les hommes ne devraient pas savoir et il est toujours difficile de décider s'il faut révéler ou taire l'existence de certains faits. Cet incendie avait une cause, une cause connue de deux personnes seulement bien que d'autres aient certainement pu la deviner. Certains ont avancé que s'il existait un homme qui pût embrasser la vision de l'incroyable immensité de l'espace extérieur et la connaissance de tout ce qu'il y a ici-bas, cette vision ne pourrait le mener qu'au bord de la folie. Mais il y a des choses qui se passent dans les limites de notre petite terre et qui ne sont pas moins effrayantes car elles nous plongent dans le cosmos tout entier, dans le gigantisme du temps et de l'espace, dans une iniquité et une horreur tellement anciennes que l'histoire entière de l'espèce humaine n'est en comparaison qu'un enfantillage. L'une de ces choses est à l'origine de l'incendie qui réduisit en cendres cette abjecte cité édifiée entre le Manuxet et les rivages marins. Ils ne parlèrent pas longtemps d'incendie criminel car ils découvrirent l'une de ces petites pierres; mais il n'y eut guère qu'un entrefilet dans les journaux à propos de cet incendie ou de ces pierres singulières. Les habitants de la ville remarquèrent l'entrefilet, aussi le firent-ils promptement retirer du journal. Les experts donnèrent une version entièrement différente et conclurent que l'homme qui avait disparu dans l'incendie s'était endormi devant sa lampe et que, l'ayant renversée par mégarde, le feu s'était rapidement propagé...

Mais il s'agissait bien d'un incendie criminel et l'on peut parfaitement l'expliquer...

2.

Le mal est assurément le domaine privilégié de l'étudiant en théologie.

Ainsi pensai-je en cette nuit d'été lorsque je refermai la porte de mon domicile à Boston, 17 Thoreau Drive, et que je trouvai étendu sur mon lit un homme vêtu d'une étrange façon, plongé dans un sommeil profond dont je ne pus l'éveiller. Comme je fermais toujours ma porte à clef, je pensai qu'il avait dû entrer par la fenêtre ouverte, mais je ne pouvais encore comprendre par quel mystère.

Me remettant de ma première surprise, j'examinai mon visiteur. C'était un homme d'une trentaine d'années; son visage était soigneusement rasé et sa peau élastique était de couleur sombre; il était vêtu d'une robe aux pans flottants taillée dans une étoffe inconnue et portait des sandales faites dans le cuir d'un animal dont j'ignorais l'existence. Bien qu'il fût évident qu'il transportait dans les poches de son étrange vêtement plusieurs objets, je ne pris pas la peine de les examiner; cependant, son sommeil était si profond qu'il était impossible de l'en tirer, car tout prouvait qu'il s'était écroulé sur le lit pour s'y endormir aussitôt.

Je remarquai tout de suite quelque chose de familier dans ses traits, comme nous paraissent familières les personnes que l'on a rencontrées même fortuitement mais

que l'on est sûr d'avoir déjà vues. Ou bien j'avais déjà
fait la connaissance de mon visiteur, ou bien j'avais vu
son portrait quelque part. Cela me préoccupa au point
de vouloir percer son identité pendant son sommeil; c'est
pourquoi je plaçai une chaise près du lit et m'assis à
côté de lui, essayant de pratiquer la suggestion que j'étudiais pendant mes heures de loisir — car, alors que je
poursuivais mes études à la faculté de Théologie, j'appa-
raissais au cours de représentations privées environ trois
fois par semaine en qualité d'hypnotiseur et quelques
modestes études sur la psyché humaine me permettaient
d'obtenir un certain succès pour tout ce qui se rattache
à la lecture de la pensée.

Quoi qu'il en soit, aussi profond que fût son sommeil,
il demeurait *conscient*.

Je ne pouvais m'expliquer ce phénomène mais c'était
comme si, bien que son corps fût endormi, ses sens ne
le fussent pas, car il se mit à parler alors que je me con-
centrais sur lui. Mais il s'exprimait en dehors de toute
véritable conscience et cela devait être rattaché à son
étrange vie dont j'allais apprendre par la suite qu'elle
s'était développée à partir d'une existence supra-naturelle.

— Attendez, dit-il, puis il ajouta : Prenez patience,
Abel Keane.

Et soudain une sensation curieuse m'envahit; c'était
comme si précisément quelqu'un ou quelque chose avait
pris possession de moi, comme si mon visiteur me parlait
sans employer de mots pour décliner son identité car
ses lèvres ne paraissaient pas bouger. Pourtant, j'étais
certain qu'il me disait :

— Je suis Andrew Phelan. J'ai quitté cette chambre
voici deux ans. Je ne suis de retour que pour peu de
temps.

Brutalement je compris : je me souvenais avoir vu
deux ans auparavant le portrait d'Andrew Phelan dans
les journaux de Boston, au moment de sa disparition,

une disparition qui n'avait pas trouvé d'explications satisfaisantes.

Une sorte d'excitation s'empara de moi. J'eus à un tel degré l'impression que sa conscience était en éveil, qu'en dépit de son sommeil apparent, je ne pus m'empêcher de lui demander :

— Où êtes-vous allé?

— Celaeno, me répondit-il; mais je ne saurais dire à présent s'il parlait réellement ou s'il était en train de communiquer avec moi sans l'intermédiaire des mots.

Et je me demandai où pouvait bien se trouver Celaeno.

Il s'éveilla à deux heures du matin. Entre-temps je m'étais abandonné à une légère somnolence d'où il me tira en posant la main sur mon épaule. J'étais comme étourdi et je cherchai à bien discerner ses yeux qui me fixaient et m'examinaient avec insistance. Comme il était toujours drapé dans son étrange robe, il pensa avant toute chose à changer de vêtement.

— Avez-vous un costume de rechange?

— Oui.

— Je vous demanderai de bien vouloir me le prêter; nous avons presque la même carrure et, vous en conviendrez, je ne puis sortir ainsi vêtu.

— Non, de toute évidence.

— Je regrette de vous avoir privé de votre lit, mais mon long voyage m'avait épuisé.

— Puis-je vous demander comment vous êtes entré?

Il fit un geste en direction de la fenêtre.

— Pour quelle raison?

— Parce que cette chambre était mon point de repère, répondit-il énigmatiquement.

Puis il regarda sa montre.

— Le costume maintenant, si cela ne vous ennuie pas. Mon temps est compté.

Je me sentis obligé de lui fournir les vêtements qu'il me demandait. Quand il se dévêtit, je constatais qu'il était fort, bien musclé et qu'il se déplaçait avec une agilité qui me fit douter de ma première estimation de son âge. Je le regardais en silence s'habiller; il remarqua discrètement l'excellente coupe du costume qui d'ailleurs, n'était pas ce que j'avais de mieux, mais il venait d'être nettoyé et repassé. Je lui proposai de le garder aussi longtemps qu'il le lui plaira.

— Mme Brier est-elle toujours la propriétaire? me demanda-t-il alors.

— Oui.

— J'espère que vous ne lui direz rien à mon sujet: vous ne feriez que la troubler.

— Pas plus à elle qu'à quiconque, je suppose.

— Non, n'en parlez à personne.

Il se dirigea vers la porte et je craignis un instant qu'il ne s'en aille. Je compris en cet instant que je ne voulais pas qu'il parte sans rien me révéler de ce mystère qui demeurait insoluble depuis deux ans. Je bondis vivement pour l'empêcher de sortir.

Il me regarda avec des yeux calmes et amusés.

— Attendez! m'écriai-je. Vous ne pouvez pas partir de la sorte. Que désirez-vous? Laissez-moi aller le chercher à votre place.

Il sourit.

— Je cherche le mal, monsieur Keane, ce mal qui est plus terrible que tout ce que l'on vous enseigne à la faculté de Théologie.

— Le mal est mon domaine, monsieur Phelan.

— Je n'en suis pas si sûr que vous, répliqua-t-il. Les risques sont trop grands pour un homme normal.

Une impulsion morbide s'empara de moi. J'étais tenaillé par l'envie pressante d'accompagner mon visiteur, même s'il devenait nécessaire de l'hypnothiser. Je fixai ses yeux étranges et je tendis mes mains — et c'est alors que quelque chose m'arriva. Je me trouvai soudain dans un autre endroit, dans une autre dimension. Je m'aperçus que j'avais pris la place d'Andrew Phelan dans le lit; et cependant je l'accompagnais en pensée. Car dans l'instant, sans un bruit, sans douleur, j'étais sorti de ce monde. Rien ne pourrait décrire les sensations que j'expérimentai pendant le reste de la nuit.

Je vis, j'entendis, je touchai, je goûtai et je sentis des choses parfaitement étrangères à ma conscience. Il ne me toucha pas; il ne faisait que me regarder. Soudain je réalisai que je me trouvais au bord d'un gouffre horrible et inimaginable! Je ne pourrais dire s'il me laissa étendu sur le lit ou si je me déplaçais là-bas; cependant c'était bien dans mon propre lit que je me retrouvai le matin après ces heures mémorables passées durant cette partie de la nuit. Avais-je dormi et rêvé? Ou bien avais-je sombré dans l'hypnose? Ai-je su parce que Phelan voulait que je sache que tout cela était arrivé? Il était mieux pour mon équilibre de croire que j'avais rêvé.

Et quels rêves! Quelles images magnifiques et pourtant effroyables apportées par le subconscient! Andrew Phelan était présent dans tous ces rêves. Je le vis dans cette obscurité se diriger vers une station d'autobus; puis, il prit l'autobus et je le voyais comme si j'étais assis à côté de lui. Puis, après avoir changé d'autobus à Arkham je le vis descendre à Innsmouth, cette ville ancienne et maléfique que l'on dit hantée. J'étais à ses côtés lorsqu'il se dirigea vers les ruines sinistres de la jetée. Je le vis s'arrêter devant ce qui semblait être une raffinerie et, plus loin, devant ce qui fut autrefois la salle de réunion maçonnique et qui arbore à son fronton cette inscription étrange : *Ordre Esotérique de Dagon*. J'ai commencé à comprendre le sens de cette étrange poursuite lorsque le premier de ces hideux hommes-batraciens émergea de l'ombre du Manuxet pour observer discrètement Andrew Phelan; puis, plusieurs poursuivants silencieux et mystérieux emboîtèrent le pas de l'ennemi du mal jusqu'au moment où il quitta Innsmouth...

Toute la nuit, et cela jusqu'au lever du soleil, le rêve et la réalité ne firent qu'un ; j'ouvris les yeux lorsque Andrew Phelan entra dans ma chambre. Je me dressai en souriant bêtement et je glissai jusqu'au bord du lit où je m'assis pour mieux le voir.

— Je pense que vous me devez une explication, dis-je.

— Il est préférable de ne pas trop en savoir, répondit-il.

— On ne peut combattre le mal sans le connaître, lui ai-je rétorqué.

Il ne me répondit pas, mais j'insistai. Il s'assit avec lassitude. Ne pensait-il pas qu'une explication m'était due ? lui demandai-je. Alors, il évoqua avec une éloquence déroutante des horreurs ancestrales qu'il valait mieux ignorer. Cela ne fit qu'augmenter ma curiosité. Ne m'apparaissait-il pas, voulut-il savoir, qu'il devait exister certaines fêlures de l'espace et du temps infiniment plus terribles que tout ce que l'on pouvait imaginer ? N'avais-je jamais pensé qu'il devait exister d'autres plans, d'autres dimensions au-delà des plans et des dimensions connues ? N'avais-je pas considéré que l'espace devait exister selon des plans superposés et que le temps devait être une dimension que l'on peut traverser aussi bien dans le passé que dans le futur ? Il me parla avec volubilité sans que je puisse même poser la moindre question.

— J'essaye seulement de vous protéger, Keane, finit-il par dire, toujours avec une infinie patience.

— Avez-vous réussi à échapper à votre poursuivant la nuit dernière à Innsmouth ?

Il acquiesça.

— Vous le connaissez alors ?

— Oui, mais vous auriez pu ne pas vous apercevoir de sa présence, car dans votre — comment dit-on ? — hypnose, vous ne pouviez savoir qu'une partie des choses que je savais. Je pense, Keane, que l'hypnotisme est dangereux ; mais je croyais que cela vous protégerait si la situation s'était retournée contre vous la nuit dernière.

— Il n'y avait pas que l'hypnose.

— Peut-être pas comme vous l'imaginez. Il fit un geste pour briser là. Me serait-il possible de rester ici quelque temps aujourd'hui avant de poursuivre ma quête ? Je ne voudrais pas être découvert par Mrs Brier.

— Je veillerai à ce que l'on ne vous dérange pas.

Alors que je parlais, j'avais pris une décision : j'étais résolu à ce qu'Andrew Phelan ne m'écartât pas aussi aisément ; en effet, mon visiteur m'offrait la possibilité de percer le mystère des choses qu'en dépit de sa défiance il avait laissé deviner par un certain nombre d'allusions. Mais le « mystère Andrew Phelan » demeurait entier. On en avait parlé avec force détails dans les journaux du moment et je comptais bien trouver dans ces articles un indice quelconque. Aussi je priai Phelan de s'installer confortablement et partis ostensiblement pour l'Université ; une fois dehors, je lui téléphonai pour m'excuser d'avoir à m'absenter et, après le petit déjeuner, je me dirigeai vers la Bibliothèque Widener de Cambridge.

Andrew Phelan avait déclaré qu'il venait de Celaeno. Cette indication était trop importante pour que je puisse la négliger ; aussi je m'installai sur-le-champ pour rechercher ce que pouvait être Celaeno — ce que je découvris plus tôt que je ne l'aurais cru — mais cela ne résolut rien ; ou plutôt cela ne fit que rendre encore plus obscur le mystère d'Andrew Phelan.

En effet, Celaeno était l'une des étoiles du groupe des Pléiades du Taureau. Par la suite, j'abordai la lecture des articles consacrés à la disparition de Phelan, au début du mois de septembre 1938. J'espérais découvrir, dans les colonnes qui parlaient de cette disparition extraordinaire qui ne laissa aucune trace sur la fenêtre de cette chambre où il était maintenant revenu, des indications qui me permettraient d'éclaircir ce mystère. Mais comme je dépouillais les articles, ma perplexité s'accrût ; les journaux manifestaient le plus total embarras. Je pus seulement

noter de sombres allusions, de vagues et sinistres suggestions qui se gravèrent dans ma conscience. Phelan avait
été employé par le Docteur Laban Shrewsbury d'Arkham.
Comme Phelan, le Dr. Shrewsbury s'était absenté de son
domicile pendant plusieurs années; cette absence étrange
demeura inexpliquée. Puis il est revenu et ce retour parut
aussi bizarre qu'aujourd'hui celui de Phelan. Peu avant
la disparition de Phelan, un incendie se déclara dans la
maison du Dr. Shrewsbury et le docteur périt dans le feu.
La tâche qui incombait à Phelan était apparemment celle de
secrétaire, mais il avait passé une bonne partie de son temps
à la bibliothèque de l'Université de Miskatonic d'Arkham.

Ainsi je devais en conclure que les seules preuves tan-
gibles devaient se trouver à Arkham; les archives de la
bibliothèque de l'Université de Miskatonic devraient
certainement m'indiquer quels livres Phelan avait consultés — certainement pour le compte de feu Shrewsbury.
Une heure seulement s'était écoulée; j'avais largement
le temps de poursuivre mes recherches; aussi je pris sur-
le-champ un autobus qui devait me conduire à Arkham;
en relativement peu de temps il me déposa non loin de l'ins-
titution où je croyais pouvoir découvrir de plus amples
informations sur les préoccupations d'Andrew Phelan.

Ma curiosité relative aux livres consultés par Andrew
Phelan rencontra une curieuse réticence, et c'est ainsi
qu'en dernier ressort, je me retrouvai dans le bureau
du directeur de la bibliothèque, le Docteur Llanfer, qui
souhaitait savoir pourquoi je désirais consulter certains
livres mis sous clef. J'expliquai que je fus amené à m'intéresser à la disparition d'Andrew Phelan et au travail
qu'il avait pu faire.

Ses yeux se rétrécirent.

— Etes-vous journaliste?

— Je suis étudiant, monsieur.

Par bonheur, j'avais sur moi mes titres de collège et je
les lui présentai sans perdre un instant.

— Très bien. Il acquiesça et, toujours avec réticence, il rédigea la permission souhaitée et me la tendit. Il faut que je vous dise, Mr. Keane, que parmi les personnes qui ont consulté ces livres il y en a peu en définitive — sinon aucune — qui soient en vie pour en parler.

C'est sur cette note singulièrement sinistre que je quittai son bureau pour me retrouver dans une petite salle à peine plus grande qu'un compartiment; dès que j'y fus installé, l'employé plaça devant moi un certain nombre de livres et de manuscrits. De tout cela, le document le plus important et de toute évidence la pièce la plus prisée de la bibliothèque, à en juger par la manière quasiment cérémonieuse avec laquelle l'employé la portait, était un volume ancien intitulé simplement : *Necronomicon* dont l'auteur était un Arabe, Abdul Alhazred. Les archives indiquaient que Phelan avait consulté ce livre à plusieurs reprises mais, à mon grand regret, il était clair que le volume n'était pas destiné aux profanes car il contenait des références dont l'ambiguïté était incomparable. Mais une seule chose était certaine — le livre traitait du mal et de l'horreur, de la terreur et de la peur de l'inconnu, de choses qui marchent dans la nuit et pas seulement dans la petite nuit de l'homme mais dans la plus vaste, la plus profonde, la plus mystérieuse nuit du monde — le versant obscur de l'existence.

Je sortis de cette lecture au bord du désespoir; c'est alors que je trouvai une copie manuscrite du livre du Professeur Shrewsbury : *Cthulhu dans le Necronomicon*. Ce livre comprenait de savants paragraphes qui se référaient, pour leur grande majorité, aux dits de l'écrivain arabe; bien que ces passages me soient le plus souvent incompréhensibles, je relevai presque par hasard un détail qui, à la lumière de ma récente expérience, fit naître en moi la plus intense terreur car, alors que je feuilletais ces pages pleines d'allusions énigmatiques à des êtres et à des lieux qui m'étaient totalement inconnus, je découvris une citation appartenant à un autre livre intitulé *R'lyeh Text* et qui disait : *Le Grand Cthulhu s'élèvera de R'lyeh, Hastur l'Ineffable reviendra de l'étoile noire qui se trouve dans les Hyades près d'Aldebaran... Nyarlathotep mugira éternellement dans l'obscurité dont il a fait sa demeure, Sub-Niggurath pourra engendrer ses mille rejetons...*

Je ne cessais de relire cette incroyable et maléfique citation car, pour la deuxième fois en l'espace de vingt-quatre heures, je me trouvais confronté à des textes faisant état d'espaces incommensurables et d'étoiles et particulièrement d'une étoile située dans les Hyades et faisant partie de Taurus : de toute évidence, il ne pouvait s'agir que de Celaeno ! Et, comme apportant une réponse ironique à la question que je me posais, je trouvai, en refermant le manuscrit, un cartonnage qu'une main ferme et pourtant irrégulière avait intitulé *Celaeno Fragments*. Je l'examinai de plus près : il était cacheté. Le vieil employé qui n'avait fait jusqu'alors que m'observer s'approcha.

— Il n'a jamais été ouvert, me dit-il.

— Pas même par M. Phelan ?

— Depuis qu'il a été déposé par M. Phelan lui-même après avoir été marqué du sceau du Dr. Shrewsbury, je ne crois pas que quiconque l'ait consulté.

Je regardai l'heure. Il était tard et je comptais me rendre à Innsmouth avant la fin de la journée. C'est avec regret et un étrange pressentiment que je rendis les livres et les manuscrits.

— Je reviendrai, ai-je promis. Je voudrais être de retour d'Innsmouth avant que la journée ne soit trop avancée.

L'employé m'examina et son regard était inquisiteur et méditatif.

— Oui, finit-il par dire, il vaut mieux visiter Innsmouth de jour. Je réfléchis à la réponse du vieil homme alors qu'il rangeait les ouvrages, puis je finis par dire :

— Voilà une bien étrange considération, M. Peabody. Que se passe-t-il donc de si singulier à Innsmouth ?

— Ah, ne me demandez rien, je n'y suis jamais allé
et je n'en ai d'ailleurs pas l'intention. Il y a suffisamment
de choses étranges à Arkham pour que je n'éprouve nul
besoin d'aller à Innsmouth. Mais j'ai entendu des choses,
des choses terribles, M. Keane, des choses telles qu'il
est impossible de discerner la réalité de la fiction; ce qui
est sûr, c'est qu'elles ont été divulguées. On dit que les
Marsh, ceux qui possèdent la raffinerie...

— La raffinerie! m'écriai-je, me souvenant de mon
dernier rêve.

— Oui, on raconte que tout commença avec le vieil
Obed Marsh Premier; le vieux capitaine Obed n'est plus
de ce monde et maintenant c'est Ahab qui est là, Ahab
Marsh, son arrière-petit-fils, qui, d'ailleurs, n'est plus
très jeune; ils ne deviennent jamais très vieux à Innsmouth.

— Que dit-on d'Obed Marsh?

— Je pense qu'il vaut mieux ne pas en parler. Peut-
être n'est-ce là qu'une vieille histoire de bonnes femmes,
mais on dit qu'il avait conclu un pacte avec le démon
et qu'il apporta la grande peste qui ravagea Innsmouth
en 1846 et que ceux qui vinrent après lui étaient également
liés par ces pactes avec des êtres extra-terrestres qui,
dit-on, hantent le Récif du Diable, non loin du port
d'Innsmouth, et qui seraient à l'origine du dynamitage
d'innombrables vieilles maisons du quartier des dock
pendant l'hiver 27-28. Peu de gens y habitent et personne
n'aime le peuple d'Innsmouth.

— Préjugé racial?

— C'est quelque chose comme ça : ils ne ressemblent
pas aux autres gens. J'ai déjà eu l'occasion de voir l'un
d'entre eux et vous penserez que je suis un vieux radoteur
si je vous dit qu'il me fit songer à une grenouille.

J'étais secoué. La créature qui avait si mystérieusement
suivi Andrew Phelan dans mon rêve de la nuit dernière
ressemblait elle aussi à une grenouille. Je fus à ce moment
précis possédé par le désir d'aller à Innsmouth et de voir

de mes propres yeux les lieux de ce rêve qui avait troublé mon sommeil.

Alors que je me trouvais devant le Drugstore Hammond à Market Square en train d'attendre l'autobus brinquebalant qui menait à Innsmouth les voyageurs téméraires, j'eus soudain le pressentiment d'un danger imminent dont je n'arrivais pas à me défaire. En dépit de mon insistante curiosité, c'était comme si un sixième sens aigu et pénétrant me dissuadait de prendre le bus conduit par ce type au visage maussade et bizarre qui venait de descendre pour se dégourdir les jambes avant de repartir pour Innsmouth, but ultime de cette quête sans objet. C'est alors que je remarquais qu'il était anormalement vouté.

Je ne prêtai pas attention à ce pressentiment et montai dans l'autobus, en compagnie d'un autre passager que je devinais instinctivement être un habitant d'Innsmouth car il avait lui aussi une drôle d'allure avec des plis profonds et bizarres sur le cou, un type à la tête très petite, qui ne dépassait guère la quarantaine, avec des yeux glauques et un nez aplati, des oreilles curieusement atrophiées que je trouvais exagérément communes dans cette maléfique ville portuaire vers laquelle l'autobus ne tarda pas à se mettre en route. Le conducteur, lui aussi, était manifestement un homme d'Innsmouth et je commençais à comprendre ce que Mr. Peabody signifiait lorsqu'il disait que les gens d'Innsmouth n'étaient pas des « gens comme les autres. » Pour achever la comparaison avec le poursuivant de mon rêve, je scrutai mon compagnon de voyage et le conducteur aussi minutieusement et aussi discrètement que je le pouvais; et je fus forcé d'admettre qu'il y existait une infime différence. Je ne pouvais la saisir, mais le poursuivant de mon rêve semblait maléfique en comparaison de ces gens qui avaient vraiment l'apparence banale de crétins et autres individus infortunés portant les stigmates de la plus basse intelligence.

Je n'étais jamais allé auparavant à Innsmouth. étant descendu du New Hampshire afin de poursuivre mes études en théologie, je n'avais jamais eu l'occasion de voyager au-delà d'Arkham. Par conséquent, la ville que je découvrais, alors que le bus s'en approchait en épousant la courbe du rivage, me déprimait au plus haut point; elle était étrangement dense et cependant semblait dépourvue de vie. Peu de voitures circulaient et les trois clochers qui se dressaient au-dessus des cheminées, à l'exemple des toits en croupes et des pignons pointus, s'affaissaient presque sous le poids des années; un seul ressemblait à quelque chose d'utilisable car les autres avaient été détériorés par les intempéries : les bardeaux avaient été arrachés et la peinture était complètement à refaire. Toute la ville, d'ailleurs, avait besoin d'être repeinte; seuls faisaient exception deux bâtiments que nous dépassâmes, les deux bâtiments de mon rêve : cette raffinerie et ce bâtiment à colonnades qui se dressaient en face des églises édifiées autour de la place principale avec son inscription or et noir sur le fronton, présente avec force dans ce qu'il me restait de l'expérience de la nuit passée — l'Ordre Esotérique de Dagon. Cet édifice, comme celui de la Marsh Refining Company le long du Manuxet, semblait avoir été repeint récemment. En dehors de ces deux édifices et d'une succursale de la First National, tous les bâtiments de ce qui paraissait constituer le quartier des affaires de la ville paraissaient terriblement vétustes; leurs peintures s'écaillaient et leurs fenêtres avaient besoin d'être lavées. Il en était de même pour toute la ville, le long des rues résidentielles de Broad, Washington, Lafayette et Adams où vivaient encore les descendants de vieilles familles d'Innsmouth — les Marsh, les Gilman, les Eliot, les Wait — cependant les bâtiments y étaient d'une plus fraîche apparence quoique la nécessité d'un ravalement s'y fît également sentir, et que leurs jardins ne fussent pas entretenus, mais, dans la plupart des cas, des barrières avaient été construites pour déjouer la curiosité des passants.

Prévenu comme je l'étais à l'encontre des gens d'Innsmouth, je demeurai quelque temps dans l'expectative, après être descendu de l'autobus et avoir vérifié qu'il retournait bien à Arkham à sept heures du soir, me demandant quel serait le trajet le plus opportun. Je n'avais aucun désir de parler avec les gens d'Innsmouth, car il me répugnait au plus haut point d'aller au-devant d'un danger subtil et insidieux; cependant, je continuais à être poussé par la curiosité qui m'avait mené jusqu'ici. Il m'apparut, à la réflexion, que le gérant du magasin First National ne devait vraisemblablement pas être un homme d'Innsmouth; c'était la coutume de la chaîne de déplacer régulièrement ses gérants, et c'était une chance que ce gérant fût étranger — car en face de ces gens, il était inévitable que celui qui ne provenait pas de la proche banlieue se sentît un étranger. C'est pourquoi je me dirigeai vers la boutique qui se trouvait au coin d'une rue.

Contrairement à mon attente, il n'y avait pas de commis, mais un homme entre deux âges qui était en train de s'occuper prosaïquement de ses boîtes de conserves; je demandai à parler au gérant, mais, de toute évidence, c'était lui le gérant; il n'avait pas ces traits choquants et repoussants qui caractérisent les gens d'Innsmouth; il était bien, comme je l'avais imaginé, un étranger. J'eus l'impression désagréable qu'il tressaillit à ma vue et qu'il semblait hésiter à parler, mais je réalisai immédiatement que, sans aucun doute, cela était dû à son isolement au milieu de ces gens décadents.

M'étant présenté et ayant observé sans ambages que je pouvais reconnaître en lui un étranger, comme moi-même, je menai sur-le-champs mon enquête. Qu'en était-il de ces gens d'Innsmouth? voulais-je savoir. Qu'était l'*Ordre Esotérique de Dagon*? Et que disait-on à propos d'Ahab Marsh?

Il réagit vivement, ce à quoi je m'étais attendu. Il devint nerveux, jeta un regard plein de frayeur en direction de la porte d'entrée du magasin et vint vers moi pour me prendre brutalement par le bras.

— Nous ne parlons pas de telles choses, ici, me dit-il âprement. Sa peur nerveuse n'était que trop manifeste.

— Je suis désolé si je vous mets mal à l'aise, poursuivis-je, mais je ne suis qu'un voyageur de passage et je serais curieux de savoir pourquoi un si beau port a été laissé à l'abandon car il me semble que les quais n'ont pas été réparés et que la plupart des établissements commerciaux ont fermé leur porte.

Il chuchota :

« Savent-*ils* que vous êtes venu me poser des questions ?

— Vous êtes la première personne à qui j'adresse la parole.

— Dieu soit loué ! Suivez mon conseil et quittez la ville dès que vous le pourrez. Vous pouvez prendre un autobus...

— Je viens juste d'arriver pour savoir ce qui se passe exactement dans cette ville.

Il me regarda, indécis, jeta de nouveau un regard en direction de l'entrée et soudain il fit demi-tour et marcha le long du comptoir, se dirigeant vers une porte ornée de rideaux qui devait donner accès à son logement. Il dit : « Suivez-moi, M. Keane. »

Il me conduisit dans l'arrière-boutique où, bien qu'avec réticence, il se mit à parler tout bas, âprement, comme s'il craignait que les murs eux-mêmes pussent l'entendre. Ce que je voulais savoir, dit-il, était impossible à vérifier parce qu'il n'y avait aucune *preuve*. Tout n'était que racontars et bavardages sur le terrible déclin des familles isolées qui s'alliaient entre elles depuis des générations. Cela expliquait en partie ce qu'il appelait « le type d'Innsmouth ». C'était vrai, le vieux capitaine Obed Marsh commerça aux quatre coins de la terre et il rapporta à Innsmouth

d'étranges choses et certains disent d'étranges pratiques
comme celle de la secte païenne des hommes de la me
appelée *Ordre Esotérique de Dagon*. On dit qu'il entretin
d'étranges relations avec des créatures qui surgissaient
lorsque la lune était cachée, de la mer profonde au larg
du Récif du Diable, et qu'il les rencontrait près du réci
à un mile et demi du rivage; et il savait qu'il n'y avai
personne pour l'observer; pourtant, au cours de l'hive
fatidique qui vit la destruction des installations portuaire
par les agents fédéraux, un sous-marin sortit pour tor
piller les insondables fonds au large du Récif du Diable
Il parlait bien et avec persuasion et peut-être n'en savait-i
pas plus; mais je ressentis indéniablement les lacunes d
son histoire, son discours laissant nombre de question
sans réponse.

Évidemment, il existait bien des histoires au suje
du capitaine Obed Marsh et, de ce fait, il existait bien
aussi des histoires au sujet des Marsh tout comme il e
existait au sujet des Waite, des Gilman, des Orne et de
Eliot — histoires qui remontaient à l'époque déjà lointain
où ces familles étaient opulentes. Et assurément il n'étai
pas prudent de traîner aux alentours du bâtiment d
la Marsh Refining Company ni près de la salle de l'*Ordre
Esotérique de Dagon*...

Notre conversation fut interrompue à ce point préci
par le tintement de la clochette annonçant un client e
M. Henderson cessa immédiatement de répondre à me
questions. La curiosité me fit soulever les rideaux et j
vis la femme qui venait d'entrer — une femme d'Innsmouth
car son apparence était repoussante; il y avait quelque chose
de plus qu'une simple ressemblance avec l'homme qu
l'accompagnait; elle avait une apparence reptilienne et
lorsqu'elle parlait avec cette curieuse voix de gorge,
Henderson semblait la comprendre parfaitement; il
l'écoutait sans faire de commentaires et la servait avec
empressement.

— C'était l'une des Waite, dit-il en réponse à ma curiosité. Elles ont toutes cet aspect depuis des générations. Les Marsh sont tous partis maintenant, à l'exception d'Ahab et des deux vieilles femmes.

— La raffinerie fonctionne-t-elle toujours ?

— Un peu. Les Marsh ont encore quelques navires; longtemps après la venue du gouvernement, ils n'avaient encore rien à mettre dans leurs navires; puis il y eut un mieux au milieu des années trente; Ahab réapparut une nuit d'on ne sait où, c'est ce qu'on dit, et prit la relève des Marsh lorsqu'ils partirent. Cousin ou arrière-petit-fils, disent-ils. Je ne le vis qu'une seule fois et de loin. Il ne sort pas souvent, mais il se rend toujours à la salle de l'Ordre où les Marsh se montrent régulièrement.

L'*Ordre Esotérique de Dagon*, expliqua-t-il en accédant à mon insistante prière, était une sorte de secte antique et très certainement païenne et les étrangers en furent formellement exclus. Il n'était même pas recommandé de s'interroger à son propos.

Mon éducation s'y rebella, et je demandais quel rôle tenaient les membres des autres églises. Il répondit par une autre question : pourquoi ne pas demander au synode de ce district ? J'appris alors que les diverses pastorales étaient désavouées par leurs propres églises et que les pasteurs avaient parfois tout simplement disparu et avaient souvent abandonné leur sacerdoce pour revenir, par une étrange reconversion, à des cérémonies primitives et païennes.

Tout ce qu'il me disait excédait les limites de mon entendement — et pourtant ce qu'il disait n'était pas aussi terrifiant que ce qu'impliquaient ses paroles — la vague intuition d'un mal terrifiant, d'un mal qui viendrait de l'*extérieur*, la suggestion hideuse des rapports qui s'étaient noués entre les Marsh et ces créatures des profondeurs, l'intuition de ce qui advint aux réunions de l'*Ordre Esotérique de Dagon*. Quelque chose se passa ici en 1928,

quelque chose de suffisamment terrible pour que la presse
se taise, quelque chose qui amena le gouvernement fédéral
à investir la place et à justifier la destruction partielle
des docks de ce vieux port de pêche. Je connais assez
l'histoire biblique pour savoir que Dagon était l'antique
dieu-poisson des Philistins qui surgit des eaux de la mer
Rouge, mais dans ma pensée demeurait perpétuellement
présente la croyance que le Dagon d'Innsmouth n'était
rien d'autre qu'un masque fictif de ce premier Dieu païen,
que le Dagon d'Innsmouth était le symbole de quelque
chose de malfaisant et d'infiniment terrible, quelque chose
qui devait expliquer non seulement la curieuse apparence
des gens d'Innsmouth mais aussi la malédiction et l'abandon
de cette ville portuaire isolée des cités environnantes et
oubliée par le monde entier.

Je pressai le gérant de préciser sa pensée mais il ne put
ou ne voulut le faire; en effet, à mesure que le temps
passait, il commençait à se comporter comme si j'en
avais déjà trop entendu; son anxiété s'accrut et je pensai
qu'il valait mieux que je parte. Henderson me supplia
de ne pas poursuivre mon investigation, ajoutant que les
gens « que l'on a perdus de vue, seul le Seigneur sait où
ils se trouvent. Personne ne trouve la trace de l'endroit
où ils sont allés, et je crois que jamais personne ne le
pourra. Mais *eux*, *ils* le savent ».

Je le quittai sur cette note sinistre.

Le temps me manquait pour poursuivre mon exploration, mais je m'arrangeai pour marcher un moment
le long des rues et des ruelles d'Innsmouth à proximité
de la station d'autobus et je constatai que tout était
curieusement délabré et que nombre d'immeubles exha-
laient, en dehors de l'odeur familière de vieux bois et
de pierre, une essence étrangement marine comme si
elle provenait de l'océan lui-même. Je ne pouvais aller
plus loin car les regards bizarres que me jettaient les
rares passants que je rencontrais dans les rues commen-

çaient à m'inquiéter et j'avais même l'impression que l'on m'épiait derrière les portes closes et les rideaux des fenêtres; mais, par-dessus tout, j'étais si horriblement conscient de cette aura de malveillance que je fus heureux que l'heure fût venue de reprendre le car retournant à Arkham et, de là, de regagner mon logis à Boston.

3.

Andrew Phelan attendait mon retour.

La nuit était déjà avancée et Phelan n'avait pas quitté ma chambre. En entrant, je remarquai de la compassion dans son regard.

— Je me suis souvent demandé pourquoi la curiosité humaine était insatiable, dit-il, mais je suppose que c'est trop en demander à celui qui a une expérience comme la vôtre, si éloignée de la normale des choses que la plupart d'entre nous connaissons, d'accepter sans chercher une explication différente de celle que je vous ai donnée.

— Vous savez?...

— Où êtes-vous allé? dit-il; Abel, est-ce que quelqu'un vous a suivi?

— Je n'ai pas cherché à le savoir.

Il hocha silencieusement la tête.

— Et avez-vous appris ce que vous désiriez savoir?

Je confessai que j'étais plus perplexe que jamais et peut-être un peu plus troublé que je ne l'étais à l'origine.

— Celeano, dis-je, que m'aviez-vous raconté?

— Nous y sommes tous les deux, dit-il brusquement, le Dr. Shrewsbury et moi-même.

Je crus un moment qu'il essayait de me mystifier; mais quelque chose dans son attitude excluait la légèreté. Il était sinistre, le visage fermé.

— Vous pensez que c'est impossible ? Vous êtes enchaîné par vos propres lois. Ne cherchez pas plus loin, mais acceptez simplement ce que je dis car le temps presse. Pendant des années, j'ai suivi le Dr. Shrewsbury sur les traces d'un grand être maléfique; nous étions déterminés à l'empêcher de revenir à la vie terrestre et de sortir de sa prison enchantée sous les mers. Écoutez-moi, Abel, et comprenez devant quel péril mortel vous vous trouviez cet après-midi dans Innsmouth la maudite.

Dès lors il se mit à parler d'un mal ancien et incroyable à vous glacer le cœur, des Grands Anciens alliés aux forces élémentaires — l'Être de Feu, Cthugha; l'Être des Eaux, Cthulhu; le Seigneur de l'Air, Lloigor, Hastur l'Ineffable, Zhar et Ithaqua; la Créature de la Terre, Nyarlathotep, et d'autres — depuis longtemps chassés et emprisonnés par les sortilèges des Premiers Dieux qui gravitent autour de l'étoile Betelgeuse — les Grands Ancêtres qui ont leurs mignons, leurs adeptes secrets parmi les hommes et les bêtes, dont la tâche est de préparer leur rédemption, car cela fait partie de leurs intentions maléfiques que de revenir pour régenter l'univers comme ils le firent autrefois après leur révolte et leur évasion du domaine des Ancêtres. Son récit suggérait d'effrayants parallèles avec ce que j'avais lu dans ces livres oubliés à la bibliothèque de l'Université de Miskatonic pas plus tard que cet après-midi. Il y avait dans ses paroles une telle conviction et une telle assurance que je me trouvais libéré du savoir orthodoxe auquel j'étais accoutumé.

L'intelligence humaine, confrontée à ce qui la dépasse, réagit inévitablement de deux façons — son impulsion première est de tout rejeter en bloc, la seconde est de tenter d'accepter; mais après avoir écouté l'effroyable discours d'Andrew Phelan, on ne pouvait échapper à la tentation de croire que seule une telle explication pouvait convenir à *tous* les événements qui se sont déroulés depuis son étrange apparition dans ma chambre. De l'abominable fresque exposée par Phelan, certains aspects étaient plus effrayants et mêmes plus incroyables que d'autres. En compagnie du Dr. Shrewsbury, Phelan s'était mis à rechercher les « ouvertures » par lesquelles le grand Cthulhu pourrait ressurgir de la demeure subaquatique de R'lyeh où se prolonge son sommeil; sous la protection d'une pierre gravée en forme d'étoile à cinq branches provenant de l'antique Mnar, ils n'eurent pas à repousser les mignons qui servaient les Grands Anciens — les Profonds, les Shoggoths, le Peuple Tcho-Tcho, les Dholes et les Voormis, les Valusians et toutes les créatures semblables — car l'étoile à cinq branches a le pouvoir de vaincre les êtres supérieurs qui servent directement le Grand Cthulhu. Ainsi purent-ils reprendre leur envol après avoir appelé des espaces interstellaires d'étranges créatures pareilles aux chauves-souris, les serviteurs d'Hastur, Celui Qui Ne Peut Etre Nommé, ancien rival de Cthulhu; et, ayant partagé l'hydromel doré qui rend insensible aux effets du temps et de l'espace et permet de voyager dans ces dimensions alors que, simultanément, les perceptions sensorielles s'accroissent à un point jusqu'à ce jour inconnu, ils partirent pour Celaeno. Là, ils complétèrent leurs connaissances en étudiant dans la bibliothèque monolithique les livres et les hiéroglyphes dérobés aux Premiers Dieux par les Grands Anciens lorsqu'ils se révoltèrent contre leur bienveillante autorité. Mais, bien que se trouvant sur Celaeno, ils ne demeuraient cependant pas dans l'ignorance de ce qui se passait sur Terre et ils avaient appris quel commerce entretenaient à nouveau les Profonds avec les étranges habitants d'Innsmouth la maudite, dont l'un avait été désigné pour le retour de Cthulhu. C'est pour empêcher ce retour que le Dr. Shrewsbury avait envoyé Andrew Phelan sur la Terre.

— Quel genre de rapport s'était-il établi entre les habitants d'Innsmouth et ces créatures qui sortaient des eaux près du Récif du Diable?

— Cela ne vous a pas sauté aux yeux?

— Le commerçant supposait qu'il y avait eu trop de mariages consanguins.

Phelan eut un sourire lugubre.

— Oui, mais pas entre les vieilles familles d'Innsmouth; c'est avec ces êtres maléfiques des profondeurs, de Y'han-thlei que surplombe le Récif du Diable. Et l'*Ordre Esoté-rique de Dagon* n'est que le nom d'emprunt de l'organi-sation des adorateurs afin d'appliquer les commandements de Cthulhu et de ses serviteurs pour préparer la voie, pour ouvrir les portails du monde supérieur à leur domination diabolique!

Je pesai les termes de sa choquante révélation une minute entière avant de le laisser poursuivre. Accordant un certain crédit à tout ce que Phelan venait de raconter — et son attitude semblait indiquer qu'il lui était indiffé-rent que je le croie ou non — il apparaissait que sitôt sa mission accomplie, il projetait de retourner sur Celaeno. Du moins, c'est l'intention que je lui prêtais.

— Oui, admit-il, il en sera fait ainsi.

— Alors vous devez savoir qui, à Innsmouth, ramène les gens au culte de Cthulhu et au commerce avec les Profonds?

— Laissez-nous dire plutôt qui nous suspectons. Ce ne peut être que lui.

— Ahab Marsh.

— Oui Ahab Marsh. C'est par son arrière-grand-père, Obed, que tout commença; Obed, par ses voyages lointains et les endroits étranges qu'il visita. Obed, nous le savons maintenant, rencontra les Profonds dans une île au milieu du Pacifique — une île qui n'aurait jamais dû exister — et il leur ouvrit le chemin pour aborder à Innsmouth. Les Marsh prospérèrent, mais ils n'étaient pas plus à l'abri de ces maudites métamorphoses que les autres habitants de cette ville déshéritée.

« Leur sang est contaminé depuis des générations. Les

événements de 1928-1929 qui déterminèrent le gouvernement fédéral à investir Innsmouth ne marquèrent un temps
d'arrêt que pour quelques années, à peine une décennie.
Depuis le retour d'Ahab Marsh — et nul ne sait quand il
est revenu en dehors des deux doyennes Marsh qui le
reconnurent comme étant l'un des leurs — tout recommença
mais, cette fois, moins ouvertement, si bien que l'on ne
fit pas appel aux Fédéraux. J'ai quitté le domaine céleste
pour veiller à ce que la désolation ne se répande à nouveau
sur la terre. Il m'est impossible d'échouer.

— Mais comment ?

— Les événements le diront. Demain je me rendrai
à Innsmouth ; là, je vais poursuivre ma surveillance jusqu'au moment où il me faudra agir.

— Le commerçant m'a dit que les étrangers sont regardés
avec suspicion.

— C'est pourquoi j'emprunterai leur aspect.

Toute la nuit, je demeurai éveillé aux côtés d'Andrew
Phelan, rongé par le désir de l'accompagner. Si son récit
n'était que le produit de son imagination, alors il s'agirait
d'une prodigieuse et glorieuse fable, conçue pour faire
battre le cœur et enflammer l'esprit ; mais si ce n'est point
une fable, ma responsabilité se trouverait aussi sûrement
engagée que la sienne dans la poursuite et la destruction
du mal à Innsmouth, car le mal est l'ennemi immémorial
de tout bien, tel que nous chrétiens le comprenons, ou tel
qu'il fut compris dans quelque mythe préhistorique.
Mes études théologiques semblaient presque frivoles
comparées à ce que Phelan venait de raconter, bien qu'à
ce moment, je le confesse, je doutais de son importance —
et comment aurais-je pu faire autrement ? Les monstrueuses
entités du mal qu'évoqua Phelan toute la nuit n'étaient-
elles pas impossibles à concevoir, et même pouvait-on
espérer les croire possibles ? Pourtant elles l'étaient.
C'est le fardeau spirituel de l'homme que de trouver
si facile de douter et si difficile de croire, même pour

les choses les plus simples. Et un parallèle frappant s'imposa à l'étudiant en théologie que j'étais, un parallèle que je ne pouvais négliger car il n'était que trop évident : la similarité entre le récit de la révolte des Grands Anciens contre les Premiers Dieux et cet autre, plus universellement connu, de la révolte de Satan contre les forces du Seigneur.

Le lendemain matin, je fis part à Phelan de ma décision. Il hocha la tête.

— C'est fort honorable de vouloir nous aider, Abel. Mais vous ne savez pas réellement ce que cela signifie. Je ne vous en ai donné qu'un mince aperçu — rien de plus. Je n'ai pas le droit de vous engager de la sorte.

— Ma seule responsabilité est en cause.

— Non, la responsabilité revient à l'homme qui connaît les faits. Il y a un abîme entre ce que le Dr. Shrewsbury et moi pensons pouvoir enseigner. Je dois dire que nous sommes à peine parvenus à la compréhension de la totalité — pensez, alors, au peu de choses dont vous avez connaissance!

— Je le conçois comme un devoir.

Il me dévisagea rêveusement et je vis pour la première fois que ses yeux trahissaient un âge plus avancé que ses trente ans.

— Laissez-moi réfléchir; vous avez vingt-sept ans, Abel. Réalisez-vous que si vous persistez dans votre décision, il pourrait ne plus y avoir de futur pour vous?

J'étais prêt à polémiquer âprement avec lui; j'avais déjà voué mon existence à la destruction du mal, et le mal qu'il me présentait était quelque chose de plus tangible que celui qui sommeille dans l'âme humaine. Il sourit et hocha la tête en m'écoutant — il finit par accepter, avec une sorte de cynisme que je trouvai irritant.

La première étape dans notre poursuite du mal à Innsmouth fut de nous déplacer de Boston à Arkham, non seulement à cause de la proximité d'Arkham par rapport à Innsmouth, mais aussi pour éviter que Phelan ne soit

reconnu par ma logeuse qui voyait d'un mauvais œil
toute la publicité faite à son sujet. Et d'une telle publicité
découlerait, en retour, la découverte de sa présence sur
terre par ces créatures qui avaient précédemment poursuivi le Dr. Shrewsbury et Andrew Phelan, les obligeant
à prendre la fuite. Sans aucun doute, la chasse recommen-
cerait de toutes façons, mais heureusement pas avant
que Phelan ait accompli ce pourquoi il était revenu.

Nous partîmes donc cette nuit même.

Phelan ne jugea pas utile que j'abandonne ma chambre
de Boston; aussi je payai un mois de loyer d'avance,
ne songeant pas au jour où je pourrais me retrouver
entre ces murs familiers.

Nous trouvâmes à Arkham une chambre dans une
maison assez neuve qui se trouvait dans Curwen Street.
Phelan me confia plus tard que la maison avait été bâtie
à l'emplacement de celle du Dr. Shrewsbury qui fut
détruite par le feu, cet incendie coïncidant avec son ultime
disparition. Nous étant concertés et ayant expliqué à
notre nouvelle logeuse que nous aurions à nous absenter
plusieurs heures d'affilée, nous procédâmes à l'énumération des conditions qui nous permettraient de séjourner
temporairement au milieu de la population d'Innsmouth,
car Phelan pensait qu'il était plus que nécessaire, afin
de demeurer relativement libres de nos mouvements,
d'emprunter une apparence qui nous fasse ressembler
le mieux possible aux gens d'Innsmouth.

Phelan se mit au travail en fin d'après-midi. Je ne tardai
pas à découvrir qu'il était extraordinairement habile de
ses mains; en effet, il modifia complètement mes traits —
transformant en vieillard le jeune homme chétif que j'é-
tais; ma tête prit cette forme étroite si caractéristique,
avec ce nez plat et ces curieuses oreilles que l'on ne connaît
qu'aux gens d'Innsmouth. Il refit complètement mon
visage; ma bouche devint étroite, ma peau se couvrit
de pores grossiers, mon teint naturel disparut derrière

une horrible pâleur grise; il s'efforça même de donner
à mes yeux un aspect globuleux de batracien et de rider
affreusement mon cou par de profonds plis presque écail-
leux. Une fois qu'il eut fini, j'aurais voulu ne jamais
m'être connu; en effet, l'opération dura plus de trois
heures et finalement, tout semblait aussi parfait qu'on
pouvait le souhaiter.

« Ça va », conclut-il après m'avoir examiné; puis,
infatigable, sans proférer une seule parole, il s'employa
à se donner une semblable apparence.

De bonne heure le lendemain matin, nous partîmes
en direction d'Innsmouth; selon une manœuvre délibérée
de Phelan, nous prîmes le train jusqu'à Newburyport,
puis le bus afin d'entrer par l'autre côté d'Innsmouth.
A midi, nous fûmes à pied d'œuvre, sans attirer l'attention
des ouvriers malpropres au regard inquisiteur, à la Gilman
House, le seul hôtel ouvert de tout Innsmouth ou, plutôt
ce qui en restait, car, comme de nombreux bâtiments
de la ville, il se trouvait dans un état de délabrement
très prononcé. Nous nous fîmes enregistrer sous les noms
de deux cousins Amos et John Wilken, car Phelan avait
découvert que Wilken était un vieux nom d'Innsmouth
mais qu'il n'était plus représenté dans cette ville portuaire
désormais maudite. Le vieil employé de la Gilman House
nous adressa un regard entendu et ses yeux globuleux
s'ouvrirent tout grand à la lecture des noms sur le
registre.

— Parents du vieux Jed Wilken, n'est-ce pas? demanda-
t-il.

Mon compagnon acquiesça vivement.

— On voit bien que vous êtes d'ici, dit l'employé avec
un ricanement des plus vulgaires. Vous avez un boulot?

— Nous sommes en congé, répondit Phelan.

— Vous venez au bon endroit, pour ça oui. Il y en a
des choses à voir ici, *si vous êtes de la bonne espèce*.

A nouveau il ricana désagréablement.

Une fois seuls dans notre chambre, Phelan devint plus tendu que jamais.

— Jusqu'à présent, tout va bien, mais nous n'en sommes qu'au commencement. Nous avons du pain sur la planche. Il ne fait pas de doute que l'employé va ébruiter le fait que nous sommes des parents de Jed Wilken; cela satisfera les plus curieux et notre allure de « dégénérés », en tous points comparable à celle des habitants d'Innsmouth, ne provoquera pas de commentaires indus — mais je suis convaincu que nous devons éviter d'être vus de trop près par Ahab lui-même.

— Mais à quoi cela servirait-il de rechercher Ahab ? objectai-je. Si vous êtes absolument certain que c'est lui...

— Il y a bien plus à apprendre sur Ahab que vous ne le pensez, Abel, peut-être plus que je ne le pense moi-même. Nous connaissons la famille Marsh, nous connaissons leur lignée, le Dr. Shrewsbury et moi. Mais nulle part dans l'arbre généalogique de la famille nous ne trouvons de trace d'un Marsh prénommé Ahab.

— Pourtant il est bien ici.

— En effet. Mais comment est-il venu ?

Nous sortîmes peu de temps après, en ayant pris soin de garder les vieux vêtements que nous portions à notre arrivée pour éviter de donner une impression de richesse qui éveillerait les soupçons. Phelan se dirigea immédiatement vers le bord de mer, faisant un détour pour examiner la salle de l'*Ordre de Dagon* à New Church Green, pour finalement se rendre à la Marsh Refining Company. Ce fut là, peu de temps après notre arrivée, que je vis pour la première fois notre proie.

Ahab Marsh était grand, bien que curieusement voûté ; sa démarche aussi était étrange, sans régularité ni rythme, mais plutôt saccadée ; lorsqu'il se rendit de la raffinerie à sa voiture aux rideaux soigneusement tirés, sa démarche avait quelque chose de très particulier : on aurait pu la qualifier d'*inhumaine*, car il s'agissait moins d'une marche

que d'un louvoiement ou d'une titubation, et ce mouvement
se distinguait de celui des autres habitants car, quelle que
fût la modification de leur physionomie, ils marchent
en louvoyant certes, mais humainement. Comme je l'ai
dit, Ahab Marsh était plus grand que la plupart de ses
compatriotes, mais son visage ne différait pas tellement
du type d'Innsmouth, en dehors du fait qu'il semblait
moins grossier et plus empâté, comme si sa peau (car
en dépit de son aspect ichtique, il s'agissait bien de peau)
était d'une plus fine texture, ce qui laissait supposer que
les Marsh étaient d'une race supérieure à celle de la moyenne
des natifs d'Innsmouth. Il était impossible de distinguer
ses yeux car ils étaient dissimulés par des lunettes d'un
cobalt profond, et sa bouche, malgré sa grande similitude
avec celles des autochtones, était plus proéminente, sans
doute parce que le menton d'Ahab Marsh était légèrement
fuyant. C'était littéralement un homme dépourvu de menton, à la vue duquel j'éprouvai un frisson d'horreur
comme je n'en avait jamais connu, car cela lui donnait une
apparence si effroyablement ichtique qu'elle ne pouvait que
me répugner. Il semblait également dépourvu d'oreilles
et portait son chapeau enfoncé sur ce qui devait être
un crâne chauve; son cou était plissé et il était impecca-
blement vêtu, bien que ses mains fussent cachées par des
gants noirs, ou plutôt, en regardant de plus près, par
des *mitaines*.

Comme nous n'étions pas observés, j'ai pu détailler
à loisir notre proie, tandis que Phelan l'observait indirectement à l'aide d'un miroir de poche. Peu après, Ahab
Marsh disparut au volant de sa voiture.

— Une bien chaude journée pour porter des gants,
se contenta de dire Phelan.

— C'est bien ce que je pense.

— Je crains que cela ne confirme mes soupçons, ajouta
alors Phelan; mais il ne donna aucune explication. Nous
verrons bien.

Nous nous rendîmes dans un autre quartier de la ville, marchant au hasard des rues étroites et ombragées d'Innsmouth, nous éloignant du Manuxet et de ses chutes pour nous rendre à la Raffinerie Marsh qui se dresse sur une sorte de terre-plein. Tout en marchant, Phelan était plongé dans une méditation profonde et troublée; il était manifeste qu'il ressassait une foule d'idées, aussi ne l'interrompis-je point. Je m'étonnais de l'incroyable état de décadence de cette vieille ville portuaire, et encore plus de son curieux manque d'activité; c'était comme si la majeure partie des habitants se reposaient pendant le jour, car bien peu circulaient dans les rues.

La nuit à Innsmouth, cependant, se devait d'être différente. Alors que l'obscurité montait, nous nous sommes dirigés vers la salle de l'*Ordre de Dagon*. Lors de sa précédente visite, Phelan avait découvert que l'on devait, pour pénétrer dans la salle de cérémonies, présenter un curieux sceau en forme de poisson, et pendant que je reconstituais le moindre de ses déplacements en ce lieu, il avait reproduit plusieurs de ces sceaux; il se réserva le plus parfait et me donna le plus rapprochant, si j'en avais besoin, bien qu'il préférât que je prenne pas un tel risque et que je reste à l'extérieur de la salle.

Cependant, je n'en avais aucune envie. Il était manifeste qu'un grand nombre de personnes venaient ici, de toute évidence des membres de l'*Ordre Esotérique de Dagon*, et je ne voulais à aucun prix manquer ce qui allait se dérouler, — bien que Phelan m'ait prévenu avec insistance que nous nous exposions à une situation dangereuse en assistant à l'une de ces cérémonies interdites. Sans effroi, je m'obstinai.

Par bonheur, on ne nous demanda pas de présenter les sceaux; je tremble rien qu'en imaginant ce qui serait arrivé s'ils l'avaient fait. Je crois que le fait d'avoir si soigneusement contrefait le type d'Innsmouth favorisa, plus que toute chose, notre entrée dans la salle. Nous étions l'objet de la curiosité générale, mais il était clair que notre qualité de membres du clan Wilken avait été répétée de bouche à oreille car il n'y avait ni malveillance ni hostilité dans les yeux des hommes et des femmes qui regardaient à l'occasion dans notre direction. Nous nous assîmes près de la porte afin de pouvoir sortir rapidement si le besoin s'en faisait sentir et, nous étant installés, nous regardâmes autour de nous. La salle était grande et sombre; les fenêtres étaient tendues de rideaux noirs, lui donnant l'apparence d'un théâtre de l'ancien temps — tel un théâtre transformé en cinéma lorsque la grande industrie en était à son stade infantile. De plus, une lueur crépusculaire s'insinuait dans la salle, semblant provenir d'un petit dais qui nous faisait face. Mais ce n'était pas l'obscurité de la salle qui frappait mon imagination — c'était les ornements.

En effet, la salle était décorée de pierres gravées représentant des êtres mi-hommes, mi-poissons. J'en reconnus plusieurs qui ressemblaient à des sculptures primitives de Ponape et certaines autres qui présentaient une ressemblance troublante avec les inexplicables statues découvertes sur l'île de Pâques comme avec celles des ruines Maya de l'Amérique centrale et les vestiges incas du Pérou. Même dans cette pénombre, on pouvait distinguer nettement que ces sculptures et bas-reliefs n'avaient pas été créés par des autochtones mais amenés de quelque port étranger; ils pouvaient provenir de Ponape, car les navires Marsh avaient sillonné les mers jusqu'aux confins de la civilisation. Seule une lumière artificielle très pâle brillait au pied de l'estrade; il n'y avait rien d'autre pour éclairer la pièce, cependant, il me semblait que les sculptures et bas-reliefs possédaient un pouvoir infernal et effrayant qui glaçait le cœur et un aspect subterrestre qui était particulièrement frappant — car ils parlaient d'un temps depuis longtemps révolu, des grands âges avant notre ère, lorsque le monde et peut-être même l'uni-

vers venaient à peine de naître. En dehors de ces sculptures
et d'une miniature de ce qui avait dû être une créature-
pieuvre énorme et amorphe, qui occupait le centre du
dais, la salle était dépourvue de toute autre décoration
— rien que des chaises défraîchies, une simple table sous
le dais et ces étroites fenêtres garnies de rideaux pour
atténuer l'effet de ces sculptures et bas-reliefs exo-
tiques ; cette nudité ne faisait qu'accentuer leur aspect
hideux.

Je me tournai vers mon compagnon; je le vis regarder
droit devant lui et s'il avait examiné les bas-reliefs et les
sculptures, il ne l'aurait pas fait aussi ouvertement. Je
devinai qu'il n'était pas prudent de détailler plus longtemps
ces ornements troublants; aussi suivis-je l'exemple de
Phelan. Je pouvais cependant remarquer que la salle
s'était rapidement remplie d'un plus grand nombre de
personnes que les événements du jour ne me l'avaient
laissé présager. Il y avait près de quatre cents places et,
bientôt toutes furent occupées. Lorsque d'autres personnes affluèrent, Phelan quitta son siège et resta debout,
adossé au mur près de l'entrée. Je l'imitai afin que deux
vieillards décrépits, dont l'apparence hideuse contrastait
avec celle des plus jeunes — les plis de leur cou étaient
plus profonds et plus squameux, leurs yeux globuleux
étaient plus vitreux —, puissent s'asseoir. L'abandon
de nos sièges passa inaperçu car quelques autres personnes
se tenaient également debout le long du mur.

Il ne devait pas être loin de neuf heures et demie — les
soirées estivales étaient plus longues, la nuit tardait à
tomber — lorsque tout fut prêt. C'est alors qu'apparut
par une porte dérobée un homme entre deux âges, habillé
de vêtements étrangement décorés; au premier abord,
son apparence était celle d'un prêtre, mais il se révéla
que ses vêtements étaient décorés d'une manière blasphématoire avec les mêmes représentations de batraciens
et de poissons qui ornaient la salle. Il s'approcha de la

figure sous le dais, la toucha avec révérence et commença
à parler — non en latin ou en grec comme je le supposai
tout d'abord, mais dans une langue curieusement dénaturée dont je ne pouvais comprendre un mot, une horrible
suite de vociférations qui appelaient immédiatement une
sorte de réponse grave et presque lyrique murmurée par
l'assemblée. A ce moment, Phelan me toucha le bras
et se glissa vers la porte d'entrée. Je le suivis à ce signal
malgré ma répugnance à quitter la cérémonie en son
commencement.

— Que se passe-t-il ? demandai-je.

— Ahab Marsh n'est pas là.

— Il peut encore venir.

Phelan secoua la tête.

— Je ne pense pas. Nous devons le chercher ailleurs.

Il marchait avec une telle résolution que je pensai, vu
le tour que prenait la situation, qu'il avait une idée de
l'endroit où il pourrait trouver Ahab Marsh. J'avais
pensé que Phelan se rendrait directement à la vieille
maison des Marsh à Washington Street, mais il n'en
fit rien ; ma seconde pensée fut qu'il pourrait retourner
à la Raffinerie, et cela sembla se révéler exact jusqu'au
moment où nous dépassâmes la Raffinerie, traversant
le pont qui enjambait le Manuxet et que nous longeâmes
la côte au-delà du port jusqu'à l'embouchure de la rivière.
La nuit était noire, mais une lune tardive et secourable
apparut à l'est de l'horizon et refléta une faible lueur
jaunâtre dans les flots ; les étoiles brillaient, un banc de
nuages noirs s'étirait le long des rives célestes du septen-
trion, un léger vent d'est soufflait.

— Savez-vous où nous allons, Phelan ? demandai-je
finalement.

— Oui.

Nous suivions une route peu fréquentée — probablement une route privée — qui épousait paresseusement
les contours de la côte, faite de pierres et de sable, de

cailloux et d'ornières. Soudain Phelan se mit à genoux et examina les ornières sableuses.

— Cette route a été empruntée récemment.

La couche de sable était, par endroits, fraîchement remuée.

— Par Ahab? demandai-je.

Il acquiesça pensivement.

— Il y a une petite crique tout près d'ici. Cette terre appartient aux Marsh — le vieil Obed l'acquit il y a plus de cent ans.

Nous hâtâmes le pas, bien qu'instinctivement nous marchions avec plus de précautions.

Sur la plage de la crique abritée, nous découvrîmes la voiture aux rideaux tirés qu'Ahab Marsh venait u'utiliser pour quitter la raffinerie. Sans effroi, probablement parcequ'il savait ce qu'il allait trouver, mon compagnon se dirigea vers la voiture. Il n'y avait personne à l'intérieur, mais sur le siège arrière des vêtements étaient négligemment jetés — des vêtements d'homme — et même dans le noir, je reconnus le costume d'Ahab Marsh.

Mais Phelan referma la portière de la voiture et s'affaira de l'autre côté, puis se dirigea vers le bord de mer et, là, se mit une nouvelle fois à genoux et regarda par terre. En m'agenouillant près de mon compagnon, je vis les chaussures. Les chaussettes également; d'épaisses chaussettes de laine bien que la journée avait été des plus chaudes. Et la forme des chaussures, sous ce clair de lune blafard, était plutôt insolite — qu'elles étaient larges! quelle curieuse forme! elles avaient dû être des chaussures normales, un peu larges certes, mais maintenant elles étaient complètement déformées comme si le pied avait été — eh bien, comme si une sorte de malformation l'affectait.

Et il y avait quelque chose d'autre, quelque chose de plus hideux et de plus effrayant sous la lune jaunâtre : au bruit de la mer s'ajoutait un autre bruit — un bruit auquel Phelan me demanda de prêter attention, une sorte de ululement lointain, inhumain, ne provenant pas des terres mais de la mer — et le Récif du Diable, comme gravé dans le replis de ma mémoire à la suite de ce que j'avais appris par le marchand et plus tard par mon compagnon, les récits de relations étranges maléfiques et impies entre les créatures océanes et la population d'Innsmouth, les choses qu'Obed Marsh avait découvertes à Ponape et dans cette autre île, la terreur qui régna pendant les années 1900 avec l'étrange disparition de jeunes gens qui ne revinrent jamais, sacrifices humains offerts à la mer! Ces ululements apportés par le vent d'Est, composaient une atroce mélodie qui résonnait comme quelque chose d'un autre monde, un ululement fluide, une sonorité aquatique défiant toute description, maléfique et inhumaine. Et le vent les portait à ma conscience horrifiée et dans mes yeux restait encore gravée cette horrible trace découverte sur la plage entre l'endroit où se trouvaient les chaussures et les chaussettes et celui où l'eau commençait — *les empreintes, non d'un pied humain, mais d'appendices pédestres aux doigts allongés, forts, larges et palmés!*

4.

Ahab Marsh était l'objet de sa quête et dans une moindre mesure, les adorateurs de la salle de l'*Ordre de Dagon* l'étaient aussi. Les sacrifices, disait-il, ont repris et se sont multipliés, dans le plus grand secret, comme à l'époque d'Obed Marsh. Depuis la débâcle de 1928-1929, les habitants sont devenus plus prudents, ceux qui sont restés comme ceux qui sont revenus dans la ville après le départ des Fédéraux. Et Ahab — Ahab qui avait ôté ses vêtements et s'était enfoncé dans la mer, pour revenir le jour suivant, comme si rien de fâcheux ne s'était passé — pouvait-on douter qu'il ait nagé jusqu'au Récif du Diable? Et pouvait-on avoir le moindre doute quant au sort de ce jeune homme d'Innsmouth qui avait conduit sa voiture cette nuit? C'était là le processus du sacrifice — d'être choisi par Ahab, de travailler pour lui et d'être préparé, sans même le savoir, à être sacrifié à ces créatures diaboliques qui viennent des profondeurs de Y'ha-nthlei au large du maudit et redouté Récif du Diable qui, à marée basse, se dresse sombre et maléfique au milieu des flots obscurs de l'Atlantique.

Effectivement Ahab Marsh était de retour le jour suivant à la Raffinerie, avec un autre jeune homme pour conduire sa voiture et l'emmener de l'immense propriété des Marsh dans la verdoyante Washington Street aux bâtiments de la Raffinerie non loin des chutes du Manuxet.

Nous sommes restés éveillés toute la nuit et nous n'entendions pas seulement les bruits de la mer et ces horribles ululements : il y avait quelque chose d'autre, il y avait ces terribles cris, semblables aux cris rauques et bestiaux d'un homme en proie à la terreur la plus mortelle; il y avait aussi cette psalmodie effrayante que proféraient les membres de l'*Ordre Esotérique de Dagon* assemblés dans cette salle qui renfermait ces horribles sculptures et cette représentation grotesque d'une créature inhumaine et maléfique. Cette psalmodie atroce retentissait sous la voûte étoilée — *Ph'nglui mğlw'nafh Cthulhu R'lyeh wgah' nagl fhtaga* — et d'une voix étouffée Phelan traduisit cette phrase rituelle sans cesse répétée : « Dans sa demeure à R'lyeh Cthulhu mort attend en rêvant. »

Le lendemain matin, mon compagnon sortit pour s'assurer qu'Ahab Marsh était revenu. De retour à l'hôtel, il se plongea dans son travail, m'abandonnant à mon propre sort pour le reste de la journée, me demandant seulement d'éviter de me faire remarquer. J'étais déjà bien résolu à ne rien faire qui puisse attirer l'attention, mais j'étais tout aussi résolu à compléter les informations que m'avait fournies Phelan au sujet de ces terribles sacrifices humains et de ces rites horribles perpétués par certains des habitants d'Innsmouth, et c'est dans ce but que je retournai au magasin First National de M. Henderson. Le gérant ne me reconnut pas, grâce à l'habileté de Phelan. Il adopta à mon égard la même attitude servile dont il avait usé vis-à-vis de la femme Waite qui était entrée dans le magasin lors de ma première visite, et dès que nous fûmes seuls — car quelqu'un se trouvait là à mon arrivée — je m'apprêtai à dévoiler mon identité mais je me rendis compte que cela était impossible. Henderson pensa simplement que l'un des habitants d'Innsmouth avait eu vent de notre précédente conversation et ce fut seulement lorsque je lui répétait plusieurs de ses phrases qu'il comprit qui j'étais.

Mais il n'en demeura pas moins plein de frayeur.

— S'*ils* venaient à savoir! s'exclama-t-il d'une voix sourde et craintive.

Je lui assurai que personne n'était au courant de mon identité réelle et que personne ne le serait, en dehors de lui, en qui je pouvais avoir confiance. Il devina que j'avais été « voir au fond des choses », comme il disait, et très agité, il m'adjura de m'en aller.

— Certains d'entre eux semblent pouvoir *sentir* les personnes qui ne les aiment pas. Je ne sais pas comment ils font — comme s'ils lisaient dans la pensée des hommes ou dans leur cœur. Et s'ils vous prennent ainsi — alors, alors...

— Alors quoi, M. Henderson?

— Vous ne retournerez jamais d'où vous venez.

Je lui donnai l'assurance que je n'avais aucunement l'intention de me faire prendre. J'étais venu pour obtenir de lui de plus amples informations; malgré ses violentes dénégations, je ne me laissai pas arrêter; peut-être ne savait-il rien, cependant je devais l'interroger. Des disparitions avaient-elles eu lieu — en particulier des disparitions de jeunes hommes et de jeunes femmes — à Innsmouth depuis qu'il s'y était installé?

Il acquiesça timidement.

— Beaucoup?

— Peut-être vingt, peut-être plus. Lorsque l'*Ordre* se réunit, et il ne se réunit pas souvent; cela se passe généralement après. Les nuits où l'*Ordre* se réunit, quelqu'un disparaît et personne n'en entend plus parler. *Ils* disent qu'ils se sont enfuis. Les premières fois que j'en ai entendu parler, je n'ai pas eu de mal à les croire; je pouvais comprendre pourquoi ils voulaient partir d'Innsmouth. Mais depuis, — il y a eu d'autres événements — les gens qui disparaissent travaillaient dans la plupart des cas pour Ahab Marsh, et il courait ces vieilles histoires à propos d'Obed Marsh — comment il amenait des gens jusqu'au

Récif du Diable et revenait toujours seul. Zadok Allen en a parlé; *ils* disaient que Zadok était fou, mais Zadok disait des choses et il y avait des preuves suffisamment frappantes pour appuyer les dires du vieux cinglé. Il parlait de la sorte et on l'écoutait, jusqu'au moment où il *mourut*.

A son ton, je compris que Zadok Allen n'était pas simplement mort.

— Vous voulez dire, jusqu'au moment où ils le tuèrent, insinuai-je.

— Ce n'est pas ce que je dis; je ne suis pas quelqu'un qui affirme n'importe quoi. Sachez que je n'ai jamais rien vu — en tout cas, rien qui puisse vous intéresser. Je n'ai jamais vu quelqu'un disparaître; je ne les ai simplement plus revus, c'est tout. Plus tard, j'en ai entendu parler — quelqu'un glissait un mot à ce sujet ici et là, et je fis le rapprochement. Rien ne filtra dans les journaux; rien ne fut dit comme il se devait; personne ne fit jamais de recherche ni de tentative pour retrouver la trace des disparus. Cela ne me sert à rien de penser aux histoires du vieux Zadok Allen et à ces autres chuchotées au sujet du capitaine Obed Marsh. J'ai peut-être trop d'imagination. Cela doit déranger un homme de vivre dans un endroit pareil depuis de si nombreuses années; il suffit d'y vivre plusieurs mois pour avoir l'esprit dérangé. Je ne dis pas que le vieux Zadok Allen était cinglé. Tout ce que je peux dire, c'est qu'il ne devait pas l'être; il ne parlait qu'après avoir bu quelque chose : ça lui déliait la langue. D'ordinaire il était sobre et il paraissait très embêté les jours suivants d'avoir tant parlé; il marchait en regardant tout le temps par-dessus son épaule, et même en plein jour, et jetait un regard craintif sur la silhouette du Récif du Diable lorsque la marée était basse et que le jour était clair. Les habitants d'Innsmouth ne regardent pas beaucoup de ce côté, mais quelquefois, lorsqu'il y a une réunion dans la salle de l'*Ordre de Dagon*, on voit des lumières à cet endroit, d'étranges lumières; d'autres lumières sont allumées sur la coupole de la vieille Gilman House, et toutes clignotent — comme si elles se parlaient entre elles.

— Vous avez personnellement vu ces lumières?

— C'est la seule chose que j'ai vue. Peut-être y avait-il un bateau, mais je ne crois pas. En tout cas, pas au large du Récif du Diable.

— Etes-vous allé à cet endroit?

Il fit non de la tête.

— Non, monsieur, et j'ai aucune envie d'y aller. Je m'en suis approché une fois en chaloupe — un horrible rocher gris avec des formes rudement bizarres au-dessus — et je ne voulais pas m'en approcher davantage. C'était comme si quelque chose m'en écartait, comme une énorme main invisible qui s'étendait et vous poussait dans le dos — voilà comment cela s'est passé. J'ai eu la chair de poule et mes cheveux se dressèrent sur ma tête. Je ne l'oublierai jamais — et c'était avant que j'en sache plus; aussi je n'ai jamais parlé de ce que je soupçonnais et ça a joué sur mes nerfs et mon imagination.

— Ahab Marsh doit être tout-puissant à Innsmouth?

— Oui. Parce qu'il n'y a plus un homme, ni un Waite, ni un Gilman ou un Orne, seulement des femmes, et elles sont déjà vieilles. Les hommes ont disparu quand les Fédéraux sont arrivés ici.

Je ramenai la conversation sur ces mystérieuses disparitions. Il semblait incroyable que des jeunes, hommes et femmes, aient pu disparaître à notre époque sans que jamais un mot fût imprimé à ce sujet.

— Oh, répondit Henderson, je ne connaîtrais pas Innsmouth si je croyais que c'était impossible. Ils étaient muets, muets comme des carpes, et s'ils se figuraient avoir quelque chose à faire pour leur dieu païen ou pour tout ce qu'ils adoraient, ils ne se plaignaient jamais, ils l'acceptaient et faisaient de leur mieux, et ils étaient tous mortellement effrayés par Ahab Marsh.

Il s'approcha de moi, si près que j'entendis battre son pouls rapide.

— Je l'ai touché une fois, rien qu'une fois, et cette fois-là m'a suffi. Bon Dieu! Il était froid, froid comme la glace; quand je l'ai touché, entre ses gants et les manches de son manteau — ce disant, il fit un pas en arrière et me regarda fixement —, la peau était froide et gluante comme celle d'un poisson!

Il frissonna à ce souvenir, porta un mouchoir à ses tempes et se tut un instant.

— Ne sont-ils pas tous ainsi?

— Non, pas tous. Les autres sont différents. Ils disent que les Marsh avaient tous le sang froid, surtout depuis l'époque du capitaine Obed, mais j'ai entendu un autre son de cloche. Tenez, par exemple, le type — Williamson, je pense que c'était son nom — qui alerta les Fédéraux. Ils ne le savaient pas à l'époque, mais c'était un Marsh — il avait aussi du sang Orne, et quand *ils* l'ont découvert, ils ont attendu qu'il revienne. Et effectivement il est revenu et il s'est dirigé vers l'eau, en chantant — c'est toujours ce qu'on raconte — et il a enlevé ses vêtements; puis il a plongé, il a nagé vers le récif, et on n'en entendit plus jamais parler. Rappelez-vous, je n'ai rien vu *de visu;* c'est juste ce que j'ai entendu dire, bien que cela se soit passé de mon temps. Ceux qui ont du sang Marsh dans les veines reviennent, d'aussi loin qu'ils soient. Regardez Ahab Marsh — revenu de Dieu sait où.

Une fois lancé, et en dépit de ses craintes, Henderson faisait preuve d'une loquacité inhabituelle. Sans doute, le fait d'être resté longtemps sans discuter avec les étrangers avait quelque chose à voir avec sa prolixité, autant que le sentiment de sécurité que lui donnait son magasin, car on n'y venait guère en cette heure matinale; les gens d'Innsmouth préféraient faire leurs courses tard dans l'après-midi et il était souvent obligé de laisser sa boutique ouverte au-delà des heures normales de fermeture. Il

parla des étranges bijoux portés par les natifs d'Innsmouth
— des bracelets et des tiares grotesques et repoussants,
des bagues et des pectoraux avec des figures répugnantes
gravées en haut-relief. Je ne pouvais douter qu'il s'agît des
mêmes figures que celles des bas-reliefs et des sculptures
dans la salle de l'*Ordre de Dagon;* Henderson avait eu
l'occasion d'en voir; il n'y a que ceux qui appartiennent
à l'*Ordre* et aux églises dépravées qui les portent. Puis il
parla des bruits provenant de la mer.

— Une sorte de psalmodie, et ce n'est pas une voix
humaine.

— Qu'est-ce-que c'est?

— Je ne sais pas. Aucune envie de le savoir non plus.
Ce ne serait pas très indiqué. Ça vient de quelque part
par là — comme la nuit dernière.

Sa voix devint un murmure.

— Je sais ce que vous voulez dire.

Il fit allusion à d'autres bruits; bien qu'il ne mention-
nât pas une fois les cris bestiaux et terrifiants, il les avait
sans aucun doute entendus. Et il y eut d'autres choses,
(et, sombre, il murmurait) des choses encore plus terribles,
des choses qui tournaient autour du vieil Obed Marsh
et qui vivent encore dans les eaux sous le Récif du Diable.
Il courait ces bruits confus à propos d'Obed lui-même —
comme quoi il n'était pas réellement mort, comme quoi
des marins de Newburyport qui connaissaient la famille
Marsh étaient rentrés un jour au port pâles et tremblants,
disant qu'ils avaient vu Obed Marsh nageant comme un
marsouin, et si ce n'était pas Obed Marsh, alors que signifiait cette ressemblance? Un simple poisson ne pourrait
effrayer ainsi des hommes et des femmes! Et pourquoi
les gens de Newburyport tentèrent-ils si fermement de
garder cela secret? Ils se turent, très bien — probablement
parce qu'ils étaient étrangers et qu'ils se refusaient à croire
en ce qu'ils avaient vu près du Récif du Diable. Mais
il y avait des choses qui nageaient à cet endroit, d'autres

les avaient vues, des choses qui plongeaient et disparaissaient et ne remontaient jamais, bien qu'elles ressemblassent à des hommes ou des femmes, en dehors du fait que certains avaient des écailles et une peau brillante et ridée. Et qu'arriva-t-il à tant de vieux habitants ? Il ne semble pas qu'ils aient jamais eu ni funérailles ni enterrements — mais certains d'entre eux prenaient chaque année un aspect plus bizarre, puis, un beau jour, ils disparaissaient dans l'océan et la première chose que les gens apprenaient, c'était qu'ils étaient « perdus en mer » ou « noyés » ou quelque chose comme ça. C'était vrai, les choses nageant dans la mer étaient rarement vues de jour — mais de nuit ! Et qu'est-ce que c'était, quelles étaient ces créatures qui surgissaient de la mer près du Récif du Diable ! Et pourquoi certains des natifs d'Innsmouth s'y rendaient-ils nuitamment ? Il paraissait de plus en plus excité en parlant, bien que sa voix se fît plus étouffée ; il était manifeste qu'il avait ressassé tout ce dont il avait entendu parler depuis qu'il se trouvait à Innsmouth et qu'il était fasciné par ce qu'il ne pouvait maîtriser : une fascination qui allait de pair avec une répugnance extrême et presque morbide.

Il n'était pas loin de midi lorsque je retournai à la Gilman House.

Mon compagnon avait parachevé son travail et prêta une grande attention à ce que je lui racontais, bien que je ne pus rien noter dans son attitude qui puisse révéler qu'il n'eût pas déjà été au courant de ce que Henderson avait pu dire ou suggérer. Une fois que j'eus fini il ne dit rien, il ne fit qu'acquiescer et commença à m'expliquer ce qu'il nous restait à faire. Notre séjour à Innsmouth allait toucher à sa fin, dit-il ; nous quitterons la ville dès que nous en aurons fini avec Ahab Marsh, et cela, peut-être ce soir, ou demain soir, mais le plus tôt possible, car tout était prêt. Pourtant il y avait certains aspects de cette étrange poursuite que je devais connaître et qui représentaient avant tout un danger pour moi.

— Je n'ai pas peur, me hâtai-je de dire.

— Non, peut-être pas au sens physique. Mais il est impossible de dire ce qu'ils pourraient vous faire. Nous portons tous un talisman qui nous protège des Profonds et des mignons des Anciens, mais non contre les Anciens eux-mêmes ou leurs serviteurs les plus proches qui évoluent aussi à la surface de la terre pour mettre hors d'état de nuire ceux qui, comme nous, découvrent leurs secrets et s'opposent au retour du grand Cthulhu.

Ce disant, il plaça devant moi une petite étoile à cinq branches taillée dans une pierre qui m'était inconnue. Il s'agissait d'une pierre grise, et, immédiatement, je me souvins de ma lecture à la bibliothèque de l'Université de Miskatonic — « l'étoile à cinq branches taillée dans une pierre grise de l'antique Mnar » qui possédait le pouvoir magique des Premiers. Je la pris sans mot dire et, sur le conseil de Phelan, je la mis dans ma poche.

Il continua.

Cela pouvait me procurer une certaine protection terrestre mais il y avait un autre moyen d'échapper aux menaces que laissaient peser les plus proches serviteurs de Cthulhu. Je pouvais également aller à Celeano, si je le désirais, malgré l'aspect terrifiant de ce voyage. Je devrais alors appeler ces créatures qui, bien qu'opposées aux Profonds et à tous ceux qui servent le Grand Cthulhu, étaient essentiellement des démons, car elles servent Hastur l'Ineffable, tapi dans le lac noir de Hali dans les Hyades. Pour que ces créatures puissent me venir en aide, il me faudrait emporter une petite pilule, une distillation de ce merveilleux hydromel doré du Professeur Shrewsbury, qui rend insensible aux effets du temps et de l'espace et capable de voyager dans ces dimensions, tout en accroissant les perceptions sensorielles; ensuite il me faudrait souffler dans un étrange sifflet et lancer dans l'espace ces paroles :

Ia! Ia! Hastur, Hastur, cf'syak 'vulgtmm, vugtlagln, vulgtmm Ai! Ai! Hastur! Certaines créatures volantes — les Bya-khee — sortiraient de l'espace et je devrais les monter sans crainte pour prendre mon envol, mais seulement lorsque le danger est imminent — car le danger qui vient des Profonds et de tous leurs alliés, insista Phelan, est aussi grand pour l'âme que pour le corps.

Je l'écoutais avec étonnement, non sans être frappé par une sorte de terreur spirituelle — cette terreur si commune aux hommes qui, pour la première fois, plongent leur regard dans le vide des espaces insondables, qui commencent à contempler gravement l'immensité des univers extérieurs — une terreur provoquée par l'idée qu'Andrew Phelan voyagea de la sorte jusqu'à ma chambre à Boston et que c'était par ce même moyen qu'il était parti, il y a plus d'un an!

Ce disant, Phelan me donna trois de ces petites pilules dorées au cas où j'en perdrais une, ainsi qu'un minuscule sifflet; il me recommanda de ne l'utiliser que dans les cas d'extrême nécessité qu'il m'avait décrits, sans quoi, je devais m'attendre aux conséquences les plus fatales. De plus, dit-il, c'était tout ce qu'il pouvait faire pour me pro-téger et il m'expliqua clairement que nous ne devions pas retourner ensemble à Arkham, bien qu'il nous fallût partir de cette ville en compagnie l'un de l'autre.

— Ils doivent penser que nous allons retourner à New-buryport, ajouta-t-il; c'est pourquoi nous devrons suivre la voie ferrée en direction d'Arkham. En tout cas, c'est plus court, et le temps que la poursuite s'organise, nous serons déjà loin. Dès que nous aurons terminé notre travail, nous rejoindrons la voie ferrée; nous attendrons suffisamment pour être surs que notre travail a été porté à son terme.

Il marqua une pause et il ajouta que nous n'avions pas à craindre d'être poursuivis par les habitants d'Innsmouth eux-mêmes.

— Et ensuite!

— Quand le moment sera venu, vous n'aurez besoin d'aucune autre explication, répondit-il sinistrement.

A la tombée de la nuit, nous étions prêts. Je n'étais pas entièrement au courant du plan de Phelan, mais je savais qu'il fallait avant toute chose que les deux femmes Marsh s'absentent de leur maison de Washington Street. Phelan leur envoya un message prosaïque leur disant qu'un parent âgé était descendu à la Gilman House; comme ce dernier était souffrant et incapable de se déplacer il serait ravi de recevoir, ce soir à neuf heures, la visite des demoiselles Aliza et Ethlai Marsh. C'était une lettre banale et bien tournée que mon compagnon cacheta du sceau de Dagon. Il signa du nom de Wilken, sachant qu'il y avait eu autrefois un mariage entre les Wilken et les Marsh, et il était certain que cette lettre ferait sortir les femmes Marsh assez longtemps pour que nous parvenions à détruire le chef des mignons de Cthulhu à Innsmouth et à empêcher ainsi l'aboutissement des préparatifs mis en œuvre pour sa résurrection et retarder le retour de cet être horrible qui dort en rêvant au plus profond des eaux. Il envoya la lettre à l'heure du dîner et prévint l'employé de la réception que si quelqu'un téléphonait, il serait de retour immédiatement. Puis nous sortîmes; Phelan portait une petite valise dans laquelle il avait mis une partie des affaires qu'il avait amenées dans les poches de la robe qu'il portait à son arrivée. Le ciel était couvert, ce qui ne pouvait déplaire à mon compagnon, car à neuf heures il aurait dû normalement encore faire jour et la nuit ne pouvait que faciliter notre entreprise. Si tout se déroulait comme prévu, les femmes Marsh devraient se rendre à la Gilman House en voiture, conduites par le nouveau chauffeur; ainsi Ahab se retrouverait seul dans la vieille bâtisse. Phelan m'expliqua que nous ne devions avoir aucun scrupule; si les femmes ne répondaient pas à son message, elles devraient être éliminées, même si de tels procédés nous répugnaient. Nous n'eûmes pas de mal à trouver un endroit dissimulé d'où nous pourrions observer la maison de Washington Street, car la rue était plantée de nombreux arbres qui découpaient de grandes zones obscures. De l'autre côté de la rue la maison était plongée dans l'obscurité; seule une faible lueur brillait dans une chambre du deuxième mais, peu avant neuf heures, une lumière s'alluma au rez-de-chaussée.

— Elles viennent, chuchota mon compagnon.

Il avait raison, car peu de temps après, la voiture noire aux rideaux tirés roula vers l'entrée principale, et les femmes Marsh, lourdement voilées, sortirent de la maison, montèrent dans la voiture et partirent.

Phelan ne perdit pas un instant. Il traversa la rue, pénétra dans la propriété des Marsh et, sans attendre, ouvrit sa valise qui contenait un grand nombre de minuscules étoiles à cinq branches. Elles allaient servir, disait-il, à encercler la maison, particulièrement à proximité des portes et des fenêtres; nous devions travailler dans le plus grand silence et avec le maximum de précaution : la disposition de ces talismans devait empêcher Ahab de nous échapper, car il lui serait impossible de franchir cette barrière. Je me hâtai d'exécuter ce que Phelan m'ordonnait de faire avant de le rejoindre de l'autre côté de la maison. L'obscurité était de mauvais augure; à tout moment, les femmes Marsh pouvaient revenir; à tout instant, Ahab Marsh pouvait s'apercevoir de notre présence dans le parc, bien que nous ne fissions aucun bruit.

— Ce sera bientôt fini, dit alors Phelan. Quoi qu'il arrive ne vous affolez pas.

Il disparut une nouvelle fois derrière la maison. Quelques minutes plus tard, il me rejoignit dans l'ombre d'un buisson où j'étais dissimulé, non loin du perron. Sans s'arrêter, il se dirigea vers la porte d'entrée où il s'affaira un court instant. Lorsqu'il redescendit les marches, je vis une mince flamme passer par l'entrebaillement de la porte — il avait mis le feu à la maison !

Il revint vers moi, le visage grave, ne laissant transparaître aucune émotion ; il observait la fenêtre où brillait la lumière.

— Seul le feu peut les détruire, dit-il. Vous devez vous souvenir de cela, Abel. Vous pouvez de nouveau les rencontrer.

— Nous ferions mieux de partir.

— Attendez. Nous devons être sûrs du sort d'Ahab.

Le feu dévora rapidement la vieille charpente et déjà, à l'arrière de la maison, les flammes léchaient les arbres avoisinants. A tout moment, quelqu'un pouvait les voir et donner l'alarme, ce qui rameuterait la famélique équipe des sapeurs-pompiers d'Innsmouth ; mais, par chance, les habitants d'Innsmouth désertaient généralement les lieux où Ahab Marsh vivait et travaillait, craignant et respectant les Marsh comme leurs ancêtres avaient craint et respecté les premiers membres de cette famille maudite qui s'étaient alliés aux êtres de la mer et avaient apporté dans ce port la tare de cet horrible croisement qui laissa sa marque sur toute leur progéniture.

Soudain, la fenêtre de la chambre éclairée s'ouvrit, et Ahab Marsh s'y pencha. Il ne resta là qu'un instant, puis il se recula sans refermer la fenêtre, ce qui provoqua un véritable appel d'air pour les flammes d'en dessous.

— Maintenant ! murmura Andrew Phelan.

La porte principale s'ouvrit toute grande et Ahab Marsh franchit d'un bond les flammes. Mais il ne put aller plus loin, il descendit une marche, puis recula, les bras en l'air, et un terrible cri guttural sortit de ses lèvres minces. Derrière lui, les flammes montaient et grandissaient, aidées par le courant d'air qui s'engouffrait par la porte grande ouverte ; là où il se tenait la chaleur devait déjà être intenable — et ce qui se déroula alors restera pour toujours gravé dans ma mémoire.

Les vêtements portés par Ahab Marsh commençaient à s'enflammer — en premier, ces curieuses mitaines, puis sa calotte noire et tous ses autres vêtements — et ceci si rapidement que les flammes semblaient jaillir de ses vêtements! Ce qui se tenait là n'était pas humain; non, ce n'était pas un homme, c'était un batracien infernal et ichtique travesti en homme aux mains palmées de grenouille, avec des pattes en guise de mains et un corps squameux, pustuleux et luisant qui avait l'humidité naturelle à sa froideur — un corps qui avait été drapé dans des vêtements humains dénaturés que le feu venait de dévorer, un corps qui, dénudé, ressemblait à quelque chose venue d'une région obscure et inconnue de cette terre. Cela avait été un être terrible et effrayant à la démarche humaine, mais qui avait des ouïes derrière des oreilles cireuses qui maintenant fondaient à la chaleur de ce feu destructeur où cette créature se consumait plutôt que d'affronter le pouvoir de ces pierres disposées tout autour de la maison, geignant et hurlant bestialement et poussant cet ululement qui m'était déjà familier!

Il n'était pas étonnant qu'Ahab Marsh fut capable de nager de la plage jusqu'au Récif du Diable! Il n'était pas étonnant qu'il ait offert des sacrifices à ses hôtes qui attendaient dans les profondeurs! Car la créature qui prit l'identité d'Ahab Marsh n'était pas plus un Ahab Marsh qu'un être humain : *la chose qui se dénommait elle-même Ahab Marsh, la chose que le peuple d'Innsmouth suivait si aveuglément était l'un des Profonds, venu de la cité engloutie de Y'hanthlei pour poursuivre le travail déjà commencé par le terrible Obed Marsh, pour obéir aux ordres des mignons du Grand Cthulhu!*

Comme dans un rêve, je sentis Andrew Phelan me tirer par le bras; je le suivis dans la rue ombragée, juste au moment où arrivait la voiture aux rideaux tirés qui ramenait les femmes Marsh à leur maison impie. Nous nous sommes enfuis à travers l'obscurité.

Il n'était pas nécessaire de retourner à la Gilman House, car nous avions laissé de l'argent dans notre chambre afin de payer notre pension et il n'y avait rien d'important dans notre bagage. Nous nous sommes donc immédiatement dirigés vers la voie ferrée pour nous enfuir de cette cité maudite.

Un kilomètre plus loin, nous avons regardé derrière nous. Le rougeoiment du ciel nous apprit ce qui se passait; l'incendie de la vieille maison avait gagné les maisons voisines. Mais un événement de mauvais augure survint, car mon compagnon désigna en silence la mer, et là, sur la ligne de partage du ciel et de l'eau, je vis de grands éclairs d'une étrange lumière verte et, en regardant de l'autre côté en direction d'Innsmouth, je vis d'autres lumières étinceler en un lieu élevé qui ne pouvait être que la coupole de la Gilman House.

C'est alors qu'Andrew Phelan me prit la main.

— Adieu, Abel. Je vous quitte ici. Rappelez-vous tout ce que je vous ai dit.

— Mais, ils vous retrouveront! criai-je.

Il hocha la tête.

— Suivez les rails; ne perdez pas de temps. Tout se passera bien de mon côté.

Je fis ce qu'il m'adjurait de faire, sachant que chaque instant perdu pouvait m'être fatal.

A peine m'étais-je éloigné que j'entendis un sifflement extra-terrestre, et, peu après, la voix d'Andrew Phelan psalmodiant triomphalement dans l'espace : *Ia! Ia! Hastur! Hastur cf'ayak 'vulgtmm, vugtlagln, vulgtmm! Ai! Ai! Hastur!*

Je me retournai malgré moi.

Je vis une immense chose ailée, un grand être mi-oiseau mi-chauve-souris qui, sur le point de se poser sur le sol, se fondit en un instant dans l'obscurité : le Byakhee. Puis il s'éleva à nouveau, mais il n'était plus seul, quelqu'un se tenait entre ses ailes gigantesques; et je le perdis de vue.

Pressentant le danger, je revins sur mes pas.

Et il ne fut plus jamais question d'Andrew Phelan.

5.

Voilà près de quinze jours que ces événements se sont
déroulés.

Je ne suis plus retourné aux cours de théologie; je n'ai
fait que hanter la bibliothèque de l'Université de Miskatonic; j'y appris bien plus de choses qu'Andrew Phelan
n'avait voulu en dire et je compris mieux alors ce qui se
passa à Innsmouth la maudite, des choses qui se déroulent
dans des régions lointaines de cette terre qui a été et sera
pour l'éternité un immense champ de bataille pour les
forces du bien et du mal.

Il y a deux nuits de cela, je découvris que j'étais suivi.
Peut-être ai-je eu tort d'effacer de mon visage tous les
artifices qu'Andrew Phelan avait composés pour me
donner « le type d'Innsmouth » et de les avoir laissés sur
la voie désaffectée qui mène à Arkham où ils pouvaient
être retrouvés. Peut-être que ce ne furent pas les habitants
d'Innsmouth qui les découvrirent — mais quelqu'un
d'autre, quelqu'un qui sortit de la mer cette nuit-là,
répondant à l'appel des signaux émis de la coupole de la
Gilman House. Cependant mon poursuivant d'il y a deux
nuits était sûrement un homme d'Innsmouth; son allure
odieuse de batracien était caractéristique. Il ne m'inspi-
rait pourtant aucune crainte; j'avais l'étoile à cinq branches
dans ma poche; je me sentais en sécurité.

Mais la nuit dernière vint l'autre!

La nuit dernière j'entendis la terre remuer sous moi! J'entendis le bruit de grands pas lents et clapotants marteler les eaux de la terre, et je compris ce qu'Andrew Phelan voulait insinuer lorsqu'il disait que je saurais quand l'autre poursuivant viendrait! Maintenant je le sais!

J'ai rédigé ceci en toute hâte et je compte l'envoyer à la bibliothèque de l'Université Miskatonic pour l'ajouter aux documents du Dr. Shrewsbury et à ce qu'ils appellent le « Manuscrit Phelan », écrit par Andrew Phelan avant son premier séjour à Celeano. Il est tard et j'ai la certitude de ne pas être seul; il règne un silence absolu et inhabituel sur toute la ville et je peux entendre ces bruits horribles de succion qui proviennent des entrailles de la terre. A l'est, les Pléïades et Celeano ont commencé à s'élever au-dessus de l'horizon. J'ai pris les petite pilules dorées extraites de l'hydromel du Dr. Shrewsbury, j'ai le sifflet à portée de la main, je me souviens des paroles, et si l'expansion de conscience qui suit à coup sûr l'absorption de l'hydromel me révèle la nature de ce qui est en train de me suivre, je saurai alors quoi faire.

Dès maintenant, je deviens conscient des changements qui se produisent en moi. C'est comme si les murs de la maison s'éloignaient, comme si la rue s'évanouissait à son tour et un brouillard — quelque chose dans le brouillard, comme une grenouille géante avec des tentacules — comme un —

Grands Dieux! Quelle horreur!

Ia! Ia! Hastur!...

III

LA GORGE AU-DELA DE SALAPUNCO

ou

Le Testament de Clairborne Boyd

(Le manuscrit de Clairborne Boyd, maintenant conservé à la bibliothèque de l'Université de Buenos Aires, compte trois parties. Les deux premières furent découvertes avec les effets que Clairborne Boyd avait abandonnés dans sa chambre d'hôtel de Lima, Pérou ; la dernière partie rassemble plusieurs lettres adressées au professeur Vibarro Andros de Lima et des récits qui s'y rattachent. Ce n'est qu'après des discussions prolongées entre ses détenteurs que la totalité du manuscrit a reçu l'autorisation d'être imprimée en vue d'un tirage limité.)

1.

Il est particulièrement heureux que la faculté d'analyse et de synthèse de l'esprit humain se limite au savoir virtuel de l'univers tel que nous le connaissons, et qu'elle ne puisse rien deviner de ce qui se trouve au-delà ; car ceux qui grouillent par millions sur cette terre, à l'exception d'une infime minorité, vivent béatement dans l'ignorance des noires profondeurs de l'horreur, béantes depuis toute éternité non seulement dans les régions étranges et inaccessibles de la terre, mais aussi derrière le soleil couchant ou au coin de la rue et des abîmes vertigineux du temps comme de l'espace, et des choses inouïes qui hantent ces terribles lacunes.

Il y a moins d'un an, je résidais à la Nouvelle-Orléans et je voyageais volontiers dans la région marécageuse du delta du Mississippi, proche de ma ville natale. C'est à cette époque que j'abordai l'étude de la culture créole. Je poursuivais mes recherches depuis près de trois mois lorsqu'un message m'apprit la mort de mon grand-oncle Asaph Gilman et l'arrivée — selon les volontés impératives de son testament — de certains de ses biens, car j'étais « le seul étudiant » encore en vie parmi ses rares parents.

Mon grand-oncle avait été, pendant de nombreuses années, professeur de physique nucléaire à Harvard et, ayant atteint l'âge de la retraite, il avait continué à enseigner pendant quelques temps à l'Université de Miskatonic, à Arkham. Après avoir quitté ce dernier poste, il se retira dans sa maison dans la banlieue de Boston et vécut ses dernières années dans une presque complète réclusion; j'écris « presque complète réclusion », car il sortit de temps à autre de sa retraite pour entreprendre de mystérieux voyages aux quatre coins du globe; c'est au cours de l'un de ces voyages — alors qu'il errait dans les quartiers malfamés de Limehouse à Londres — qu'il rencontra la mort : il fut mêlé à une violente échauffourée provoquée, semble-t-il, par des voyous ou des lascars des navires à quai; cette échauffourée, bien que s'étant achevée aussi vite qu'elle avait commencé, avait néanmoins causé la mort de mon grand-oncle.

J'avais parfois reçu de ses nouvelles, écrites d'une main hâtive et envoyées des divers pays qu'il visita — de Nome en Alaska, de Ponape dans les Carolines, de Singapour, du Caire, de Cregoivacar en Transylvanie, de Vienne et de bien d'autres endroits. Au début de mes recherches sur la tradition créole, j'avais reçu une carte postale abstruse expédiée de Paris; au recto se trouvait une délicate gravure de la Bibliothèque Nationale et au verso des directives du grand-oncle Asaph : « Si au cours de vos études, vous découvrez l'existence de cultes païens, *passés ou présents*, je vous serais reconnaissant de m'envoyer ces renseignements dès que vous en aurez le loisir. » Comme les Créoles que j'étudiais étaient dans leur plus grande majorité catholiques romains, je ne pus avoir connaissance des faits qui l'intéressaient et je n'eus donc pas l'occasion de lui écrire à son adresse londonienne; aussi ai-je reçu la nouvelle de sa mort prématurée avant même d'avoir songé à lui écrire. Les affaires de mon grand-oncle arrivèrent quinze jours après l'annonce de sa mort — deux malles-cabines pleines à craquer, sans autre indication que leur poids. Au moment de leur arrivée, j'étais occupé à rassembler les données que je possédais sur les coutumes et le folklore du pays créole; c'est pourquoi il me fallut attendre un mois avant de songer à ouvrir les malles et à en examiner superficiellement le contenu. Lorsque je me suis enfin décidé à les ouvrir, je découvris que leur contenu pouvait être divisé en deux catégories — d'une part une collection de « pièces » extrêmement curieuses qui aurait fait la joie de n'importe quel collectionneur d'art primitif et, d'autre part, une liasse de notes, certaines tapées à la machine, d'autres manuscrites — je reconnus aisément l'écriture en pattes de mouche de mon grand-oncle — et d'autres encore sous forme de coupures de journaux et de lettres.

Comme l'art primitif m'était d'un abord plus familier, je décidai d'examiner minutieusement ses productions. Après avoir passé à peu près quatre heures à les trier, je parvins finalement à la conclusion que les pièces que mon grand-oncle avaient collectionnées avec tant de peine présentaient une étrange progression créative. Certes, mes connaissances en matière d'art primitif étaient limitées, mais mon grand-oncle avait adjoint des notes au bas et au dos de la plupart des pièces, sauf à celles qui parlaient d'elles-mêmes, tels ces caractéristiques masques polynésiens.

La division de ces pièces en deux groupes était en elle-même intéressante. Il y en avait environ deux cent soixante-dix-sept, sans compter les deux ou trois qui avaient souffert du voyage et qui s'étaient brisées en deux morceaux. Sur ce nombre, vingt-cinq étaient probablement d'origine indo-américaine, un nombre égal d'origine indo-canadienne et esquimaude. Un certain nombre de pièces étaient de conception maya et une vingtaine, de facture égyp-

tienne. Près d'une centaine de pièces provenaient du
centre de l'Afrique et une quarantaine environ étaient
d'inspiration orientale. Presque tout le reste provenait
du Pacifique Sud — de Polynésie, de Micronésie, de
Mélanésie et d'Australie. De surcroît, je dénombrai une
demi-douzaine de pièces dont l'origine n'avait pu être
déterminée. Ces dernières étaient particulièrement insolites et, bien que différant à première vue les unes des
autres, elles semblaient avoir des liens de parenté, comme
si quelque obscur développement s'était produit simultanément dans toutes les ethnies et les cultures représentées ; de tels liens sont suggérés, par exemple, par de nota-
bles ressemblances entre les sculptures hideuses du Pacifique Sud et les totems repoussants des Indiens du Canada.
Comme ses notes semblent l'indiquer, mon grand-oncle
avait dû remarquer ces ressemblances surprenantes. Mais,
à mon grand désappointement, je ne trouvais nulle part
une exposition cohérente des thèses sous-jacentes aux
recherches de mon grand-oncle, dans la mesure où elles
concernaient ces réalisations artistiques.

Mon grand-oncle avait prodigué beaucoup de soins
aux pièces du Pacifique Sud, qui n'étaient pas — je le
vis au premier coup d'œil — les masques coutumiers,
bien que ses notes ne fussent pas des plus explicites, et ce
ne fut qu'à la lumière des récents événements que je compris
l'intérêt de cet « art » et des notes qui s'y rattachaient.
Parmi ces pièces du Pacifique Sud, certaines attirèrent
immédiatement mon regard. Les voici, dans l'ordre où
je les examinai, ainsi que les notes qui leur corres-
pondent :

1) Figure humaine surmontée d'un oiseau. « Rivière
Sepik, Nouvelle-Guinée. Reverse affirme son existence
mais un grand secret l'entoure. Ne figure pas dans les
collections. »

2) Pièce de vêtement Tapa provenant des îles Tonga,
avec, pour motif, une étoile vert-foncé sur fond brun.

« Rencontré pour la première fois l'étoile à cinq branches dans cette région. Pas d'autres détails. Indigènes incapables d'expliquer le dessin. Disent qu'il est très vieux. Évidemment pas de contact ici depuis qu'il a perdu toute signification. »

3) Dieu marin. « Iles Cook. Ce n'est *pas* l'habituelle effigie du canoë de pêche. Pas de trace de cou, torse malvenu, tentacules pour les jambes et/ou les bras. Pas de nom attribué par les indigènes. »

4) Pierre *Tiki*. Iles Marquises. Impressionnante tête de *batracien* d'une figure présumée humaine. Les doigts sont-ils palmés ? Les indigènes, bien que ne l'adorant pas, lui attribue une signification, de toute évidence associée à la peur. »

5) Tête réduite. « Sans aucun doute, miniature de la colossale image de pierre trouvée sur le versant désertique du Rano-raraku. Travail typique des îles de Pâques. Trouvée à Ponape. Les indigènes l'appellent simplement « Premier Dieu ». »

6) Linteau gravé. « Maori, Nouvelle-Zélande. Travail exquis. Figures centrales de toute évidence polypeuses, mais non une pieuvre; plutôt une curieuse contamination de poisson, de grenouille, de pieuvre et d'homme. »

7) Pied droit sculpté *(tale)*. « Nouvelle-Calédonie. *De nouveau*, remarquable suggestion de l'étoile à cinq branches! »

8) Figure ancestrale. « Taillée dans du bois de fougère. Ambrim, Nouvelles-Hébrides. Mi-humain, mi-batracien. Peut-être la représentation du véritable ancêtre; relation certaine avec les cultes similaires de Ponape et d'Innsmouth. Le fait de mentionner le nom de Cthulhu effraya le propriétaire de l'objet; paraissait ne pas savoir pourquoi. »

9) Masque barbu. Origine : Ambrim. Étonnante évocation de *tentacules, et non de poils*, pour la « barbe ». Même

utilisation dans les Carolines, le long de la Rivière Sepik, en Nouvelle-Guinée et aux îles Marquises. Un exemplaire de ce type dans une boutique du quartier des docks à Singapour. *Pas à vendre!* »

10) Figure en bois. « Rivière Sepik. Noter : a) le nez — un seul tentacule se déroulant jusqu'à une figure au-dessous de la taille; b) mâchoire inférieure se déroulant et rejoignant le torse tel un ombilic. Tête grossièrement disproportionnée. Modèle vivant? »

11) Bouclier guerrier. « Queensland. Motif en labyrinthe. Apparemment, a) labyrinthe sous l'eau; b) figure anthropoïde accroupie suggérée à l'aboutissement du labyrinthe. Tentacules? »

12) Pendant en coquillage. « Papou. Idem. »

Il semble certain que mon grand-oncle recherchait une tendance bien définie dans ces pièces, mais s'agissait-il du développement de l'art primitif ou de celui d'un type de représentation particulier? Ce n'était pas clair. Sans doute, les deux dernières des pièces non répertoriées furent particulièrement suggestives, à la lumière des notes ésotériques de mon grand-oncle. L'une était une grossière étoile à cinq branches taillée dans une pierre grise que je ne pus reconnaître; l'autre était une figure finement ouvragée de plus de vingt centimètres de haut, d'aspect particulièrement cauchemardesque. Elle représentait sans doute quelque monstre antique ou, plutôt, traduisait la vision primitive d'un monstre antique, depuis longtemps disparu car rien sur cette terre ne pouvait lui ressembler même de loin. La créature était anthropoïde dans son ensemble, mais sa tête polypeuse était recouverte de pédoncules semblables à des tentacules, alors que son corps était à la fois squameux et élastique; de plus, ses membres se terminaient par des ongles disproportionnés et quelque chose ressemblant à des ailes de chauve-souris sortait de son dos. A cause de sa corpulence et de l'expression maléfique de son visage, cette figure trapue donnait l'impression d'une force incroyable — la représentation vivante et inoubliable du grand mal —, non pas du mal comme on l'entend généralement mais d'une horreur terrible à en rompre l'âme, une horreur qui transcende le mal que l'homme du commun peut connaître. Son aspect était d'autant plus terrifiant que la tête céphalopode, rejetée en arrière, et la position accroupie donnaient l'impression d'une créature sur le point de se dresser. A sa base, mon grand-oncle n'avait inscrit qu'une brève indication encore plus déroutante que les autres. On y lit seulement : « C? — ou un autre? » Bien que ma connaissance de l'art primitif soit, relativement sommaire, je le reconnais volontiers, j'étais convaincu qu'il n'y avait pas de lien entre le style de cette étrange figure et les différents arts auxquels j'étais familiarisé comme tout individu qui a reçu une bonne éducation, et cette conviction semblait rendre encore plus mystérieux l'héritage de mon grand-oncle. Il n'y avait pas même l'indication de son origine — du moins, sur la figure elle-même. Je la recherchais en vain, je ne découvris rien en dehors de l'étrange question de mon grand-oncle. En outre, cette figure donnait l'impression d'un âge incalculable; je ne pouvais guère me tromper car la matière dans laquelle elle avait été sculptée était une pierre noir-verdâtre avec des particules irridescentes et des stries, ne rappelant rien de ce que je connaissais en géologie. Bien plus encore, je découvris, sur la base de la figure, certains caractères que j'avais pris pour des traces de la taille; cependant, il était évident, après un examen prolongé, que ces caractères n'étaient pas le fait du hasard ni de maladroits coups de burin, mais étaient soigneusement gravés dans la pierre; il s'agissait, en fait, de hiéroglyphes ou de caractères d'une langue qui ne présentait pas plus de ressemblance avec les langues connues que la sculpture avec des genres artistiques connus.

Il n'est donc pas étonnant que je me sois décidé à

abandonner mon travail sur la culture créole et sa tradition
au bénéfices de recherches plus poussées à partir des notes
de mon grand-oncle. Je réalisai qu'il était sur la trace de
quelque chose de mystérieux et de fondamental et certains
indices — notamment sa carte m'interrogeant sur les
« cultes païens » chez les Créoles et son intérêt pour les
œuvres d'art primitif qu'il avait conservées — suggéraient
que l'objet de sa quête était très certainement une religion
ancestrale qu'il essayait de reconstituer en explorant les
coins les plus reculés de la terre où sa survivance était plus
probable que dans nos centres urbains.

Sans aucun doute, il m'était plus facile de prendre une
résolution que de la tenir, car les papiers de mon grand-
oncle ne renfermaient rien qui puisse ressembler à un ordre
chronologique précis. J'avais pourtant espéré qu'il y eut
au moins un ordre de lecture, car tout semblait relativement classé dans les malles; il me fallut cependant un
temps considérable pour effectuer une première classifi-
cation et un temps encore plus considérable pour établir
un ordre quelconque — et rien ne pouvait confirmer la
parfaite exactitude de ce classement. Cependant j'avais
de bonnes raisons de croire que s'il n'était pas exact, du
moins il ne devait pas être loin de la vérité; en effet les
notes de mon grand-oncle permettaient de classer chrono-
logiquement ses voyages et d'en comprendre la raison
car, à en juger par son existence antérieure, cela peut
sembler une façon bien inhabituelle de terminer ses
vieux jours. Il semblait probable qu'une expérience,
réelle ou quasi réelle, associée à ces deux années où il
enseigna à l'Université de Miskatonic, l'y avait poussé.
Un curieux manuscrit ayant de toute évidence appartenu à
un naufragé peut expliquer le but de ses premiers voyages;
je ne sais comment il est tombé entre les mains de mon
grand-oncle, bien qu'il semblât que la brève coupure de
journal épinglée au manuscrit ait dû attiser sa curiosité.
Il s'agissait du bref compte rendu de la découverte d'un

manuscrit dans une bouteille et qui était intitulé : LE MYSTÈRE DU NAVIRE DISPARU EST RÉSOLU. LE H.M.S. « ADVO-CATE » A COULÉ EN MER ! et je lus :

« Auckland, N.Z., le 17 décembre — Le mystère du H.M.S. *Advocate*, disparu en août dernier, semble être résolu aujourd'hui par la découverte d'un manuscrit rédigé par le gabier Alistair Greenbie. Le manuscrit fut découvert par un équipage de marins pêcheurs dans une bouteille flottant non loin des côtes de la Nouvelle-Zélande. Bien qu'il apparaisse dans une large mesure comme étant le fruit d'un esprit déjà ébranlé par de longues privations, les épisodes principaux du nauffrage de l'*Advocate* semblent décrits avec précision. Après avoir quitté Singapour, le navire fut pris dans une tempête venant des îles Kouriles, au milieu du mois d'août; le navire se trouvait à 47º53' de latitude Sud et à 127º37' de longitude Ouest. L'équipage de l'*Advocate* fut contraint d'abandonner le navire dix heures après le début de la tempête alors qu'elle faisait encore rage. Dès lors, ils étaient à la merci des lames de fond et, si on peut prêter crédit au récit de Greenbie, des pirates d'une incroyable sauvagerie décimèrent les hommes qui étaient encore en vie sur l'embarcation avec laquelle Greenbie et ses compagnons tentaient de rejoindre le rivage d'une île, probablement l'une des Gilbert ou Mariannes. Pourtant, l'île telle que la décrit Greenbie n'est pas connue des marins indigènes qui contestèrent l'authenticité de cette partie du récit de Greenbie qui relate les événements qui suivent l'abandon forcé du navire. »

Le manuscrit était rédigé sur les petites feuilles d'un carnet et était épinglé à l'article. Bien que ne comportant que peu de pages, il était écrit d'une main tremblante, et il n'y avait pas beaucoup de mots sur chaque page.

Il était cependant d'une longueur substantielle surtout si l'on songe que son auteur souffrait très certainement de la faim et de la soif et était plus ou moins conscient de sa fin prochaine.

« Je suis le seul survivant de l'équipage du H.M.S. *Advocate* qui quitta Singapour le 17 août de cette année. Le 21, nous rencontrâmes un orage à 47°53' de latitude S., 127°37' de longitude O.; il venait du nord et était d'une violence incroyable. Le capitaine Randall appela tout le monde sur le pont et nous avons fait de notre mieux; mais nous ne pouvions tenir le coup dans un rafiot comme l'*Advocate*. Au commencement du sixième quart, dix heures après que la tempête nous ait rejoints, on reçut l'ordre d'abandonner le navire car il prenait de la bande rapidement; une brèche s'était ouverte à bâbord. Il n'était plus possible de le sauver. Nous avons mis deux canots à flot. Je pris le commandement du premier canot, le capitaine Randall celui du second. Cinq hommes furent portés disparus en quittant le navire; je n'avais jamais vu de vagues aussi hautes, et lorsque l'*Advocate* coula, ce fut pire que tout.

« L'obscurité nous sépara et nous n'avons été rejoints par l'autre canot que le jour suivant. Nous avions suffisamment de provisions pour tenir une semaine en nous restreignant et nous pensions nous trouver quelque part entre les Carolines et les îles de l'Amirauté, plus près de ces dernières et de la Nouvelle-Guinée; aussi nous avons fait ce que nous avons pu pour nous diriger vers cette côte malgré les vagues gigantesques. Le deuxième jour, Blake devint hystérique et provoqua un accident déplorable; dans le combat, le compas fut perdu. C'était le seul compas pour les deux canots, sa perte était une affaire sérieuse. Quoi qu'il en soit, nous pensions garder le cap sur les îles de l'Amirauté ou la Nouvelle-Guinée, mais, la nuit tombée, les étoiles nous indiquèrent que nous dérivions vers l'ouest. La nuit suivante, nous dérivions encore, mais nous ne pouvions être certains de notre direction, même après avoir rectifié le cap, car les nuages s'amoncelaient et cachaient toutes les étoiles à l'exception de la Croix du Sud et de Canope.

« Pendant ce temps, quatre hommes encore avaient perdu la raison : Siddons, Harker, Peterson et Wiles, et, la quatrième nuit, Hewett, qui était de quart, nous réveilla tous par un cri aigu; lorsque nous fûmes réveillés, nous entendîmes ce qu'il avait entendu — des cris et des pleurs —, d'horribles sonorités qui émanaient de l'eau à l'endroit où nous estimions se trouver le canot du capitaine Randall; mais cela ne dura que quelques minutes. Nous tentâmes de les héler, mais nous ne pûmes obtenir de réponse; si l'un des hommes était devenu cinglé, nous aurions entendu quelque chose. Mais rien. Après un moment, nous n'avons plus rien tenté, n'attendant plus que la venue de l'aube, tous plus ou moins effrayés dans l'obscurité, avec ces terribles cris résonnant toujours dans nos oreilles. Puis le jour pointa et nous nous sommes mis à la recherche de l'autre canot. Nous le vîmes, d'accord, mais il n'y avait pas un homme à bord. Je donnai l'ordre de l'aborder, pensant que peut-être un homme était étendu à l'intérieur, mais lorsque nous avons pu l'approcher, il n'y avait rien, pas un signe de vie, en dehors de la casquette du capitaine qui traînait dans le fond. J'examinai attentivement le bateau. Je pus seulement remarquer que les plats-bords semblaient recouverts de *vase*, comme si quelque chose était sortie de l'eau pour se hisser dans le bateau. Je ne trouvai aucune explication à cela. Nous nous séparâmes de l'autre bateau, le laissant tel que nous l'avions trouvé, car nous n'étions pas assez forts pour remorquer ce poids mort et il n'y avait rien à y gagner. Nous ne savions plus dans quelle direction nous allions, nous ne savions même pas où nous étions, mais nous croyions toujours être à proximité des îles de l'Amirauté. Quatre heures après le lever du soleil, Adams poussa un cri et désigna quelque

chose devant lui : c'était la terre! Nous avons ramé pour
la rejoindre mais c'était plus loin que nous pensions. Ce
ne fut pas avant la fin de l'après-midi que nous pûmes nous
en approcher suffisamment pour la voir pleinement.

« C'était bien une île mais elle ne ressemblait en rien à
celles que j'avais déjà vues. Elle avait près d'un mile de
long et bien qu'elle fût dépourvue de toute végétation,
une sorte de bâtiment semblait s'élever en son centre; un
énorme pilier de pierre noire s'y dressait et, plus bas, sur
le rivage, il paraissait y avoir des constructions. Jacobson
tenait la lunette et je la lui pris des mains. Les nuages
étaient hauts et le soleil était sur le point de se coucher
mais je pouvais tout de même contempler toute la bizarrerie
de cette île. On l'aurait crue recouverte de boue, même sur
les hauteurs. Le bâtiment semblait bizarre, lui aussi. Je
pensais que la chaleur et le manque d'eau m'avaient
dérangé l'esprit et je décidais d'attendre le lendemain pour
l'aborder.

« Nous ne l'abordâmes jamais.

« Cette nuit-là, Richardson aurait dû être de quart
jusqu'à minuit, mais il était trop faible pour le prendre;
c'est pourquoi Petrie le remplaça et Simonds s'assit à côté
de lui au cas où l'un d'eux s'assoupirait. Nous étions tous
bougrement fatigués, après avoir essayé avec trop de
vigueur d'atteindre cette terre, surtout avec les maigres
rations que nous avions, et nous nous sommes endormis
sans tarder. Il n'y avait sans doute pas très longtemps que
nous dormions lorsque le hurlement de Simonds nous
réveilla. Je bondis jusqu'à lui.

« Il était assis et fixait la mer — les yeux écarquillés et la
bouche ouverte comme un homme en proie à la plus extrême
terreur. Il bafouilla que Petrie était parti; que quelque chose
était sorti de l'eau et l'avait enlevé hors du bateau. Ce fut
tout ce qu'il eut le temps de dire; et nous d'écouter. La
minute suivante, ils nous cernaient de tous côtés, jaillissant
de l'eau comme des démons, et grouillant de toutes parts!

« Les hommes combattirent comme des fous. Je sentis quelque chose m'agripper — comme un bras squameux terminé par une main, mais *je jure devant Dieu que sa main avait des doigts palmés! Et je jure que la figure que je vis était un croisement entre la grenouille et l'homme! Et que la chose avait des ouïes et était élastique au toucher!*

« C'est la dernière chose dont je puisse me souvenir de cette nuit. Après, quelque chose me frappa; je pense que c'était le pauvre Jed Lambert, fou de peur, pensant probablement frapper une de ces choses qui nous abordaient. Je suis tombé sans connaissance : c'est probablement ce qui me sauva; les choses me laissèrent pour mort.

« Lorsque je revins à moi, le jour était levé depuis plusieurs heures. L'île avait disparu — je m'en étais énormément éloigné. J'ai dérivé tout le jour et toute la nuit, et ce matin j'écris ce récit afin de le mettre dans une bouteille : si je ne peux atteindre la terre ou si je ne suis pas bientôt repéré, j'espère et je prie celui qui trouvera ce message de revenir chatier ces choses qui prirent mes hommes et ceux du capitaine Randall — car il est certain que le même sort leur fut réservé — la nuit, ils ont été jetés par-dessus bord, par quelque chose venant des enfers, dissimulés au fond de ces eaux maudites. »

« Signé : Gabier Alistair
H. Greenbie, H.M.S. *Advocate* ».

Quelle que fut l'opinion des autorités d'Auckland sur le rapport de Greenbie, il est certain que mon grand-oncle le considérait avec le plus grand sérieux car, d'après la succession chronologique, il y avait un très grand nombre d'histoires similaires — récits d'événements étranges et inexplicables, narrations de mystères insolubles, de disparitions bizarres, de toutes sortes de cas outrés qui avaient pu être imprimés dans des milliers de journaux et lus avec l'intérêt le plus superficiel par la plus grande partie du public.

Il s'agissait surtout de récits fort courts et il semblait évident que la majorité des rédacteurs les utilisaient comme « bouche-trous », et sans doute, cela conduisit mon grand-oncle à penser que, si le rapport de Greenbie avait pu être traité si cavalièrement, d'autres entrefilets pouvaient cacher des histoires semblables. Il apparaît maintenant clairement que les coupures si soigneusement rassemblées par mon grand-oncle avaient toutes un point commun : leur extrême étrangeté. En dehors de cela, il n'y avait pas de ressemblance manifeste entre eux. Les divers et longs récits qu'ils rapportaient étaient d'intérêt local; ils se présentaient comme suit :

1) Un résumé des faits concernant la disparition du Dr. Laban Shrewsbury d'Arkham, Massachusetts, auquel étaient adjoints d'obscurs paragraphes, copiés d'un manuscrit ou d'un livre écrit par le disparu, et qui était intitulé : *Approches des structures mythiques des derniers primitifs en relation avec le texte R'lyeh*.

Par exemple : « Son origine marine ne prête pas à controverse, car chaque description de Cthulhu se rapporte, directement ou indirectement, aux océans; cela est aussi vrai pour telle manifestation supposée de Cthulhu que pour le récit des actions de ses adeptes. On ne peut être certain de la véracité de la légende d'Atlantide; cependant des ressemblances superficielles apparaissent que l'on ne peut écarter. Les centres d'activité que l'on peut localiser par la disposition de cercles concentriques sur divers planisphères sembleraient être au nombre de huit : 1) le Pacifique Sud avec approximativement pour centre Ponape dans les Carolines; 2) l'Atlantique, au large de la côte des E.U., dont le centre se trouve au large d'Innsmouth, Massachusetts; 3) les eaux souterraines du Pérou, centré sur l'ancienne citadelle des Incas, Machupicchu; 4) le nord de l'Afrique et la bordure méditerranéenne, avec

pour centre les alentours de l'oasis saharienne d'El Nigro;
5) Le Canada septentrionnal, centré au nord de Medecine
Hat; 6) l'Atlantique avec pour centre les Açores; 7) la
partie méridionale des États-Unis, y compris les îles,
centré quelque part dans le Golfe du Mexique; 8) l'Asie
du Sud-Est, dont le centre se trouve dans la zone désertique du Koweit (?) que l'on pense proche d'une cité
ensevelie (Irem, la Cité des Piliers?).

2) Une enquête approfondie, avec des notes, bien que
désormais
désordonnée, sur l'invasion mystérieuse et la destruction
partielle d'Innsmouth par les agents fédéraux.

3) Le compte rendu, dans un hebdomadaire, de la disparition de Henry W. Akeley de sa résidence sur les col-
lines proches de Brattleboro; on peut y lire que des repro-
ductions horriblement parfaites du visage et des mains
d'Akeley avaient été découvertes sur la chaise — lieu
précis de sa disparition — et on y mentionnait plus discrètement la présence d'empreintes terribles aperçues
autour de la maison.

4) La traduction d'une longue lettre qui avait paru dans
un journal du Caire à propos des manifestations d'étranges
monstres marins entrevus dans les eaux territoriales du
Maroc.

Il y avait beaucoup de coupures encore plus brèves,
mais toutes se rapportaient à des questions d'une rare
bizarrerie ou à un mystère incompréhensible. Il y avait
des récits d'étranges tempêtes, de séismes terrestres inexplicables, de descentes de police au cours de rassemblements
religieux, de toutes sortes de crimes impunis, de phénomènes naturels inattendus, des récits de voyageurs dans
les coins les plus insolites de la terre et des centaines de
sujets identiques.

En plus de ces coupures, il y avait certains livres — des
études sur la civilisation inca, deux livres sur l'île de
Pâques, et des passages soulignés tirés de livres portant

des titres que je n'avais jamais entendus : Les *Celeano Fragments*, les *Pnakotic Manuscripts*, le *R'lyeh Text*, le *Book of Eibon*, le *Sussex Manuscript*, etc...

Enfin, il y avait les notes de mon grand-oncle.

Malheureusement, celles-ci étaient aussi ésotériques que certains des récits qu'il avait si soigneusement rassemblés, mais il était cependant possible d'en tirer certaines conclusions. Il n'y avait nulle part de résumé de ses découvertes, mais l'on pouvait remarquer qu'une certaine progression amenait à des conclusions univoques. Quant à la teneur de ses annotations, il était assez aisé de constater : 1) que mon grand-oncle était sur la trace d'organisations disséminées qui adoraient l'un de ces nombreux êtres qui s'étaient coalisés; que l'objet spécifique de ses recherches était le quartier général du culte de Cthulhu (parfois appelé Kthulhu, Clooloo, etc.) et tout ou partie des objets d'art témoignant de ce culte; 2) que le culte de cet être était très ancien et très maléfique; 3) que mon grand-oncle supposait que la repoussante figure de pierre d'origine inconnue était la représentation de Cthulhu par un artiste aborigène; 4) que mon grand-oncle faisait plus que supposer l'existence d'un rapport entre les événements fâcheux des coupures qu'il avait rassemblées et le culte de ces êtres qui ont partie liée. Dans ce contexte, ses annotations sont singulièrement suggestives, comme peut l'indiquer ce qui suit :

« Certains parallèles se présentent d'eux-mêmes et des déductions inévitables et inexplicables peuvent en être tirées. Par exemple, le Dr. Shrewsbury a disparu un an après la publication de son livre sur les structures mythiques. Le savant britannique, Sir Landon Etrick, fut tué dans un étrange accident six mois après qu'il eut permis la publication dans la *Occult Review* de son article consacré à l'« Homme-Poisson » de Ponape. L'écrivain américain, H.P. Lovecraft, mourut un an après la publication de sa curieuse « fiction », *The Shadow Over Innsmouth* (*Le*

Cauchemar d'Innsmouth). Seule la mort de Lovecraft semble ne pas avoir été causée par un accident bizarre. (N.B. : Certains ont remarqué l'allergie de H.P.L. au froid, d'autres soulignent son aversion prononcée pour la mer et toutes les choses qui s'y rapportent, aversion pouvant aller jusqu'à lui causer un malaise physique à la vue des fruits de mer).

« La conclusion est inévitable : Shrewsbury comme Lovecraft — et peut-être Etrick et les autres — étaient sur le point de faire des découvertes importantes à propos de C.

« On peut noter la curieuse signification du nom de cette oasis : *El Nigro*. Traduit sommairement, cela voudrait dire « Le Noir », qui à son tour, ne désignerait pas seulement le « démon » mais toute créature de l'ombre. N.B. : Aucun récit valable n'indique que C. ou les créatures qui le servent directement aient ressurgi, sauf dans les ténèbres, à l'exception du récit de Johansen rapporté par Lovecraft. Seuls ses mignons sortent de jour. Et si on le compare au récit de Greenbie! Peut-on vraiment douter que les îles vues par Johansen et Greenbie soient une seule et même île? Je ne le pense pas. Mais alors, où se trouve-t-elle? Aucune île n'a été repérée au large de Ponape. Pas plus au large de Queensland. Aucune carte ne permet de la situer. Les récits de Johansen et de Greenbie s'accordent pour dire qu'elle se trouve entre la Nouvelle-Guinée et les îles Carolines, probablement à l'ouest des îles de l'Amirauté. Johansen avance que l'île n'est *pas* immobile, mais sombre et reparaît. (S'il en est ainsi, comment expliquer les « constructions »?)

« Partout, preuves, directes ou indirectes, de la présence d'« hommes » poissons ou batraciens — particulièrement en relation avec certains événements. Vus à Arkham avant la disparition du Dr. Shrewsbury. Aperçus à Londres juste après la mort d'Etrick. Greenbie fait mention d'êtres qui lui semblèrent être « un croisement entre la grenouille et l'homme »! Les fictions de Lovecraft

abondent dans leur sens, et son conte d'Innsmouth suggère
horriblement pourquoi les serviteurs batraciens de C.
ne désiraient pas un homme mort, et pourquoi ils laissèrent Greenbie leur échapper.

« A propos du récit de Greenbie, comparé à des récits
aussi probants que ceux de la disparition mystérieuse
de la *Marie Céleste* et d'autres navires. Si les créatures
marines pouvaient aborder des navires de la dimension
du *Vigilant* (cf. Johansen), pourquoi pas des navires
plus gros ? Si cette hypothèse est fondée, il y a là une explication plausible, même si elle est incroyablement horrible,
à tant de mystères de la mer, aux innombrables abandons
et disparitions de vaisseaux. N.B. : D'un autre côté,
les seuls récits qui peuvent en témoigner, on doit s'en
souvenir, sont ceux d'hommes dont l'esprit a pu être dérangé
par des privations exceptionnelles. » Il y avait encore de
nombreuses remarques de même nature ; mais il y en
avait d'autres, encore plus embarassantes, que l'on doit
rapprocher des notes préliminaires. A mesure que mon
grand-oncle s'enfonçait plus profondément dans ses recherches, je réalisais que ses notes devenaient ostensiblement
plus obscures. Par exemple, il écrit quelque part, très
certainement sous le coup d'une certaine excitation :
« N'y aurait-il pas une explication purement scientifique
au voyage dans l'espace-temps qui passe pour être le
pouvoir des Anciens ? C'est-à-dire, quelque chose, en
rapport avec le temps comme dimension, qui réduirait
C. et les autres à des êtres totalement étrangers obéissants
à des lois aux antipodes des lois naturelles telles que
nous les connaissons ? » Et encore : « Que penser de la
possibilité d'une désintégration atomique suivie d'une
réintégration par-delà le temps et l'espace ? Et, si le temps
doit être considéré purement comme une dimension,
et l'espace comme une autre, les « ouvertures » qui sont
citées à plusieurs reprises doivent être des fissures dans
ces dimensions. Quoi d'autre ? »

Mais l'aspect le plus troublant de la quête étrange de mon grand-oncle n'apparaît pas dans ses notes avant les derniers mois de sa vie. Alors un certain malaise se fait sentir et il semble en définitive que le culte ou les cultes qui intéressaient mon grand-oncle n'étaient pas des phénomènes appartenant au passé, mais qu'ils avaient survécu jusqu'à nous, et étaient de surcroît qualifiés de pernicieux et de maléfiques. En effet, dans le déroulement de ces notes apparaissaient certaines questions pertinentes —, comme si mon grand-oncle se questionnait lui-même sur la portée de ce qu'il pouvait difficilement croire.

« Si ma vue ne me trompe pas, » écrit-il quelque part, à son retour de Transylvanie, « mon compagnon de voyage avait l'aspect caractéristique du batracien. Il parlait cependant le plus pur français. Rien à remarquer lorsqu'il monta dans le Simplon-Orient. Il me fut difficile de le semer à Calais. Suis-je suivi ? Et s'il en est ainsi, où ont-*ils* pu trouver ? » Et de nouveau : « Suivi à Rangoon, sans aucun doute. Poursuivant indiscernable, mais, à en juger par le reflet d'une vitre, ce n'est pas l'un des Profonds. Sa stature suggère un Tcho-Tcho, ce qui semblerait bien « à propos », puisque l'on suppose qu'ils se sont regroupés non loin d'ici. » Et enfin : « Trois à Arkham, aux alentours de l'Université. La seule question semble être : que soupçonnent-ils que je sache ? Et attendront-ils que je sois publié comme ce fut le cas pour Shrewsbury, Vordennes et les autres. »

Les implications de tout ceci étaient claires comme du cristal.

Mon grand-oncle s'acharnait à suivre les traces d'un culte étrange et maléfique; il vint à se faire remarquer et son existence était menacée par les adeptes de ce culte. C'est alors qu'avec une conviction instinctive, je compris que la mort de mon grand-oncle à Limehouse n'était en aucune façon un accident, mais un meurtre soigneusement camouflé !

2.

J'en viens maintenant à ces événements qui me confirmèrent dans ma résolution d'abandonner mon projet créole et de le remplacer par l'étude de ce qui avait retenu l'attention de mon grand-oncle Asaph Gilman. Mon intérêt superficiel avait déjà été cristallisé par la conviction que mon grand-oncle avait été assassiné; mais lorsque je cherchai une piste par laquelle commencer, afin de retrouver ses meurtriers et le culte auquel ils appartenaient, je ne sus laquelle choisir. A fouiller dans ses papiers comme je le faisais, il ne semblait pas y avoir un lieu ou une personne par lesquels commencer. En dépit de tous les soupçons et suggestions terribles contenus dans les papiers et les livres de mon grand-oncle, je ne trouvais pas de point nodal; considérés comme un tout, les papiers ressemblaient plus à un travail préliminaire reposant sur des hypothèses et des conclusions que mon grand-oncle n'avait pas eu le temps de rédiger.

Ce qui fit lever mes doutes, aussi bien que les ambiguïtés des papiers de mon grand-oncle, fut une série de rêves extraordinaires et leur encore plus extraordinaire regain. Ces rêves commencèrent la nuit qui suivit ma décision de poursuivre les recherches de mon grand-oncle — recherches qui furent tragiquement interrompues par son meurtre. Les rêves étaient d'un éclat remarquable et chacun d'eux formait une parfaite entité, sans rien du flou, de l'incohérence et de la phantasmagorie incroyable de la plupart des rêves. Ils étaient en effet étonnants dans la mesure où ils étaient assez frappants pour ne pas ressembler à des rêves mais à des expériences lucides et parfaitement intelligibles qui transcendaient les lois naturelles. Bien plus, chaque rêve m'impressionna suffisamment pour me pousser à les rédiger pour servir ultérieurement de points de références; ainsi, je ne pourrais oublier le moindre détail de l'expérience.

Mon premier rêve fut le suivant :

Quelqu'un m'appela par mon nom. « Claiborne, Claiborne Boyd! Claiborne, Claiborne Boyd! » La voix était celle d'un homme, et semblait venir de très loin et d'*au-dessus*. Je me vis en train de me réveiller; dans le même temps, la tête et les épaules d'un homme apparurent. La tête était celle d'un homme très âgé, avec de longs cheveux blancs, le visage bien rasé, un menton prononcé et des lèvres épaisses. Il avait un nez romain et portait de curieuses lunettes avec des rabats sur les côtés. Voyant que je m'éveillais, il me demanda simplement de lui prêter toute mon attention.

La scène changea; la tête se ratatina et s'évanouit. Mon lit, ma chambre et moi-même s'évanouirent également. Le cadre de la scène qui suivit m'était vaguement familier. J'arpentais une rue qui semblait se trouver à Cambridge, Massachusetts. Elle était loin de l'Université, dans un quartier ouvrier. Là, je devais rencontrer quelqu'un; je n'eus pas longtemps à attendre; il s'agissait d'un homme grand et maigre, habillé tout de noir. Il marchait bizarrement et portait un cache-nez et des verres teintés. Bien qu'il ne semblât pas originaire de Cambridge, il paraissait savoir où aller. Il entra dans un bâtiment et se dirigea sans attendre vers les bureaux de MM. Judah et Byron, avoués. Il pénétra dans le vestibule et demanda à voir M. Judah. Il ne tarda pas à être introduit.

M. Judah était un homme entre deux âges; il portait un pince-nez, ses cheveux grisonnaient sur les tempes et il était entièrement vêtu de gris. Son costume était une gabardine de coupe sévère. Je les entendis converser.

— Bonjour, M. Smith! dit M. Judah. Que puis-je faire pour vous?

La voix de M. Smith était très étrange; elle semblait étouffée et déformée, comme si son défaut d'élocution était provoqué par une surabondance de salive. Il dit :

— Si je ne me trompe pas, Monsieur, vous êtes l'exécuteur testamentaire de feu Asaph Gilman?

M. Judah acquiesça.

— M. Gilman était engagé dans un travail pour lequel, en tant que confrère, j'éprouvais un vif intérêt. Je fis la connaissance de M. Gilman à Vienne il y a un an, et je crus comprendre qu'il était en possession de papiers et de notes concernant ses recherches. Ces papiers ne peuvent avoir d'intérêt que pour un érudit qui s'intéresse aux mêmes problèmes. Pouvez-vous me dire s'il est possible de les acquérir auprès de l'héritier de M. Gilman?

M. Judah hocha la tête.

— Je suis désolé, M. Smith, mais M. Gilman insista pour que ses papiers reviennent à son plus proche parent.

— Peut-être pourrais-je m'arranger avec lui pour les lui acheter?

— Cela n'est pas de mon ressort, M. Smith.

— Pouvez-vous me donner son adresse?

Malgré une légère hésitation, M. Judah répondit finalement : « Je ne vois pas d'inconvénient à cela, » et il lui donna mon nom et mon adresse. La scène s'évanouit et la tête du vieil homme aux cheveux blancs réapparut. Il me demanda de prendre soin des papiers et de les placer en lieu sûr. C'est alors que le rêve s'acheva.

Après avoir étudié soigneusement les étranges papiers de mon grand-oncle, un tel rêve n'était pas en lui-même extraordinaire. Mais son extrême netteté fit une telle

impression sur moi, non seulement à mon réveil une fois
le rêve achevé mais tout au long de la matinée, que je fus
amené à téléphoner à M. Judah pour lui demander si personne n'était venu le voir à mon sujet.

— Cher M. Boyd, quelle coïncidence! me répondit-il
à l'autre bout du fil — avec les intonations du M. Judah
de mon rêve. Un homme est venu hier et s'est enquis
de vous — ou plutôt, des papiers de votre grand-oncle
Un certain M. Japhet Smith. Nous avons cru bon de lui
donner votre adresse. Il s'agit probablement d'un excentrique, mais inoffensif. Il semblait vouloir se porter acqué-
reur des papiers de votre grand-oncle, ou, au moins, les
consulter.

Comme on peut l'imaginer, la confirmation de mon rêve
me remplit de stupeur. Je n'eus plus le moindre doute sur
l'identité de ce « M. Japhet Smith » — ce n'était pas du tout
un savant et un ami de mon grand-oncle, mais un représentant de ce culte maléfique qui fut la cause de sa mort.
Si cela était vérifié, il viendrait certainement à la Nouvelle-
Orléans s'enquérir des papiers. Alors, que faire? Je ne
crois pas que mon refus de les lui montrer puisse l'arrêter,
mais il utiliserait sans aucun doute d'autres moyens pour
les obtenir. C'est pourquoi je décidai de ne pas perdre de
temps : je remis en ordre et empaquetai les papiers de
mon grand-oncle et les portai en un lieu secret que Smith
et ses amis ne pourraient découvrir.

Je passais donc une nouvelle fois l'après-midi plongé
dans les papiers de mon grand-oncle et, ce faisant, je
tombai sur deux enveloppes portant de bien curieuses
annotations. Elles étaient encore plus ésotériques que
d'ordinaire et faisaient toutes deux allusions à la même
chose. La première fut manifestement rédigée alors que mon
grand-oncle se trouvait au Caire et disait seulement :
« Andrada? certainement pas! » La seconde, écrite lors
de son dernier passage à Paris, peu de temps avant son
fatal séjour à Londres, disait : « Demander à Andros

au sujet d'Andrada. » En fait, ces notes pouvaient m
servir de point de départ pour comprendre la quête d
mon grand-oncle. Mais qui était Andros? Et où était-il?

Je redoublai d'efforts pour découvrir de plus ample
informations dans les papiers dont j'étais en possession
qui me permettraient de percer l'identité d'Andros ou
d'Andrada, mais il n'y avait rien. Quoi qu'il en soit, constatant que les deux noms étaient d'origine latine, il me
sembla logique d'en déduire que ceux qui les portaien
vivaient dans des pays de langue espagnole ou portugaise
et comme mon grand-oncle ne fit que des voyages de
courte durée en Espagne ou au Portugal, il était bien plus
vraisemblable que son attention s'était finalement portée
sur d'autres régions du globe — des Açores à l'Amérique du Sud. Tout semblait indiquer qu'il s'agissait de
l'Amérique du Sud car un certain nombre d'allusions dans
les papiers de mon grand-oncle laissaient penser que
son prochain déplacement aurait eu pour but une contrée
sud-américaine.

Mais je n'avais que peu de temps pour formuler de
telles suppositions car le jour tirait à sa fin et il me restai
encore beaucoup à faire pour préparer le transport des
papiers. J'étais motivé non seulement par mon curieux
rêve et sa confirmation mais par la conviction encore plus
étrange que je ne pouvais plus me permettre de perdre
un seul instant. Je travaillais donc en toute hâte pour
terminer avant la tombée de la nuit. J'avais appris par
cœur certains faits contenus dans les papiers de mon
grand-oncle; j'avais soigneusement empaqueté tous les
livres et les papiers et je les déposai en fin de soirée au
bureau local des messageries pour une durée de quatre-
vingt-dix jours; je payai d'avance avec un supplément pour
couvrir les frais de l'instruction suivante — si les deux
malles n'étaient pas réclamées en temps voulu, elles
devraient être expédiées à la bibliothèque de l'Université
de Miskatonic à Arkham. Cela fait, j'empochai tous les

récépissés et me les adressai aux bons soins de MM. Judah et Byron, ainsi qu'une brève note d'instruction que je leur envoyai séparément.

Lorsque je retournai chez moi, l'obscurité était déjà tombée. Était-ce mon imagination, ou quelqu'un rôdait-il effectivement autour de la maison? M. Japhet Smith n'avait certainement pas eu le temps de se rendre à la Nouvelle-Orléans. J'écartai tous ces phantasmes et, la mort dans l'âme, je regagnai mon appartement, m'attendant plus ou moins à me trouver nez à nez avec de peu souhaitables visiteurs. Mais il n'y avait personne et je souris intérieurement en pensant combien les bizarres papiers de mon grand-oncle et mon rêve étrange s'étaient emparés de moi — car, si mon grand-oncle ne s'était pas trompé en supposant que le culte de Cthulhu avait des adeptes dans le monde entier, il n'était donc pas impossible qu'il y en eût quelques-uns à la Nouvelle-Orléans et que Japhet Smith les ait joints par la voie télégraphique! Mon grand-oncle ne m'avait-il pas demandé de le tenir au courant de tout ce qui pouvait rappeler une étrange idolâtrie païenne — et n'entendait-il pas par là le culte de Cthulhu et de ces autres nébuleux?

J'éteignis la lumière et allai jusqu'à la fenêtre, restant derrière les rideaux diaphanes pour regarder ce qui se passait dans la rue. Le quartier dans lequel je vivais était l'un des plus anciens de la Nouvelle-Orléans; les maisons y étaient gracieuses bien que démodées; elles étaient en majeure partie habitées par des artistes, des écrivains et des étudiants, et certains fanatiques de musique — des grands classiques aux blues — avaient également élu domicile dans le voisinage. C'est pourquoi la rue connaissait une grande animation à toute heure et comme entre neuf heures et dix heures du soir il était encore relativement tôt, beaucoup de monde s'affairait. Il me fallut un certain temps pour distinguer quelqu'un qui paraissait ne pas être un simple passant, mais rien n'était moins sûr; et

pourtant j'avais la certitude que cet individu à demi dissimulé observait bel et bien la maison, et plus particulièrement mon appartement. Il arpentait la rue d'un bout
à l'autre et, bien qu'il ne regardât jamais en direction de
la maison, il était au fait de tout ce qui s'y passait. J'étais
frappé par sa démarche alanguie qui rappelait celle du
Japhet Smith de mon rêve — et évoquait irrésistiblement
celle des batraciens adeptes de Cthulhu telle qu'elle est
décrite dans les récits joints aux papiers dont je venais
d'avoir connaissance. Je m'éloignai de la fenêtre, le cerveau en ébullition. Sans aucune preuve, je ne pouvais
accuser un passant, ce qui me serait une cause de désagrément s'il se révélait être un poète à la recherche de
sa muse — explication tout aussi naturelle et recevable
que n'importe quelle autre. Il n'était pas invraisemblable
de supposer que l'on puisse tenter de pénétrer dans ma
chambre. Cependant, après m'être assis un moment dans
l'obscurité, essayant d'imaginer ce que je ferais si nos
rôles étaient inversés, j'en arrivai à la conclusion que, si
effectivement l'individu en bas me surveillait, les événements avaient dû se dérouler comme suit : Smith avait
télégraphié afin que l'on surveille mes déplacements;
heureusement, le veilleur s'était posté alors que je m'étais
absenté pour m'occuper des malles, car il y avait peu de
chances qu'il abandonne sa surveillance avant l'arrivée
de Smith lui-même. Il était probable que les adeptes de ce
culte ne fussent pas désireux de provoquer des « incidents »
qui révéleraient les raisons de leur présence à celui qui
serait assez curieux pour s'interroger; je ne risquais
vraisemblablement pas d'être victime d'une agression
avant que Smith n'ait épuisé toutes les autres possibilités.

Malgré tout, j'attendis dans l'obscurité que sonne
minuit et c'est seulement lorsque la rue fut déserte et que
je ne parvins plus à distinguer le veilleur que je pus enfin
aller me coucher.

Cette nuit-là, je fis un deuxième rêve encore plus alarmant que le premier, et je ne fus totalement en mesure de l'interpréter que quelques jours plus tard. J'en fis, à l'instar du premier rêve — et surtout depuis qu'il s'est vu confirmé dans les faits — un compte rendu complet et détaillé.

Ce rêve commença exactement comme le premier.

L'homme aux cheveux gris et aux lunettes noires réapparut. Cette fois, il était entouré d'une brume épaisse. A l'arrière-plan semblait se dresser un grand bâtiment. Je n'arrivais pas à discerner si l'arrière-plan représentait l'intérieur ou l'extérieur de ce bâtiment, mais je pouvais entrevoir la forme irréelle d'une massive table de pierre entre la tête du personnage et le bâtiment derrière. C'était une construction de facture tout à fait inouïe évoquant une grande pièce voûtée, — s'il s'agissait bien de l'intérieur, de ce bâtiment — dont les arêtes de pierre se perdaient dans l'ombre; on devinait une fenêtre circulaire d'une taille colossale et des colonnes monolithiques à côté desquelles la tête paraissait incroyablement petite. Il y avait le long des murs des rayonnages portant des livres gigantesques; on pouvait distinguer à leurs dos d'étranges hiéroglyphes. Des incisions paraissaient ressortir sur la monstrueuse et mégalithique construction de granit dont les pièces semblaient être des blocs convexes, supportés par des assises concaves, parfaitement ajustés. On ne voyait nulle part de plancher et il n'y avait rien sous le buste du personnage qui m'appelait.

La voix me demanda de lui prêter une oreille attentive.

La scène s'évanouit. De nouveau, une rue familière apparut. Cette fois, je la reconnus tout de suite. C'était une rue de Natchez, dans le Mississippi, où j'avais fait mes études avant de me consacrer à la culture créole à la Nouvelle-Orléans. Je paraissais marcher dans la rue et personne ne faisait attention à moi. Je vis le bureau de poste. J'y entrai. Je traversai le couloir et dépassai la rangée de boîtes. Le directeur et ses employés travaillaient. Nul ne prêta attention à moi.

Alors advint quelque chose d'étrange. Les casiers où se trouvaient placées les lettres en vue de l'expédition semblaient disparaître, et je vis sous les étagères une épaisse enveloppe. Elle m'était adressée et je reconnus l'écriture de mon grand-oncle. Elle portait le tampon de Londres et était datée du jour qui précéda sa mort. Ce qui était arrivé était très clair. Cette lettre — comme la dernière carte postée à Paris — avait été envoyée à mon adresse de Natchez et réexpédiée ici, car cette dernière adresse avait été biffée et remplacée par celle de la Nouvelle-Orléans; mais la lettre avait glissé et personne ne l'avait retrouvée.

Une nouvelle fois, j'entendis la voix de l'homme aux lunettes noires : il me conseilla de me souvenir de la moindre de ses paroles. — « M. Boyd, dit-il — sa voix était amicale mais impérative — vous devez faire exactement ce que je vous dit. Comme vous le savez, votre appartement est surveillé. Demain M. Smith vous téléphonera; il n'est pas nécessaire que vous le rencontriez. Préparez-vous à quitter demain votre chambre sans songer y revenir; assurez-vous que vous n'êtes pas suivi et allez à Natchez. Retirez la lettre au bureau de poste. Elle est de votre grand-oncle et elle est suffisamment explicite pour vous permettre de suivre ses instructions, si vous êtes toujours déterminé à le faire. Faites en sorte qu'elle ne soit pas égarée.

Puis la voix s'évanouit.

Je dois attribuer à l'intensité de ce rêve le fait que je ne mis pas sa véracité en doute un seul instant; aussi, en me réveillant dans l'obscurité de ma chambre, je sus que la dernière lettre de mon grand-oncle se trouvait au bureau de poste de Natchez et aussi qu'avec la venue de l'aube je suivrais les instructions précises du mentor de mes rêves — aller à Natchez et lire l'ultime lettre de mon grand-oncle dans l'intention de suivre la moindre des directives qu'elle contenait.

En dépit du désir qui me rongeait de me trouver face à face avec Japhet Smith, je réalisai qu'il était au courant de mon refus de me défaire des papiers de mon grand-oncle et qu'il me serait donc trois fois plus difficile — si ce n'est impossible — de lui échapper. Aussi, le lendemain, ce fut avec plaisir que je semais mes poursuivants — car j'étais suivi, il n'y a pas l'ombre d'un doute; et mon poursuivant était un individu d'un aspect repoussant — la bouche large, le front bas, les yeux sans cils, presque dépourvu d'oreilles et la peau bizarrement tannée. Je n'eus pas de difficultés à le semer en utilisant une méthode usée jusqu'à la corde : entrer par une porte d'un immeuble et sortir par une autre.

A Natchez je ne pouvais évidemment pas désigner à l'employé des postes l'endroit où se trouvait la lettre égarée de mon grand-oncle; mais je lui expliquai simplement que j'étais venu de la Nouvelle-Orléans pour m'enquérir d'une lettre que j'aurais déjà dû recevoir et, après maintes supplications, je finis par le convaincre de regarder derrière le rayon. Il s'exécuta et me la remit en s'excusant. Tout ce temps, je n'avais cessé de me demander par quel prodige je fus averti de l'existence de cette lettre et de M. Smith; que mes rêves soient pour le moins hétérodoxes, cela n'était que par trop évident, mais je ne pouvais comprendre par quel enchantement j'avais pu faire ce rêve prémonitoire.

L'existence matérielle de la lettre coupa court à mes spéculations. Je la décachetai fébrilement et un coup d'œil suffit pour que je puisse en deviner l'importance en ce qui concerne la quête de mon grand-oncle et remarquer la difficulté avec laquelle elle avait été rédigée — car il n'y avait plus le moindre doute quant à l'identité de ses poursuivants — pressentant déjà quel destin allait lui être réservé.

« Mon cher neveu — son écriture était plus large qu'à l'ordinaire, sans doute à cause de sa nervosité — je pense qu'il m'incombe de poser de tels jalons afin d'être assuré que les recherches que j'ai entreprises depuis plusieurs mois soient menées à bien même après ma mort, car il est certain que le moindre de mes pas est épié par les Profonds, et cela jour et nuit. Il y a quelque temps, j'ai pris les dispositions nécessaires dans mon testament pour que vous receviez mes papiers ainsi qu'une modeste somme pour faciliter vos travaux, qu'ils se placent dans la même optique que la mienne ou non. Je tiens maintenant à vous mettre rapidement au courant de la nature de ce travail.

« Il y a quelque temps — disons après que j'eus quitté Harvard — je tombai sur un livre des plus curieux et des plus rares, le *Necronomicon* de l'Arabe Abdul Alhazred — un livre qui fait entendre le plus en disant le moins, car il traitait d'une très ancienne pratique religieuse, de cultes et de rites composant une mythologie complète, comparable à première vue à la Genèse, mais qui réveilla quelque chose depuis longtemps enfoui dans ma mémoire; aussi, avant de connaître quoi que ce soit, j'étais déjà profondément influencé par cette mythologie. Cela, pour tout vous dire, parce que je fus averti de certains événements qui semblaient étrangement confirmer plusieurs choses écrites il y a un certain nombre de siècles, et je décidai donc d'aborder la question avec le plus grand sérieux — c'était bien là l'une de ces impulsions que connaissent les enseignants à la retraite. Que n'ai-je pas fui ce livre maudit et oublié!

Car, non seulement je pus corroborer certains faits odieux rapportés par ce livre et les textes annexes que j'étudiais, mais je découvris que les cultes de ces peuples étaient dévolus à certains êtres antiques encore présents aujourd'hui. Et je compris le sens de cet étrange couplet de l'Arabe :

Il n'y a pas de mort qui puisse éternellement mentir
Et dans d'étranges éternités même la mort peut mourir.

« Je n'ai guère le temps de tout vous révéler. Croyez-moi
simplement si je vous dit que j'ai la formidable conviction,
que cette terre, de concert avec d'autres planètes, d'autres
étoiles et d'autres univers, fut autrefois habitée par des
êtres qui n'étaient pas faits de chair et de sang, ou du moins
avec la chair et le sang tels que nous les entendons, et
pas entièrement de la matière telle que nous la connaissons,
des êtres dénommés les Grands Anciens, dont les signes
peuvent encore être découverts dans les régions reculées
de la Terre — les œuvres de l'île de Pâques, par exemple —
des êtres qui avaient été exilés des étoiles les plus vieilles
par les Premiers Dieux, qui étaient bienveillants, alors
que les Grands Anciens comme les Ancêtres étaient maléfiques — pour l'humanité, cela s'entend. Je n'ai ni le temps
ni la place de vous résumer ici l'entière mythologie. Il
suffit de vous dire que les Grands Anciens ne trouvèrent
pas la mort, mais furent emprisonnés ou gagnèrent un
refuge — ce point n'est pas très clair, mais la première
hypothèse semble plus probable — dans de vastes régions
souterraines de la terre ou d'autres planètes, et la légende
affirme que « lorsque les étoiles seront favorables », ce qui
revient à dire — lorsque les étoiles retrouveront la position
qu'elles avaient au moment de la disparition des Grands
Anciens — un cycle, pourrait-on dire — ils se dresseront
à nouveau, la voie leur ayant été préparée par leurs serviteurs sur la terre.

« Entre tous, Cthulhu est le plus effroyable. J'en arrive
à la conclusion que Cthulhu se trouve aux quatre coins
du globe — dans le grand Nord, certains Esquimaux
célèbrent un rituel en l'honneur du plus ancien démon
majeur, ou *tornasuk*, une figure qui présente de confon-
dantes similitudes avec les hideux bas-reliefs censés repré-
senter les Grands Anciens; dans les déserts de l'Arabie,

aussi bien qu'en Égypte et au Maroc, subsiste l'adoration
d'un être effrayant des océans; bizarrement, on trouve
dans les régions arriérées de notre pays la croyance infernale
et ancestrale en des choses mi-hommes, mi-grenouilles —
et ainsi de suite, *sine fine*. Je suis convaincu que les cultes
d'Hastur, de Shub-Niggurath et de Yog-Sothoth sont
moins répandus que celui de Cthulhu, aussi ai-je décidé
de découvrir le plus grand nombre de ces lieux de rassemblement.

« J'ai agi, je le reconnais, mu par le plus impersonnel
des motifs. Mais, lorsque j'eus accès à l'ultime et effroyable
connaissance — selon laquelle ses serviteurs se prépa-
raient à ouvrir les portails du temps et de l'espace à des
êtres dont notre science ne sait rien et contre lesquelles
elle est sans pouvoir, — j'abandonnai cette attitude
désintéressée et je m'employai à percer l'identité du plus
puissant des groupes qui adorent et servent Cthulhu,
ainsi que celle du chef de ce groupe, déterminé à mettre
fin aux activités du dit groupe, même si cela revenait à
exécuter leur chef de mes mains.

« Bien que près de découvrir son identité, j'en suis encore
trop éloigné. D'une façon ou d'une autre, Les Profonds,
ces diaboliques hommes-batraciens ou hommes-poissons,
connus pour être parmi les plus proches serviteurs de
Cthulhu, ont découvert mes activités. Je ne sais s'ils sont
au fait de mes intentions; ils ne le peuvent guère car,
jusqu'à présent, je ne les ai ni couchées par écrit ni confessées
à quiconque. Cependant, ils me surveillent — comme ils
ont été surveillés ces mois derniers — et je sens que je
ne dois plus avoir beaucoup de temps devant moi.

« Ce n'est pas nécessaire de vous encombrer la mémoire
avec des détails inutiles. Je veux seulement vous avertir
que si vous êtes décidé à persévérer, vous trouverez le
centre d'activité le plus important au Pérou, dans le pays
inca, au-delà de la vieille forteresse de Salapunco. La première chose que vous devez faire est d'aller à Lima et de

demander le Professeur Andros; dites-lui que je vous envoie ou, mieux encore, montrez-lui cette lettre et questionnez-le au sujet d'Andrada. »

Tel était le contenu de sa lettre. Elle était accompagnée d'une carte grossièrement tracée et dépourvue de toute légende qui décrivait une région dont j'ignorais totalement l'existence.

3.

Le professeur Vibberto Andros était un homme petit et mince, d'allure vénérable, ayant des cheveux blancs soyeux, un visage d'ascète, une peau brune, sans pour cela être basanée et des yeux noirs. Il lut la dernière lettre de mon grand-oncle très lentement et sans chercher à dissimuler son profond intérêt. Lorsqu'il la reposa, il hocha la tête pour m'exprimer sa sympathie et me présenta ses condoléances pour la mort de mon grand-oncle dont il ne fut averti que par cette lettre.

Je le remerciai et lui posai une question purement formelle, en dépit de ma conviction intime — si, à son avis, mon grand-oncle souffrait d'un quelconque trouble mental.

— Je ne pense pas, répondit-il judicieusement. Puis il haussa les épaules et ajouta : Mais à qui appartient-il de diagnostiquer ce que vous appelez « trouble mental » ? Certainement pas à l'un d'entre nous. Vous y avez songé certainement à cause de ça — il tapota la lettre — et de ses papiers ? Mais je crains surtout que ces choses ne soient vraiment telles qu'il les a écrites. Je ne sais jusqu'à quel degré, ni si cela doit être par défaut ou par excès. Votre grand-oncle n'était pas le seul à partager de telles croyances. Et il y a des livres rares, des manuscrits, et des documents précieux, soigneusement conservés dans quelques-unes de nos illustres bibliothèques et que l'on consulte rarement. Mais ils sont là, écrits par des gens séparés par des siècles et des espaces incalculables, traitant tous du même phénomène. Il n'y a sûrement là aucune coïncidence.

J'étais d'accord pour penser avec lui qu'il n'en était pas ainsi et le questionnai au sujet d'Andrada.

Il leva les sourcils.

— Cela m'intrigue qu'il ait pu vous pousser à vous interroger à son sujet. Je ne sais pas ce qu'il souhaite savoir. Andrada — F. Andrada — est un prêtre, un missionnaire qui s'occupe des Indiens de l'intérieur. Dans son genre, c'est un grand homme, peut-être même un saint homme, bien que l'Église hésite à le reconnaître comme tel car l'Église est excessivement prudente en cette matière, comme vous devez le savoir, et cela est bien avisé, surtout depuis qu'elle est présumée infaillible pour les questions spirituelles. Andrada a travaillé de nombreuses années parmi les Indiens et je comprends que ses conversions aient pu être dénombrées par milliers.

— Pour une raison quelconque, mon grand-oncle croyait que vous pourriez me fournir des informations sur cet Andrada qu'il recherchait, dis-je en choisissant soigneusement mes mots. Serait-il possible de le rencontrer personnellement ? Se trouve-t-il à Lima ?

— Je suis sûr qu'il voudra vous recevoir. Mais le problème est de le trouver. Sa mission le conduit dans les endroits les plus reculés du pays — et comme vous le savez, ils sont nombreux puisque la majeure partie du Pérou se trouve le long de la côte et que les montagnes sont difficiles et traîtres — même pour nombre de descendants incas.

Je poursuivis en l'interrogeant plus précisément sur les cycles mythiques qui constituaient l'objet des recherches de mon grand-oncle, et au cours de la conversation, il me vint à l'idée de demander à mon hôte s'il connaissait quelqu'un qui correspondrait à la description du mentor de mon rêve. A peine avais-je mentionné les caractéristiques lunettes noires que le professeur Andros fit un signe de la tête et se mit à sourire.

— Qui pourrait l'oublier? Un homme très profond. Je l'ai rencontré, il y a plusieurs années de cela, à Mexico au cours d'un symposium. Il m'impressionna énormément.

— Un Sud-Américain, alors?

— Au contraire, un de vos compatriotes — le Dr. Laban Shrewsbury, d'Arckham, Massachusetts.

— Mais il est mort! m'exclamai-je involontairement. Cela n'est pas possible!

Le professeur Andros dirigea son regard sombre sur moi et me fixa avec insistance un long moment avant de me répondre.

— Je me le demande. J'ai dit qu'il était un homme très profond et je ne veux pas seulement parler d'accumulation de connaissances. Je suppose qu'il a disparu et que sa maison a brûlé. Mais, il avait déjà disparu vingt ans et il était revenu pour de nouveau disparaître.

De plus, aucun *corpus delicti* ne fut établi — aucun reste humain ne fut découvert, pas plus dans les ruines de cette maison qu'autre part. Je pense qu'un homme sensé en conclurait simplement que sa mort n'est pas prouvée. Ses yeux se rétrécirent et il poursuivit : Mais lorsque vous dites que cela n'est pas possible, vous devez avoir raison. Qu'en est-il? Vous l'avez donc vu?

Pour répondre à une question aussi directe, je résumai brièvement l'expérience de mes rêves. Il écouta avec un profond intérêt, hochant la tête de temps en temps.

— La description est exacte, dit-il à peine avais-je fini de parler. La voix de l'homme semble également exacte. Je suis fasciné par votre description de ce qui l'entoure — bien plus que je ne pourrai l'exprimer. D'antiques salles monolithes! Voilà qui nous éloigne de nos concepts terrestres!

— Comment peut-on rationnellement expliquer de tels rêves? demandai-je. Il sourit avec lassitude.

— Mon garçon, comment quelqu'un peut-il s'expliquer rationnellement lui-même? Ne me le demandez pas.

Je sortis la carte que mon grand-oncle avait jointe à sa dernière lettre et l'étalai devant le professeur, sans rien dire. Il la regarda un long moment, suivant des yeux les lignes tracées à grands traits, observant attentivement les petits carrés, ceux marqués d'une croix et ceux qui ne l'étaient pas, ainsi que les cercles et les rectangles. Enfin, il posa délicatement son index sur la carte et se mit à la commenter.

— Ici, dit-il, se trouve Lima. Ceci est la voie qui traverse les montagnes et qui mène à Cuzco, puis, à Machupicchu et enfin à Sachsahuaman. Ici est situé Ollantaytambo et là, la Cordillère de Vilcanota. Par ici, se trouve certainement Salapunco. Le propos de la carte serait la zone qui se trouve au-delà; la piste se termine ici.

— Et quelle est cette région?

— Un pays quasiment inconnu et presque inhabité. Elle est curieuse, cette carte. Même aujourd'hui, il règne une certaine inquiétude parmi les Indiens de cette région — cette sorte d'inquiétude qui n'a pas de signification, mais qui est perpétuellement menaçante. Il a pu ne pas le savoir.

Mais je savais intuitivement que mon grand-oncle *avait* su. Comment, je ne pouvais le dire.

Et j'étais sûr que je n'étais pas venu pour rien, que les recherches de mon grand-oncle l'avaient mené à la source même de la secrète et universelle résurgence du culte de Cthulhu! D'une manière ou d'une autre, je dois aller à l'intérieur du pays.

— Comment pourrai-je reconnaître Andrada et quand pourrai-je le rencontrer? demandai-je.

Le professeur Andros me montra une vieille photographie du prêtre. Elle avait été découpée dans un journal et représentait un homme à la bouche et aux yeux ardents et fanatiques, presque féroces — son ascétisme et sa force intérieure étaient manifestes dans le moindre de ses traits.

— Si vous allez au-delà de Machupicchu, soyez prudent. Etes-vous armé ?

Je lui répondis par l'affirmative.

— Vous n'avez besoin de guide qu'après avoir dépassé Cuzco. Je souhaiterais que vous me teniez au courant de votre progression. Vous trouverez des messagers qui pourront porter vos lettres de votre camp à Cuzco où elles suivront la voie normale.

Je le remerciai et regagnai mon hôtel, chargé des livres qu'il m'avait donnés — des livres qui contenaient les transcriptions du *Sussex Manuscript*, des *Celeano Fragments* et des *Cultes des Goules* du Comte d'Erlette — livres qui renfermaient dans leurs pages la légende incroyable des Premiers Dieux et le récit de leur banissement de Betelgeuse auquel les condamnèrent les Grands Anciens — Azathoth, le dieu aveugle et imbécile ; Yog-Sothoth, Tout-en-Un et Un-en-Tout ; Grand Cthulhu que l'on dit rêvant dans sa grande demeure de R'lyeh l'engloutie ; Hastur, l'Ineffable, Celui Qui Ne Peut Etre Nommé, réfugié sur une étoile noire près d'Aldebaran ; Nyarlathotep, qui séjourne dans les ténèbres ; Ithaqua, qui chevauche les vents bien au-dessus de la terre ; Cthugha, qui reviendra de Fomalhaut ; Tsathoggua, qui attend à N'kai —, tous attendant que les temps leur soient favorables et que les activités de leurs serviteurs secrets parmi les hommes permettent le retour de leur domination. C'était bien là un savoir grotesque issu d'un passé lointain, mais un savoir confirmé par un nombre incalculable de faits qui s'étendent des temps les plus reculés jusqu'à nos jours, un savoir aussi blasphématoire que révoltant. Je pus alors parfaitement comprendre la volonté de mon grand-oncle de réaliser son dessein, et je compris qu'il soit resté imperturbable à l'idée d'avoir à affronter la mort, la manière insouciante avec laquelle il pouvait en parler malgré son désir pressant de faire tout ce qui était en son pouvoir pour empêcher l'avènement des mignons de Cthulhu. Je lus tard dans la nuit, longtemps après que les bruits de l'hôtel se soient tus et que les rumeurs insouciantes de la vie nocturne de Lima se soient éteintes.

Cette nuit-là, advint la troisième visite onirique de mon mentor. Le Dr. Shrewsbury apparut comme toujours, annonçant sa visite en m'appelant par mon nom. Cette fois, la scène ne changea pas, seulement les pièces monolithes du rêve précédent, la tête et les épaules du Docteur se détachant sur cet arrière-fond extra-terrestre, bizarre et impressionnant. Il me parla enfin, me dissuadant d'informer quiconque de mon désir de retrouver Andrada, me demandant de prendre les précautions les plus grandes et, une fois convaincu de l'objet de ma quête, de ne pas attendre pour agir. « L'ordonnateur de ces rites doit mourir, et, autant que possible, le quartier général de ce culte doit être détruit; il se trouve loin à l'intérieur des terres, au-delà de l'ancienne forteresse de Salapunco. »

Il poursuivit en m'affirmant que m'enfuir de ce pays serait presque impossible. Cependant, il existe un autre moyen. Pour le connaître, je devais attendre, avant de gagner l'intérieur du Pérou, d'être en possession de trois objets qui me seront délivrés dans un jour ou deux. Le premier de ces objets était une fiole remplie d'un hydromel doré qui me rendait capable de voyager dans l'espace très haut au-dessus de la terre; le second, une étoile à cinq branches, et enfin, le troisième, un sifflet. La pierre étoilée, expliqua-t-il, me protégerait des Profonds et autres mignons de Cthulhu, mais non de Cthulhu et de ses gardes du corps. Le sifflet servirait à appeler à mon secours une créature volante gigantesque qui me porterait en un lieu où mon corps demeurerait en suspension pour un temps infini, alors que ma conscience rejoindrait celle du Dr. Shrewsbury, loin de l'autre côté des abysses de l'espace interstellaire. Une fois que mon projet serait mis à exécution et avant que la vengeance des survivants puisse fondre sur moi, je devrais boire l'hydromel, prendre la pierre étoilée souffler dans le sifflet et répéter une étrange formule — *Ia! Ia! Hastur! Hastur cf'ayak 'vulgtmm, vugtlagln, vulgtmm! Ai! Ai! Hastur!* — et attendre sans effroi la suite des événements.

Aussi extraordinaire que put être ce rêve, ce qui suivit le fut plus encore.

Alors que l'aube allait se lever, je fus réveillé — donc j'étais bien en train de rêver — par le battement de grandes ailes. Puis, dans l'encadrement de la fenêtre de ma chambre, je vis une créature ailée, horrible et monstrueuse; sur son dos se tenait un jeune homme. Il entra dans ma chambre en enjambant la fenêtre, plaça quelque chose sur mon bureau et sortit comme il était entré. La chose ailée, ou du moins le peu que je pouvais en distinguer, l'emporta immédiatement hors de vue, le bruit de ses ailes décroissant avec une inconcevable rapidité.

Deux heures plus tard, lorsque je m'éveillai, je me dirigeai, perplexe, vers mon bureau et là, exactement comme je l'avais rêvé — *mais l'avais-je rêvé?* — se trouvaient trois objet : un sifflet, une fiole remplie d'un hydromel doré, et une petite pierre gris-verdâtre en forme d'étoile, la réplique exacte de cette pierre que j'avais trouvée parmi les pièces amassées par mon grand-oncle, maintenant entreposées à la Nouvelle-Orléans! Je pourrai donc partir pour l'intérieur du pays avant que ne s'achève le jour.

4.

Le 9 novembre.

Cher professeur Andros.

J'ai dressé mon campement non loin de Machupicchu et, bien qu'arrivé depuis seulement sept heures, j'ai déjà remarqué certains faits inquiétants. Tout commença avec l'un des guides que j'ai loués par l'entremise de l'agence du señor Santos que vous m'aviez recommandée. Hier, alors que nous nous dirigions vers l'ancienne citadelle inca, j'arrêtai quelques indigènes le long de la piste pour leur demander s'ils savaient où se trouvait F. Andrada. En se signant, ils désignèrent tous la direction vers laquelle nous nous dirigions mais ne purent me donner aucune information précise. Quoi qu'il en soit, le guide en question s'approcha de moi peu de temps après et confessa qu'il avait prêté l'oreille à ma question et que, si je n'avais pas peur de quitter la piste à Machupicchu, il me conduirait auprès de son frère aîné qui est malade, dans sa demeure des montagnes.

Je répondis que je n'avais pas peur; aussi, à l'endroit prévu, nous avons quitté la piste et chevauché pendant près de trois kilomètres afin de gagner la demeure de son frère. Les deux hommes, il faut le dire, appartiennent à l'ethnie des Quichua-Ayar; le frère, qui semblait mourant,

était catholique — un des convertis d'Andrada — alors
que mon guide, un homme bien plus jeune, ne l'était pas.
Apprenant que je cherchais Andrada, il se montra d'abord
très réticent; mais, dès qu'il compris que je ne connaissais
pas personnellement Andrada et que je n'étais pas de
ceux qui suivaient le prêtre, il se mit à parler avec prolixité,
comme s'il craignait de ne pas avoir assez de temps pour
me confier ce qu'il voulait me dire.

Je ne peux, bien sûr, reproduire ici sa façon de parler;
il parlait un espagnol mutilé, et l'essentiel de ce qu'il avait
à me dire était extrêmement déroutant. Il avoua sa grande
admiration pour Andrada, une admiration proche de la
vénération. Mais Andrada, dit-il, était mort. Il n'était
« plus comme il avait pu être ». Andrada n'était plus
Andrada; il était un autre dont les paroles sirupeuses
évoquaient des choses maléfiques. Il dit savoir où se trouvait
dissimulé un « journal » d'Andrada et que, si je pouvais
me passer de son frère, il l'enverrait là-bas le chercher.
Cela prendrait deux jours de marche. Naturellement, je
donnai mon accord et le guide partit sur-le-champ.

Je me hâte de vous rapporter tout cela. Je ne sais pas
pour le moment quoi penser; mais le vieil Indien était
très excité et sa sincérité ne peut être mise en doute; bien
plus, il semblait soulagé de pouvoir parler à quelqu'un
qui pût le comprendre. J'ai eu l'opportunité de confier
cette lettre à un groupe de touristes américains qui visi-
taient les vestiges incas... Bien cordialement vôtre,

Claiborne Boyd.

Le 10 novembre.

Cher professeur Andros,

Mon guide est revenu la nuit dernière avec le « journal »
réputé avoir été rédigé par Andrada. Je l'ai lu, et je le
crois d'une telle importance que je vais le confier à l'un de

mes messagers afin qu'il le porte à Cuzco et vous l'envoie
dans les plus brefs délais. Le journal n'est, de toute évidence, que le fragment d'un récit plus long. Je suis en
train de dresser mon campement dans la gorge des montagnes au-delà de Salapunco ; c'est là, m'a-t-on dit, qu'Andrada va bientôt diriger ce que je compris être un « réveil »
ou une « mission » ou quelque chose de semblable. Sincèrement vôtre,

Claiborne Boyd.

Traduction du journal d'Andrada.

« ... *Qui est ce personnage, d'où vient-il, nul ne le sait.
Il est assurément maléfique. Il joue une étrange musique sur
un instrument qui ressemble à une flûte. Depuis qu'il est
venu, il règne une certaine agitation et la méchanceté triomphe. Le mal est partout, même dans les nuages et des eaux
montent des sons étranges — comme si de grandes créatures
marchaient en des lieux souterrains. J'ai lancé des invec-
tives contre lui et je ne dois pas abandonner mes tentatives
pour vaincre les doctrines du mal qui sont les siennes.*

« *Une grande peur a gagné mon peuple. Ils me parlent
d'un mal plus ancien que la terre, d'êtres étranges dont l'un
se nomme Kulu ou quelque chose d'approchant qui s'élèvera
de la mer et deviendra le maître de toute la terre et, en son
temps, de l'univers tout entier. J'ai interrogé plusieurs
d'entre eux aussi loin que leur réticence le permettait :
ce n'est pas l'Antéchrist qu'ils craignent, mais un être —
« pas un homme » selon leur expression — qui serait « aussi
vieux que le temps » — bien avant que l'enseignement du
Christ ne soit connu du genre humain. Un de mes fidèles
dessina un grossier portrait de cet être, tel que ses ancêtres
lui ont décrit. Je pensais voir une représentation de Pacha-
camac auquel on offrait des sacrifices humains, ou de Illa
Tici Viracocha — mais ce n'était ni l'un ni l'autre — bien*

que cela aurait pu être un dessin de l'un de ces monstres surnaturels auxquels les Incas avaient cru. Il s'agissait de la représentation bestiale d'une créature qui était l'horrible caricature d'un homme — trapu, anthropoïde, avec des tentacules et une barbe de serpents ou de tentacules, des pattes ou des mains griffues et des sortes d'ailes comparables à celles des chauves-souris.

« Il est venu prêcher le culte de cet être et prédire son « retour ». Je demandai à mon peuple si quelqu'un se souvenait de Kulu. Personne ; mais certains confessèrent que, il y a plusieurs générations de cela, on s'en souvenait dans leurs clans. Personne ne l'avait vu, mais je suis sûr que nombreux étaient ceux qui y croyaient secrètement. Il est consternant d'observer cette tendance parmi mon peuple. Je chasserai cet étranger, par la force s'il le faut. Cependant je me sens oppressé par le sentiment d'un danger imminent, d'une menace mortelle — non pas le mal du satanisme, mais un mal qui le dépasse, plus primitif et formidable. Je ne peux le définir, mais je sens que mon âme se trouve placée devant le danger le plus grand... »

Le 14 novembre.

Cher professeur Andros.

Je n'ai vu Andrada que par l'entremise de mon télescope. Les guides affirmèrent qu'il serait dangereux pour moi d'approcher de trop près ; aussi je suivis leur conseil, installai mon télescope et observai l'assemblée. L'homme que je vis en soutane n'était pas l'homme de la photographie que vous avez eu l'obligeance de me montrer. Cependant, je le reconnus bien comme étant Andrada et jouant le rôle d'Andrada ; il haranguait les indigènes assemblés pour l'écouter — j'évaluerais leur nombre à trois cents — et sa harangue n'était certainement pas un sermon chrétien, car il les faisait se prosterner. Ce que je trouvai de plus troublant, était la ressemblance qu'il présentait avec le Japhet Smith de mon rêve; il ne s'agissait sûrement pas d'un seul et même personnage, ce n'est pas ce que je veux dire — mais il est également certain qu'il existe une relation entre eux, car l'Andrada que je vis à l'aide de mon télescope avait cette curieuse bouche de batracien, ces yeux sans paupière et cette constitution adipeuse qui rappelait celle de Smith; de plus, il semblait dépourvu d'oreilles. Je pense qu'il ne peut y avoir de doute quant au fait qu'Andrada a été assassiné, et quelqu'un s'est fait passer pour lui dans un but encore plus horrible qu'il ne semble au premier abord. Et ce n'est pas trop s'avancer que de croire qu'il est l'un des Profonds...

Plus tard : L'un de mes guides indigènes, qui s'était mêlé à la « mission », est revenu et me dit qu'Andrada parlait dans une langue qui lui était inconnue, bien qu'elle éveillât quelque chose dans sa mémoire — il pense l'avoir entendue lorsqu'il était enfant. Il fit état d'une phrase qu'Andrada avait proférée à plusieurs reprises, comme une sorte de litanie que reprenait l'assistance. Il s'efforça de la reproduire pour moi et, à partir de sa reconstitution, je pus sans problème reconnaître cette litanie jadis entendue en des lieux divers et toujours associée à cette effroyable adoration —

Ph'nglui mglw'nafh Cthulhu R'lyeh wgah'nagl fhtagn.

... ce qui, une fois traduit, se lit comme suit : « Dans sa demeure à R'lyeh Cthulhu mort attend en rêvant. »

Le lendemain matin : Le Dr. Shrewsbury m'apparut la nuit dernière, apparemment en rêve — j'écris « apparemment » car je ne suis plus tellement sûr d'avoir rêvé. Je comprends maintenant beaucoup mieux ce culte grotesque et horrifiant. Il semblerait, selon les dires de S., qu'il eut recours à certains serviteurs d'Hastur qui s'opposent au retour de Cthulhu, pour combattre les mignons de ce dernier. De là, les créatures ailées de mon expérience onirique passée. Il semblerait que l'hydromel soit un soporifique qui possède, en plus des propriétés ordinaires de telles drogues, celle de séparer le moi — la conscience ou, pourrait-on, dire le moi cosmique — du corps qui demeure inanimé mais vivant. Le corps est transporté en lieu sûr et le moi prend une autre forme corporelle en un autre lieu — mais non la forme d'un homme — en un lieu très éloigné de notre univers — Celeano dans les Hyades. Il est capable de communiquer avec moi, à volonté, par une sorte d'hypnose. Andrada, dit-il, est tel que j'ai pu le supposer, mais le quartier général du culte se trouve en un lieu consacré et secret qui servit autrefois aux Incas, un temple abandonné taillé dans le roc de la gorge, non loin de notre camp. (Andrada réchappa d'une précédente tentative du Dr. Shrewsbury pour détruire la « porte » qui mène à Cthulhu en ce lieu.) Je décidai de découvrir cet endroit dès que l'obscurité serait tombée.

Plus tard· : J'ai découvert le lieu de réunion. Il se trouve au bout d'un escalier qui commence derrière une porte en pierre dissimulée ouvrant sur une solide muraille de rocher, hors de la gorge — manifestement un ancien passage inca, car les pierres étaient semblables àc elles de Machupicchu et de Sachahuaman. Le lieu de culte semblerait être quelque vieux temple, mais il ne s'ouvre pas sur le ciel, contrairement à la coutume religieuse. Il y avait un bassin d'une certaine importance — la pièce elle-même était aussi grande qu'une caverne, capable de contenir, selon mes estimations, plusieurs milliers de personnes — et de ce bassin émanait une infernale lumière verte, aquatique. Sans doute les adorateurs se rassemblent-ils autour du bassin, car l'antique autel à l'extrémité de la salle est tombé en désuétude. Je ne restai pas longtemps car je vis les eaux s'agiter étrangement et je perçus le son d'une musique lointaine, comme si les adorateurs approchaient — mais lorsque je sortis du lieu de réunion, je ne vis rien qui puisse ressembler à une procession.

* *
*

C'est peut-être la dernière fois que vous entendrez parlez de moi. Apprenant par l'un de mes guides qu'un important rassemblement allait se tenir dans la salle du vieux temple cette nuit, je retournai sur les lieux et me dissimulai. A peine m'étais-je caché derrière l'autel qu'un horrible bouillonnement se produisit, troublant cette eau d'un vert cru, et quelque chose émergea à la surface.

Ce que je vis alors m'emplit de dégoût.

Un simple regard me rejeta en arrière — si je n'ai pas crié et ne me suis pas trahi, c'est dû au fait que la vue de la monstruosité jaillissant à la surface du lac souterrain m'avait laissé sans voix. Une telle créature ne peut être conçue que dans les rêves les plus insensés des hachichiens — une monstrueuse caricature de l'humain, une créature qui semblait avoir été autrefois un homme, pourvu de tentacules et d'ouïes, et de son horrible bouche sortait une épouvantable succession de sons rauques semblables aux notes distordues d'une flûte ou d'un hautbois! Lorsque je regardai à nouveau, elle avait disparu. Ma première pensée fut qu'elle s'était dressée dans l'attente de la venue de quelqu'un, et je n'avais pas tort — en effet, un bruit de pas résonna dans la caverne et, peu de temps après, quelqu'un pénétra dans l'étrange lumière dont le rayonnement émanait du lac souterrain.

C'était Andrada et, dans cette lumière, tous ses traits horribles de batracien semblaient plus marqués. Sans hésitation, je l'ai abattu.

Ce qui se passa alors est presque trop incroyable pour être écrit. Andrada, mortellement touché, sembla se replier sur lui-même. Il tomba, mais la soutane le dissimulait, le recouvrant alors qu'il s'affaissait. *Puis, sortit de la soutane une horrible chose sans forme, une masse de chair convulsive qui rampait spasmodiquement et s'efforçait de gagner le bord de l'eau, expirant alors qu'elle disparaissait hors de vue — ne laissant derrière elle que les sandales, la soutane vide et les ornements qu'elle arborait — une chose semblable à une caricature d'un homme et d'une grenouille, arrêtés au cours de leur évolution et assemblés par quelque génie de l'effroyable!*

Une nouvelle fois, l'eau se mit à bouillonner, mais j'avais déjà commencé à déposer des charges de dynamite. Je ne regardai pas en arrière; j'allumai la longue mèche à l'entrée de la caverne et je m'éloignai le plus vite possible de cet endroit. J'entendis l'explosion et mes guides étaient fébriles; je leur ai dit qu'ils pouvaient s'en retourner sans moi car je savais que je n'avais aucune chance de revenir sur mes pas sain et sauf. Il ne me restait que la voie offerte par le Dr. Shrewsbury. Je ne vous reverrai plus et j'espère seulement que ma dernière communication vous parviendra à temps. Je sais que je n'ai fait que peu de chose, et beaucoup reste à faire en d'autres points de notre monde si nous voulons le préserver des pouvoirs hideux et maléfiques qui, depuis toujours, préparent leur résurrection. Adieu.

Claiborne Boyd.

5.

« *Lima, Pérou, 7 décembre (AP)*. — En dépit d'intenses recherches dans la Cordillère de Vilnacota et la région de Salapunco, nulle trace du corps de Claiborne Boyd n'a pu être découverte. Boyd disparut au milieu du mois de novembre au cours d'une expédition en vue de l'étude des coutumes et des cultes indigènes ; le Prof. Vibberto Andros fut la seule personne à qui Boyd rendit visite dans la ville. Les restes du camp de Boyd révélèrent seulement qu'il partit sans prendre son équipement. On présuma qu'une fiole contenait du poison mais une analyse chimique de ce qui restait prouva qu'il ne devait s'agir que d'une sorte de sérum qui peut paralyser et provoquer un sommeil prolongé. Les enquêteurs furent incapables d'expliquer la présence de gigantesques empreintes de chauve-souris autour de la tente... »

IV

LE GARDIEN DE LA CLÉ
ou
Le Récit de Nayland Colum

(Le manuscrit que Nayland Colum avait glissé au fond d'une bouteille fut découvert dans sa cabine par le capitaine Robertson du Sana. Étant conservé au British Museum, sa publication jusqu'à présent avait été différée ; elle fut enfin autorisée lorsqu'on réalisa que certains passages du manuscrit semblaient avoir un lien avec les récents événements du Pacifique Sud.)

1.

> A mon sens, la plus grande faveur que le Ciel nous ait accordée, c'est l'incapacité de l'esprit humain à mettre en corrélation tout ce qu'il renferme. Nous vivons sur une île de placide ignorance, au sein des noirs océans de l'infini, et nous n'avons pas été destinés à de longs voyages.
>
> H.P. Lovecraft.

Le temps me manque pour que je puisse coucher par écrit le récit de ces événements étranges qui débutèrent à Londres il y a quelque temps ; le temps me manque car, même maintenant, la mer et le vent font rage autour du navire, et nous *lui* sommes livrés puisque nous nous trouvons au milieu de *son* élément — si toutefois ce que je crains est vrai. Et, comme le professeur Shrewsbury, l'a affirmé, je pense qu'il n'y a pas de connaissance véritable car, après tout, qui peut dire quelle est la part de vérité et de fiction en toutes choses ?

Il est des légendes plus anciennes que l'homme. Comment alors sont-elles parvenues jusqu'à nous si ce n'est par l'entremise d'une intelligence extra-humaine ? L'homme les a modifiées, transformées et replacées dans sa propre mythologie. Mais les premiers écrits demeurent, et les antiques légendes et contes de la race humaine, aussi vagues et décousus qu'ils paraissent, parlent tous de cataclysmes gigantesques, de forces fantastiques et terribles.. et d'êtres...

Cela commença, comme je l'ai écrit, il y a seulement quelques semaines, à Londres, bien que le temps m'ait semblé plus long, tant il se passa de choses durant cet intervalle. A peine mon roman outré, *Ceux qui veillent sur l'autre côté*, venait-il d'être publié, qu'il avait déjà obtenu ce genre de succès mineur qu'obtient un roman que l'élite ne prise pas suffisamment pour être pris au sérieux et qui n'est cependant pas assez léger pour être considéré comme un simple divertissement; les critiques l'ont acclamé, les chroniqueurs lui ont adressé leurs douces louanges et le public, submergé par l'avalanche de nouvelles fantastiques et de romans à clé, l'accueillit avec enthousiasme. En conséquence, je me préparais à quitter mon appartement relativement modeste de Soho, quand, tard dans la nuit, un coup furtif à ma porte me fit quitter mon bureau, alors que j'étais en train de construire laborieusement un second roman dans la même veine que le premier.

Je me levai, quelque peu fatigué, et j'ouvris la porte à un homme âgé dont l'aspect était plaisant, quoique assez lugubre sans pourtant être menaçant. Ses cheveux étaient longs et blancs, et son visage était rasé de près; son nez était fortement romain, son menton presque prognathe. Je ne pouvais distinguer ses yeux car il portait des lunettes noires avec des rabats sur les côtés qui les dissimulaient complètement à ma curiosité. Au-dessus de ses lunettes apparaissaient des sourcils broussailleux et grisonnants.

Il parla d'une voix distinguée.

— Je suis le Professeur Laban Shrewsbury; je désire parler à l'auteur de *Ceux qui veillent sur l'autre côté*.

Je m'écartais et dis :

— Entrez, je vous prie.

— Merci, monsieur Colum.

Il entra dans mon appartement désordonné, prit un siège et, sans préambule, se mit à l'aise, retirant son carrick, découvrant un grand col plutôt démodé et une lavallière, puis, posant ses mains sur le pommeau de sa canne, il entra dans le vif du sujet.

— Il eut sans doute été préférable que je vous prévienne par écrit de ma venue, monsieur Colum, mais mon temps est compté, et j'ai pensé que l'auteur d'un tel livre serait de nature suffisamment audacieuse pour comprendre. Cela vous ennuierait-il si je vous pose certaines questions ? Pardonnez mon indiscrétion, mais je sais que vous travaillez à un nouveau roman qui ferait suite à *Ceux qui veillent sur l'autre côté*; et que cela n'avançait pas fort, si je ne m'abuse. Il est possible que je puisse vous être utile — mais pas avant un certain temps. J'aimerais maintenant, si vous n'y voyez pas d'inconvénient, vous poser une ou deux questions à propos de *Ceux qui veillent sur l'autre côté*.

— Mais certainement, répliquai-je, curieusement impressionné par mon visiteur.

— Répondez-moi en toute franchise : ce roman est-il le fruit de votre seule imagination ?

La question était sans doute naturelle. Je souris.

— Vous surestimez mon talent, répondis-je. Mais, bien entendu, la réponse est non. J'ai compilé autant que possible les vieilles légendes.

— Et atteint la vérité ?

— Dans les légendes, Professeur ?

Je continuais à sourire, même au risque de l'offenser.

— Toute légende, tout savoir, repose sur une certaine vérité, aussi dénaturée soit-elle en étant retransmise de génération en génération. Et l'on peut constater de surprenants parallèles entre les légendes de différents peuples. Vous avez dû vous en apercevoir. Mais peu importe.

Dites-moi plutôt — depuis la publication de votre roman, vous êtes-vous toujours senti parfaitement en sécurité?

— Bien sûr! répondis-je sans hésiter, mais une arrière-pensée me troubla : il y avait eu certains soirs...

— Je n'en suis pas aussi sûr, dit mon visiteur avec assurance. Vous avez été suivi en plusieurs occasions — ou, si je puis dire, « pourchassé » par les secrets habitants d'un monde auquel vous n'avez jamais rêvé, sinon dans les fictions qui naquirent de votre plume par pure coïncidence. Vous voyez, je le sais, monsieur Colum, parce qu'en deux de ces occasions, j'ai moi-même suivi vos poursuivants. Quel dommage que vous n'ayez pu les voir! Vous ne pouvez en avoir vu de semblables et vous n'auriez pas oublié l'aspect troublant de batraciens de leurs têtes comme de leurs corps tout entier.

Je l'observais avec amusement. J'*avais* eu l'impression très nette d'avoir été suivi plus d'une fois. J'avais attribué cette impression à mon imagination trop vive; mais je me trompais, car j'étais bel et bien suivi; aussi ai-je songé que mes poursuivants appartenaient à la pègre de Whitechapel, de Wapping ou de Limehouse, et cela me confirma dans ma détermination de quitter Soho.

Comme s'il lisait dans mes pensées, mon visiteur dit :

— Mais ils vous suivront où que vous alliez, monsieur Colum. Croyez-moi.

Étrangement, j'eus l'inexplicable conviction qu'il *savait* et qu'il était peut-être le seul à pouvoir m'offrir la possibilité de fuir.

— Je sais que vous êtes aventureux, poursuivit-il; je sais que vous êtes courageux au-delà de la normale. J'ai eu vent de vos exploits lors de deux voyages d'exploration auxquels vous avez pris part. Je ne viens donc pas au hasard. Mais, évidemment, ces exploits et votre nature aventureuse ne suffisent pas pour que je puisse m'intéresser à vous; cependant, ajouté au fait que ce soit vous, Nayland Colum, qui avez écrit *Ceux qui veillent sur l'autre côté*, cette disposition est essentielle en regard de mon projet. Plus modestement, je suis, à ma manière, un explorateur — mais mes explorations ne se rattachent pas aux choses de ce monde. Je ne suis pas concerné par les régions mystérieuses et inconnues de la terre, si ce n'est dans la mesure où elles peuvent être reliées aux espaces extérieurs qui retiennent tout mon intérêt. Mais il y a quelque part sur cette terre une région cachée que je dois découvrir, et j'ai jusqu'à présent seulement trouvé le fil qui me mènera au gardien de la clef de ce lieu.

— Et de quelle région s'agit-il ? demandai-je.

— Si je le savais avec certitude, je n'aurais pas besoin de la rechercher. Peut-être les Andes, le Pacifique Sud, le Tibet ou la Mongolie, peut-être encore l'Égypte ou les déserts de l'Arabie. Peut-être même à Londres. Mais laissez-moi vous expliquez la nature de ma recherche : il s'agit de l'endroit inaccessible où Cthulhu repose, attendant le moment où il pourra à nouveau se dresser et étendre sa domination sur la terre et peut-être sur ses planètes sœurs.

— Mais Cthulhu est une légende, le fruit de l'imagination d'un écrivain américain, Lovecraft ! protestai-je.

— C'est votre opinion. Beaucoup d'autres personnes la partagent. Mais considérez ces parallèles — les représentations des divinités maléfiques qui se ressemblent si étrangement dans l'art des indigènes de Polynésie et des Incas du Pérou, des anciens habitants de la vallée du Tigre et de l'Euphrate, et des Aztèques du Mexique — il n'est pas nécessaire de poursuivre cette énumération. Non, ne m'interrompez pas.

Il continua à parler de légendes et de connaissances ancestrales avec une ardeur embarrassante et une persuasion qui, tout d'abord, me firent douter de leur réalité, mais finirent, non sans réticence de ma part, par me convaincre. Il parla de certains cultes maléfiques issus des âges pré-humains qui subsisteraient en des lieux étranges et désolés, ces cultes étant dédiés aux Anciens, ces inimaginables êtres de terreur, qui avaient combattu les Premiers Dieux dans leur domaine lointain, entre les étoiles d'Orion et du Taureau, et avaient été exilés sur des étoiles et des planètes lointaines : le grand Cthulhu qui attend en dormant dans une forteresse qui pourrait être le royaume englouti de R'lyeh; Hastur l'Ineffable, qui vient du lac d'Hali dans les Hyades; Nyarlathotep, l'épouvantable messager des Ancêtres; Shub-Niggurath, la Chèvre aux Mille Rejetons, symbole de fertilité; Ithaqua, qui régit les alizés, apparenté au fabuleux Wendigo; Yog-Sothoth, Tout-en-Un et Un-en-Tout, qui n'obéit pas aux lois du temps et de l'espace, le plus grand parmi les Anciens — tous rêvant en des lieux secrets aux temps où ils pourront à nouveau l'emporter sur les Premiers Dieux et une nouvelle fois gouverner et asservir la Terre ainsi que les planètes et les étoiles sœurs de l'univers dont la Terre n'est qu'un fragment infinitésimal. Puis il évoqua les serviteurs des Ancêtres — les Profonds, les Voormis, l'Abominable Mi-Go, les Shoggoths, les Shantaks — et des terres ignorées des cartographes, comme N'Kai, Kadath-dans-le-Désert-de-Glace, Carcosa et Y'ha-nthlei; et, enfin, la rivalité entre Cthulhu, Hastur et leurs adeptes...

En dépit de ce flot de paroles, je me rendis compte qu'il en savait plus qu'il ne voulait bien le dire. Je l'écoutais avec un intérêt grandissant, conscient du pouvoir étrange et inquiétant de mon visiteur, sensible au-delà de l'affectation quasiment hypnotique de sa voix et de ses gestes et de la conviction qui se dégageait de ses manières et de ses paroles — une force que je sentais intuitivement et qui donnait poids et autorité à son discours. Je l'écoutais, sans jamais l'interrompre, parler de vieux livres et d'incunables qui donnaient accès à la réalité de l'autre côté de la légende — les *Pnakotic Manuscripts*, le *Unaussprechlichen Kulten* de Von Junzt, les *Cultes des Goules* du Comte d'Erlette, le

R'lyeh Text, et en dernier, le fabuleusement rare *Necro-nomicon* de l'Arabe fou, Abdul Alhazred.

Soudain, après avoir parlé de ces choses secrètes, parcourant un formidable arcane de connaissances, résultat d'une somme considérable de recherches, il s'interrompit au milieu d'une phrase, dans l'attitude de celui qui écoute attentivement.

— Ah, soupira-t-il tranquillement.

Puis il se leva et prit la liberté d'éteindre la lumière.

— Vous entendez, monsieur Colum?

Je m'efforçais d'écouter dans l'accablante obscurité. Était-ce mon imagination ou entendais-je réellement un curieux bruit de pas traînant, presque sautillant, provenant du vestibule de l'immeuble?

— Ils m'ont suivi jusqu'ici, dit le professeur Shrewsbury. Venez.

Il se dirigea vers une fenêtre donnant sur l'entrée de l'immeuble. Je m'approchai de lui et ensemble nous regardâmes en bas. Il n'y avait personne dehors à l'exception de deux personnages étrangement voûtés passant sous la lumière blafarde qui semblaient traîner le pas et se dandiner, ce qui me permit de juger de leur physionomie ichtyque atroce et repoussante.

— Si je vous disais, chuchota le professeur Shrewsbury à mes côtés, que viennent de passer deux des Profonds, croiriez-vous toujours que je sois victime de mon imagination débridée, monsieur Colum?

— Je ne sais pas, répondis-je dans un souffle.

Mais je savais pertinemment que ce qui se mouvait dans le brouillard londonien était quelque chose d'incroyablement maléfique; une aura maléfique semblait même flotter dans la rue.

— Comment saviez-vous qu'ils étaient là? demandai-je abruptement.

— Je le savais aussi bien que je connais ce livre — il prit un livre sur mon bureau en dépit de l'obscurité —, cette page manuscrite, ou ce stylo. Et, pour rien au monde, ils ne nous lâcherons d'une semelle, car ils n'ont pas l'intention de nous abandonner à notre propre sort. Peut-être se doutent-ils de mes desseins, qui sait ?

— Et quels sont vos desseins ? me risquai-je à demander, quelque peu surpris par cette vision sinistre dans l'obscurité d'une chambre peu familière.

— J'ai besoin de quelqu'un comme vous pour m'aider à découvrir le Gardien de la Clé. Je dois vous mettre en garde car le chemin sera périlleux, non seulement pour le corps mais aussi pour votre esprit — les instructions que vous allez recevoir pourront vous sembler folles, cependant elles devront être suivies à la lettre, et il est fort possible que nous ne revenions jamais.

J'hésitai. Sa proposition était directe et sans appel. Je ne doutai pas un instant de sa sincérité et de son intégrité. « Où va-t-il me conduire ? » me demandai-je.

— Nous embarquerons pour le port d'Aden, monsieur Colum, dit-il. Mais peut-être souhaiteriez-vous avoir une preuve irréfutable de mon aptitude à voir et à prévoir les dangers qui nous entourent ; ne vous alarmez pas, je vous prie, monsieur Colum ; mes pouvoirs sont érudits, et cependant ils pourront vous surprendre.

Il alluma la lumière, et, se tournant vers moi, il ôta ses lunettes noires.

Le choc que je reçus me mena presque au bord de l'hystérie. Le cri étranglé qui m'échappa se perdit dans le silence terrifiant, alors que je m'efforçais de retrouver mon calme. *En effet, le professeur Laban Shrewsbury, bien que m'ayant déjà donné une éclatante démonstration de l'excellence de sa vision, n'avait pas d'yeux, et à la place de ses yeux se trouvaient seulement les puits noirs de ses orbites vides !*

Calmement, il remit ses lunettes .

— Je suis désolé d'avoir troublé votre sérénité, monsieur Colum, dit-il tranquillement. Mais vous ne m'avez pas donné votre réponse.

Je m'efforçais de rester aussi calme que lui.

— J'accepte, Professeur Shrewsbury.

— J'en étais sûr, répondit-il. Maintenant, écoutez attentivement — dès que le jour poindra, réglez vos affaires en vue d'une longue absence. Prenez toutes vos précautions car il est probable que vous ne serez pas de retour avant un certain temps — des mois, peut-être une année, peut-être plus. Y voyez-vous quelque inconvénient?

— Non, répondis-je sincèrement.

— Très bien. Nous partirons dans deux jours de Southampton. Serez-vous prêt à temps?

— Je le pense.

— Je dois maintenant vous avouer que nous avons d'étranges alliés dans notre quête, monsieur Colum, et d'encore plus étranges instruments de combat.

Tout en parlant, il sortit de sa poche une petite fiole d'hydromel doré qu'il me pressa d'accepter.

— Conservez-la précieusement car ce qu'elle contient a la propriété, même pris en infime quantité, d'accroître l'étendue de tous vos sens et de permettre à votre esprit de se mouvoir en toute liberté pendant votre sommeil.

Puis il me donna une petite étoile à cinq branches qu'il me présenta comme une sorte d'amulette qui me protégerait aussi longtemps que je la porterais sur moi, des êtres tels que les Profonds, bien qu'elle soit sans pouvoir contre les Anciens eux-mêmes.

Il ajouta un petit sifflet en pierre aux choses curieuses qu'il venait de me confier.

— En bien des circonstances, monsieur Colum, ce sifflet sera votre arme la plus puissante. Quand viendra le moment où vous serez en danger de mort, sans aucun recours, prenez un peu de cet hydromel, gardez la pierre étoilée sur vous et soufflez dans le sifflet pour, immédiatement après, proférer ces mots : *Ia! Ia! Hastur! Hastur cf'ayak 'vulgtmm, vugtlagln, vulgtmm! Ai! Ai! Hastur!* Les oiseaux Byakhee viendront et vous mèneront en lieu sûr...

— Si les mignons des Ancêtres sont partout, quelle terre d'asile reste-t-il? demandai-je.

— Il y en a une où nous sommes à l'abri. Et pourtant nous n'y sommes pas; je veux parler de Celeano.

Il sourit avec condescendance à la vue de mon incrédulité et mon étonnement.

— Je ne vous en veux pas de me croire dérangé, monsieur Colum. Je vous assure solennellement que ce que je vous dis est la pure vérité; Hastur et ses mignons ne sont pas assujettis aux mêmes lois de temps et d'espace que celles auxquelles nous obéissons. La formule qui sert à les appeler sera entendue, croyez-moi, où que vous soyez — et elle ne restera pas sans réponse.

Il marqua une pause tout en examinant mon visage.

— Et maintenant, désirez-vous vous reposer, monsieur Colum?

Je hochai la tête lentement, fasciné contre toute raison, contre ma volonté et ma faculté de jugement.

— Pourrez-vous me rejoindre à Southampton après-demain? Notre navire est le *Princess Ellen;* disons à 9 heures du matin.

— J'y serai, dis-je.

— Une somme d'argent sera déposée à votre compte avant que je quitte Londres. Elle sera suffisante. Montez sur le *Princess Ellen* même si je ne suis pas au rendez-vous; je vous rejoindrai en temps voulu, et ne vous alarmez pas si je tarde à paraître, même si l'attente vous pèse. Les réservations ont été faites. Il hésita un instant. Et laissez-moi vous prévenir une nouvelle fois du danger qui vous attend; croyez-moi, il n'est jamais bien loin — *ils* savent, depuis que votre livre est paru, que vous êtes dangereux pour eux ou que vous pouvez le devenir.

Ce disant, il prit congé et je restai seul, perdu dans mes pensées, avec la certitude que je me trouvais au bord d'une aventure plus étrange que toutes celles que l'esprit humain ait jamais pu concevoir.

2.

L'extrême monotonie du monde quotidien et prosaïque
ne nous afflige guère, excepté lorsqu'un contraste saisissant
nous permet d'établir une comparaison. Il n'est pas sans
danger de comprendre que la patine qui recouvre toutes
choses ne fait que masquer les luttes qui ne cessent d'oppo-
ser les forces distinctives du bien et celles du mal, inconcevables et nébuleuses, qui sommeillent depuis toujours au
seuil de la conscience; et ces forces veillent non seulement
sur l'âme humaine mais sur le monde lui-même, convoi-
tant la domination de ses terres et de ses mers, et par-
dessus tout, des espaces interstellaires et de tout ce qui
gravite dans le cosmos. Je restai une grande partie de la
nuit à méditer les choses que m'avait confiées le professeur
Laban Shrewsbury et celles encore plus effroyables qu'il
n'avait fait que suggérer. Les heures profondes de la nuit
se prêtent complaisamment au surnaturel, à l'enchanté,
au terrible; mais la raison, la connaissance pratique qu'un
homme acquiert pendant les trente premières années de
sa vie ne peuvent être aisément abandonnées au profit
d'un savoir nouveau et contradictoire. Mon visiteur avait
été à peine plus qu'une créature de la nuit; aussi persuasif
que fût son récit, je ne savais rien de lui, bien que j'eusse
en ma possession les choses curieuses qu'il m'avait données.

Il m'était cependant possible de m'informer. Mon vieil

ami Henry Pilgore possédait l'une des bibliothèques les plus érudites. Malgré l'heure tardive, je demandai d'une cabine téléphonique le village de Somerset où il demeurait. Il me pria de patienter le temps de rassembler les informations qui étaient en sa possession; mais je n'eus pas à attendre longtemps. Le nom du professeur Shrewsbury figurait dans ses registres; Pilgore me donna un aperçu de sa biographie, évoquant sa maison à Arkham, Massachusetts; ses relations avec l'Université de Miskatonic; son existence errante après qu'il eut quitté son poste d'enseignant; son travail d'érudition : *Approche des structures mythiques des derniers primitifs en relation avec le texte R'lyeh;* et finalement : « Il disparu en septembre 1938. Présumé mort. »

Présumé mort. Ces mots résonnèrent longtemps dans mon esprit. Mais je ne pouvais douter que mon visiteur n'avait été assurément le Professeur Laban Shrewsbury. Qu'en était-il des choses qu'il m'avait données? L'hydromel, avait-il affirmé, possédait d'étranges propriétés, aussi, c'est avec précaution que j'ouvris la fiole, et que je déposai une goutte sur mon doigt pour ensuite la goûter. Elle me parut au premier abord insipide; cependant, elle avait un arrière-goût d'ambroisie; mais je ne ressentis rien, pas même la douce euphorie d'un vin peu alcoolisé. Déçu, je reposai la fiole et m'assis à nouveau dans l'obscurité de ma chambre. Dans le lointain, Big Ben sonna deux heures; il me restait à peine une journée à passer à Londres, si je comptais me trouver aux quais de Southampton à neuf heures le lendemain. Mais le doute commençait à m'assaillir, et je me mis à douter de la sagesse de ma décision et commençai à considérer mon engagement comme de la folie...

C'est alors que je pris conscience d'une subtile altération de ma perception sensorielle. Je réalisais peu à peu que la qualité de ma perception s'accroissait sur tous les plans; les bruits ordinaires de la rue étaient distinctement perceptibles et interprêtés avec précision; les senteurs, les odeurs et les parfums qui envahissaient mon appartement se faisaient plus prégnants; et, simultanément, j'expérimentais une propriété encore plus significative de l'hydromel que j'avais absorbé : ma perception intuitive se développa au point de dépasser les bornes de ce que je croyais possible, et cela à un point tel que je devins parfaitement conscient de la présence des guetteurs dissimulés non seulement dans le bâtiment, mais dans la rue, à plusieurs centaines de mètres d'ici.

Et ils y étaient bien. Je ne sais par quelle merveilleuse propriété l'hydromel me rendit capable de voir au lieu de créatures humaines les silhouettes démoniaques de batraciens de ces créatures repoussantes comme si elles se trouvaient devant moi; mais je ne pouvais me tromper. Et je découvris alors que tout ce que m'avait raconté mon visiteur était indiscutablement vrai — peu importait maintenant le contenu hautement fantastique de ses paroles. Et tout cela était lié à l'effroi le plus glacial et le plus bouleversant pour l'esprit, car la perspective illimitée d'une horreur ancestrale et puissante, les concepts inconnus, les êtres monstrueux sous-entendus par le professeur Shrewsbury étaient plus qu'angoissants pour l'entendement humain.

Ce qui advint alors ne peut trouver aucune explication logique ou scientifique.

Je tombai dans un état de somnolence durant lequel se déroula un rêve des plus animés; je me vis faire mes bagages en vue d'un voyage imminent, écrire une lettre à mon éditeur pour lui expliquer que je quittais Londres pour plusieurs mois, recommander par lettre à mon frère de s'occuper de mes affaires pendant mon absence, enfin, m'esquiver de mon appartement en parvenant, non sans peine, à semer mes poursuivants. Bien plus, je gagnai rapidement Waterloo Station et, une fois les formalités douanières terminées, je pris le train pour Southamton, où je me retrouvai sur les quais, puis à bord du *Princess Ellen*, non sans être frappé de stupeur et d'effroi en réalisant que, bien que j'eusse semé mes poursuivants à Londres, d'autres me filaient à Southampton.

Tout ceci, dis-je, était un rêve de l'espèce la plus saugrenue, sans rien de comparable avec mes précédents rêves. Il était en vérité si convaincant qu'il me semblait que les personnes en chair et en os sortaient d'un rêve et que le rêve était réalité. Or les deux peuvent-ils coexister ? Plus tard, je me rappelai les commentaires du professeur Shrewsbury relatifs aux étranges propriétés de l'hydromel doré qui n'était pas, j'en suis maintenant convaincu, une invention humaine mais provenait de quelque lieu lointain, hors de ce monde, de ces lieux cachés dans le cosmos où les Ancêtres vivent encore, attendant indéfiniment de revenir dans le paradis d'où ils furent chassés il y a une éternité de cela.

En effet, je ne m'éveillai pas dans mon appartement de Soho, mais dans ma cabine à bord du *Princess Ellen* avec le Professeur Shrewsbury à mes côtés. Par je ne sais quels pouvoirs outrés qui résidaient derrière ses extraordinaires lunettes noires, il devina la raison de mon étonnement.

— Je vois que vous avez goûté l'hydromel, monsieur Colum, dit-il posément. Il n'en semblait pas fâché. Vous pouvez maintenant apprécier ses qualités.

— Ce n'était donc pas un rêve ?

Il hocha la tête.

— Tout ce que vous avez rêvé était l'exacte vérité. L'hydromel rend une partie de vous-même capable de se séparer de sa contrepartie; vous aviez alors le pouvoir de vous voir en train d'effectuer les préparatifs de votre départ. Ce n'est peut-être pas un mal que vous ayez goûté l'hydromel; il vous a permis de comprendre combien vous étiez surveillé et suivi; de plus il vous a donné la possibilité de semer vos poursuivants. Mais nous ne resterons pas longtemps sans être poursuivis, vous pouvez en être sûr.

Il attendit que je me remette quelque peu de ma surprise et que je réalise dans quelle situation surprenante je me trouvais entraîné. Puis, il poursuivit.

— Nous voguons en direction du port d'Aden en Arabie, comme je vous l'ai annoncé il y a deux nuits. D'Aden, nous gagnerons, soit l'antique Timna, que Pline, peut-être vous en souvenez-vous, désignait comme étant la « Cité des quarantes temples », sur la nature desquels nous devons nous interroger; soit la région qui entoure Salalah, la capitale estivale du sultan de Muscat et d'Oman, afin de rechercher une fabuleuse cité souterraine, une cité ensevelie qui a été dénommée la « Cité Sans Nom » par la plupart des archéologues. Il s'agit des régions habitées autrefois par les Hymarites — il y a de cela vingt à trente siècles. Dans les environs, nous pourrons découvrir la presque légendaire Irem, la Cité des Piliers, que visita l'Arabe Abdul Alhazred pendant son séjour dans le grand désert austral, le Roba El Khaliyeh ou « Espace Vide » des anciens qui est aussi le « Dahna » ou « Désert Cramoisi » des Arabes d'aujourd'hui et qui est censé abriter des esprits maléfiques tout autant que protecteurs et des monstres qui sèment la mort et la terreur. Vous trouverez significatif que ces prétendues « légendes » d'esprits maléfiques et de monstres se répètent, particulièrement depuis qu'elles corroborent curieusement les thèmes centraux des cycles mythiques de Cthulhu, où que nous allions et quelle que soit la direction que nous prenions. Vous pourrez en conclure, comme je le fis autrefois, qu'il n'y a aucune coïncidence.

Je l'assurai que je prêtais un crédit croissant aux choses étonnantes qu'il essayait de m'inculquer; évidemment, ma totale adhésion dépendait des vérifications qu'il me serait loisible d'effectuer, cela bien que j'eusse déjà l'intuition de ce que l'avenir me réservait.

Il parlait maintenant du travail de l'Arabe Abdul Alhaz-red, du livre *Al Azif*, qui est devenu le *Necronomicon*. Nul n'était allé aussi loin dans la révélation des mystères de Cthulhu et de son culte, de Yog-Sothoth et, bien sûr des Ancêtres; le livre, qui circula en grand secret après la mystérieuse disparition d'Alhazred et sa mort en l'an 731 de notre ère, évoquait des choses si terribles que l'esprit humain pouvait à peine les concevoir et que, même s'il le pouvait, il préférerait les rejeter immédiatement plutôt que d'inclure dans le champ du possible tous ces événements qui réfutent nombre des principes fondamentaux sur lesquels s'édifie l'humanité et relèguent l'homme à une place encore plus insignifiante que celle qu'il occupe présentement dans le cosmos. Bien plus, l'œuvre était d'une nature telle que toutes les autorités ecclésiastiques, sans distinction de confessions, l'ont condamnée, et ont combattu avec une telle sévérité sa diffusion en la détruisant sans merci que seul un petit nombre d'exemplaires des versions grecques et latines peuvent encore être consultées; et celles-ci sont toutes enfermées dans diverses institutions — la Bibliothèque Nationales de Paris, le British Museum, la bibliothèque de l'Université de Buenos Aires, la Widener Library d'Harvard, la bibliothèque de l'Université de Miskatonic à Arkham. L'original en arabe fut perdu il y a plusieurs siècles, vers 1228, lorsque Olaus Wormius en fit la traduction en latin.

Le professeur Shrewsbury avait lu l'œuvre entière dans les versions latines et grecques, et il espérait découvrir quelque part en Arabie une copie de la version arabe, si ce n'est le manuscrit original qui, affirmait-il, n'avait pas disparu mais était resté en possession d'Alhazred — l'exemplaire qui avait servi à Wormius ayant, lui, bel et bien disparu.

Telles étaient les spéculations du professeur et il semblait avoir des raisons pour aboutir à une telle conclusion;

ussi s'employa-t-il à me démontrer que la possession de
'inestimable manuscrit était le but immédiat de l'expé-
lition en Arabie. Il n'était pas douteux que le professeur
hrewsbury n'ait quelque idée derrière la tête; mais il
e laissa rien percer de ses intentions. En effet, le doute
aquit en moi qu'aussi ouvert que pouvait l'être le pro-
esseur Shrewsbury lorsqu'il parlait du mythe de Cthulhu
t de ce qui l'entoure, il n'en disait guère plus qu'un
alimpseste. Quoi qu'il en dise, il pensait secrètement
écouvrir soit Irem, soit la « Cité sans Nom », que l'on
ssimile à des villes telles que Timna ou Salalah.

C'est alors qu'il me donna les transcriptions tapées à
a machine de certaines parties du *Necronomicon*; il s'as-
it patiemment pendant que je lisais; je parcourus rapide-
ent les nombreux feuillets qu'il m'avait tendus, mais
'en lus suffisamment pour comprendre la signification
les fragments qu'il avait traduits.

> « Que celui qui parle de Cthulhu se souvienne qu'il
> a pu paraître mort; il dort, et pourtant, il ne dort
> pas; il est mort, et pourtant, il n'est pas mort; tout
> endormi et mort qu'il fascine, il se dressera à nou-
> veau. Et nouveau, il sera dit qu'

> Il n'y a pas de mort qui puisse éternellement mentir,
> Et dans d'étranges éternités même la mort peut mourir. »

Et encore...

> « Le Grand Cthulhu s'élèvera de R'lyeh, Hastur
> l'Ineffable reviendra de l'étoile noire qui se trouve
> dans les Hyades près d'Aldebaran, l'œil rouge du
> taureau, Nyarlathotep mugira éternellement dans
> l'obscurité dont il a fait sa demeure, Shub-Niggurath
> pourra engendrer ses mille rejetons, et ils étendront
> leur domination sur toutes les nymphes des bois,
> les satyres, les elfes et le Petit Peuple, Lloigor, Zhar
> et Ithaqua chevaucheront les étoiles à travers l'espace...»

Et plus loin...

> « Celui qui est en possession de la pierre à cinq bran-
> ches pourra lui-même commander aux êtres qui
> grouillent, nagent, rampent, marchent ou volent
> et même à la source d'où l'on ne revient pas... »

Il y avait plus loin de troublants paragraphes annonçant le retour des Anciens, et évoquant la dévotion des
mignons qui les servent, certains sous un aspect humain,
d'autres sous des apparences plus étranges. On trouvait
d'autres noms au fil de ces pages qui transperçaient d'effroi,
Ubbo-Sathla, Azathoth, le dieu aveugle et idiot, 'Umr At-
Tawil, Tsathoggua, Cthugha et d'autres encore qui tous
évoquaient une effarante théogonie, un panthéon effrayant
de gigantesques créatures, en rien comparables aux hommes,
aussi anciennes et, si cela était possible, plus anciennes
que la terre ou même que le système solaire si familier
aux astronomes de notre temps. En effet, après avoir
achevé la lecture de ces pages, je n'éprouvais plus tellement
le désir de poursuivre; aussi prétextai-je une certaine lassitude pour les lui rendre.

Mon compagnon me recommanda alors de prendre
quelque repos, alors que lui, ne semblant pas avoir besoin
de sommeil, vaqua aux quelques préparatifs qui lui restaient à accomplir. Mais, avant que j'aille me coucher,
il me mena sur le pont et marcha en ma compagnie, me
priant de regarder en contrebas et d'observer l'eau attentivement. Nous n'étions pas seuls dans notre voyage,
car un banc de gros poissons, qu'en premier lieu je pris
pour des marsouins, apparaissait de temps en temps
autour du navire; mais lorsque je parlai de marsouins,
le professeur Shrewsbury sourit sardoniquement, sans
plus d'explications. Il me vint à l'esprit, au bord du sommeil,
qu'il n'était pas commun de rencontrer un banc de marsouins si près d'Innsmouth. Et je crus alors connaître
la nature de ce qui nageait furtivement autour du *Prin-*

cess Ellen, même si je me refusais à l'admettre d'emblée.

Et lorsque je m'endormis, je me mis à rêver.

Mais cette fois, mes rêves furent d'un style assez différent de celui de ces remarquables rêves éveillés inspirés par l'hydromel doré — un curieux rêve peuplé d'êtres horribles et effroyables; des Profonds, qui peuvent évoluer sur la terre comme dans les eaux; d'immenses créatures aux ailes de chauves-souris volant très haut dans le ciel; de quelque chose d'amorphe et inspirant la terreur qui veille au plus profond des océans; de vastes continents engloutis; de cités perdues, ensevelies, aussi vieilles que la mouvance des sables, recélant quelque chose qui, pour nous, est d'une valeur inestimable — un rêve d'envols et de poursuites, et d'une fin inévitable au terme de laquelle on ne pouvait échapper aux plus effrayantes créatures qui épient si opiniâtrement chacun de nos pas.

3.

Je passe sous silence le reste de notre voyage qui fut relativement sans histoire. Pourtant, il n'y eut pas un jour sans que l'on ait vu quelque chose dans la mer — un dos étrangement vouté qui n'était pas aussi ichtyque qu'on aurait pu le penser, une patte palmée qui ressemblait horriblement à une main humaine munie de doigts palmés, la vision terrifiante, l'espace d'une seconde, d'un visage mi-humain, mi-batracien, avec les yeux brillants du basilic et un horrible semblant de bouche béante sur sa peau tannée — mais il ne s'agissait là que du plus furtif des coups d'œil et il était difficile devant des phénomènes aussi étranges de distinguer le réel de l'imaginaire. Alors que le navire poursuivait tranquillement sa course, les passagers semblaient n'avoir rien vu de malencontreux; il me fallut en conclure que ce que j'avais vu, aussi inquiétant que cela fût, était pour une grande part le fruit de mon imagination exaltée, ce qui, dans les circonstances actuelles, était compréhensible.

Notre arrivée à Aden fut, elle aussi, sans histoire. Il n'était pas dans l'intention du professeur Shrewsbury de séjourner dans cette ville car, expliqua-t-il, « les Profonds peuvent nous retrouver aussi bien dans une ville portuaire que sur la mer; mais, comme ils répugnent à s'aventurer à l'intérieur des terres loin de l'élément aqua-

ique, depuis que ce dernier leur est devenu nécessaire,
et comme ils ne peuvent demeurer longtemps sans eau,
une étape dans une région désertique n'est pas faite pour
les attirer. »

— Quoi qu'il en soit, dit le professeur avec la plus grande
désinvolture, nous devons nous attendre à ce que d'autres
poursuivants soient bientôt à nos trousses; aussi, nous
devons être prêts à toute éventualité.

Les guides et les porteurs de notre expédition avaient été
prévenus par câble et nous attendaient plus loin sur la
côte, à Damqut. Parvenus à Damqut quelques jours plus
tard, il ne nous fallut qu'un petit nombre d'heures pour
tout préparer en vue de notre départ. A plusieurs reprises,
le professeur Shrewsbury examina les rues de Damqut
en faisant montre d'une certaine anxiété, mais il donna
le signal du départ, finalement convaincu qu'il n'y avait
dans les parages aucun de ces individus suspects à la
solde des Profonds et incapables de nuire à celui qui détenait
la pierre étoilée.

Notre destination était le grand désert inexploré de
Rub al 'Khali — le « Roba El Khaliyeh » d'Alhazred.
Notre première étape était Salalah, et de là nous pensions
nous diriger vers le nord, vers d'autres villes pouvant
être la « Cité sans Nom » mentionnée par Abdul Alhazred.
Je ne pouvais douter que mon employeur n'eut une idée
bien arrêtée quant à la localisation de la Cité sans Nom,
mais il n'en souffla mot; nous nous mîmes en route à
l'instar des nombreuses expéditions qui nous ont précédés,
en caravane de chameaux, malgré un moment d'hésitation du professeur Shrewsbury qui avait caressé l'idée
de prendre l'avion pour faire un voyage préalable à
Mareb. Mais afin de ne pas nous écarter de l'itinéraire
prévu, il rejeta ce plan. Je ne sais vraiment quoi écrire
à propos du voyage de Damqut à Salalah et au-delà;
les événements de cette expédition ne pourraient être
que de pures coïncidences; je dis *pourraient*, mais à la

lumière de notre dessein et en songeant à ces créatures
peu connues qui tentent de nous empêcher d'atteindre
notre but, je ne pense pas qu'elles le furent. Nous perdîmes
l'un de nos guides la première nuit que nous passions dans
le désert. Avec mon employeur je suivis ses traces qui
s'éloignaient du camp — il avait couru mais ses traces
cessaient soudainement; il s'était littéralement volatilisé.
Personne ne l'avait vu quitter sa couche dans la nuit.
Notre deuxième nuit ne fut marquée par aucun incident;
la troisième, nous perdîmes un porteur. Cette fois, nous
découvrîmes le corps du disparu; nous avions exploré
tout autour de l'endroit où ses pas cessaient et nous
trouvâmes le corps presque enfoui dans le sable. Un rapide
examen nous montra qu'il semblait avoir été jeté d'une
hauteur singulière car nombre de ses os avaient été sau-
vagement brisés.

Nous n'annonçâmes pas sa mort au reste du groupe,
car sa disparition, ainsi que celle du guide étaient passées
inaperçues. Les désertions étaient monnaie courante;
la disparition du guide avait passé sans problème pour
une désertion; celle du porteur était survenue trop loin
de Damqut sans être pareillement expliquée; cependant
nous suivions des routes fréquentées et l'hypothèse selon
laquelle il avait déserté a pu satisfaire la plupart des
hommes. Mais l'inquiétude qui s'était emparée d'eux
n'était pas seulement due à la perte des deux hommes.
Cette peur, je la ressentais moi-même; une succession
d'événements, sans lien avec la disparition des deux
hommes, m'obsédait sans que je puisse jamais l'oublier.

L'événement le plus curieux n'était pas, en dernière analyse, la disparition de nos hommes; c'était la conviction
intolérable d'être épié par d'invisibles veilleurs. Bien sûr,
cela se manifestait plus nettement la nuit mais, même sous
le soleil de plomb, nous ne cessions de l'être et, de jour,
les guides et les porteurs étaient victimes d'étranges hallu-

cinations, par exemple : des créatures reptiliennes semblables à des crocodiles évoluaient non loin de notre caravane et manifestement nous suivaient. Il pouvait tout
bonnement s'agir d'animaux du désert habitués à suivre
les caravanes, en dehors du fait qu'ils ne furent pas reconnus
comme étant des animaux indigènes; ils étaient de tailles
variables, certains ne mesurant que quelques centimètres,
d'autres plusieurs mètres; la plupart semblaient revêtus
d'une sorte de costume. Ces hallucinations ne firent
qu'accroître l'énervement de nos caravaniers.

Ces étranges créatures semblaient à demi réelles, car
elles apparaissaient et disparaissaient avec une telle
agilité qu'elles semblaient littéralement s'évanouir sous
nos yeux. Elles n'étaient probablement pas maléfiques;
aucune d'entre elles ne s'aventura jamais près de notre
campement ou de notre caravane, et toutes s'enfuyaient
à notre approche. Le professeur Shrewsbury les mit
en joue à plusieurs reprises — en vain; il n'en toucha
aucune, bien qu'il ait pu difficilement les manquer. Elles
avaient une influence inhabituelle sur mon employeur
qui, loin d'être inquiété par leur présence, semblait plutôt se réjouir de les voir autour de nous et questionnait
sans arrêt les hommes pour savoir si leur nombre augmentait. Nous avions quitté Damqut depuis environ
dix-sept jours et dépassé Salalah sans que le nombre
de nos habituels compagnons se soit modifié. Nous avions
déjà perdu six hommes et ceux qui restaient devenaient
extrêmement rétifs. Cela n'était pas seulement dû à la
diminution du nombre de membres de l'expédition mais —
comme leur porte-parole le rappela — nous approchions une région interdite et maudite, une de ces régions
que les Arabes évitent, mus par la peur la plus mortelle.

Mon employeur fut sourd à toute protestation. Il me
confia qu'il s'était même attendu à une rébellion ouverte,
car les écrits d'Abdul Alhazred indiquaient que la région
de la Cité sans Nom était redoutée des indigènes. Son

inflexibilité devant les supplications des hommes pour qu'il modifiât son parcours fut renforcée par un événement encore plus significatif, bien que sa signification ne m'apparût pas clairement au premier abord.

Mon employeur m'éveilla tard dans la nuit. Il était plus excité que de coutume.

— Venez, murmura-t-il.

Je le suivis, intrigué.

Il s'agenouilla devant la tente et posa la main à plat sur le sable.

— Sentez, m'enjoignit-il.

Je fis ce qu'il me demandait et constatai — comme je le sentais déjà sur mes chevilles — qu'un courant d'air glacé soufflait à la surface du sable.

— Le sentez-vous? demanda-t-il.

— Le vent? Oui. Qu'est-ce que c'est?

— Le vent spectral d'Alhazred. Un récit s'y rapporte dans le *Necronomicon*. Il y en a un autre parmi les écrits de feu H.P. Lovecraft. Tous deux indiquent la même origine — la Cité sans Nom. D'où vient-il?

— Presque plein Nord.

— Telle sera notre direction demain. Nous ne sentirons pas le vent de jour, mais il soufflera de nouveau la nuit. Si nous le suivons, il nous conduira à notre but. Alors commencera notre véritable travail, M. Colum — seulement alors. Et j'ai bien peur que nous ne restions seuls; aussi faudra-t-il nous assurer de nos chameaux et des vivres qui nous seront absolument essentiels pour retourner à Salalah.

Le lendemain matin, nous nous écartâmes des frontières de l'Oman pour pénétrer au cœur de Rub al'Khali. Les hommes murmuraient et ils se montrèrent renfrognés toute la journée. Mais, malgré la peur qui les hantait, ils étaient toujours avec nous lorsque la nuit tomba. Le nombre de nos étranges compagnons du désert augmenta, mais ils montrèrent une grande aversion pour l'oasis où nous avions dressé notre campement pour la nuit.

Une nouvelle fois, dans la nuit, mon employeur chercha le « vent spectral »; il soufflait plus fort maintenant, suffisamment pour agiter la toile de nos tentes. Mais nous n'étions pas les seuls à en être conscients. Dès qu'il se mit à souffler, peu après le coucher du soleil, les hommes le sentirent et commencèrent à gémir comme des vieilles femmes à tel point que le professeur Shrewsbury fut contraint de leur parler — ce qu'il fit en arabe, m'expliquant plus tard ce qui s'était passé avec eux.

— Nous ne pouvons pas continuer, dit le porte-parole des hommes.

— Pourquoi?

— Sentez. C'est le vent de la mort.

— Je le sens. Voulez-vous rester ici pendant que M. Colum et moi continuerons?

Le porte-parole consulta les hommes qui étaient d'opinions divisées. Quoi qu'il en soit, il pensait que la majorité d'entre eux resterait.

— Très bien.

Le professeur Shrewsbury se tourna vers moi :

— Nous prendrons l'équipement spécial que j'ai arrimé sur un chameau. Nous pouvons partir maintenant; le vent se met à souffler environ deux heures après le coucher du soleil et il se déplace plus vite que nous. Cependant, si nous nous dépêchons, nous pourrons en atteindre la source avant l'aube, car il retournera d'où il est venu.

Moins d'une heure plus tard, nous traversions le désert sans fin en suivant le vent du Nord. Nous avancions aussi vite que nos chameaux nous le permettaient. Le professeur Shrewsbury espérait fermement atteindre son but avant le lever du jour. La nuit n'était pas chaude, mais le vent que nous suivions était un vent de l'Arctique, sans lien avec le désert, portant des senteurs inaccoutumées et fortes. Il y avait des myriades d'étoiles dans les cieux;

ce n'était pas étonnant que les Arabes aient été parmi les premiers astronomes! Je ne pouvais m'empêcher de les observer, me demandant si réellement demeuraient là, dans ces espaces étoilés, les êtres colossaux de la mythologie dont parlait mon employeur — les Premiers Dieux, les Ancêtres, dont la lutte rappelait les anciennes légendes de l'humanité, avant même que n'advienne le bannissement du ciel de Satan et de ses adorateurs.

Peu après minuit, le vent changea de direction. Il allait en effet à contre-courant, comme l'avait prédit le professeur Shrewsbury : il soufflait maintenant vers le Nord, s'élançant avec plus de force. Il resta aussi rapide jusqu'à l'aube; c'est seulement alors que sa vigueur déclina sensiblement. J'étais alors très fatigué, mais le professeur Shrewsbury talonna son chameau, certain que le site de la Cité sans Nom ne pouvait se trouver très loin. Son assurance n'était pas déplacée car, peu de temps avant que ne tombe ce vent froid, il s'exclama et désigna un point qui semblait être une pierre solitaire émergeant de l'immensité de sable sur lequel commençait à se lever le soleil aveuglant. J'aurais pu m'en douter, car l'atmosphère électrique et maléfique qui m'entourait indiquait que nous venions d'atteindre le but que le professeur Shrewsbury s'était fixé; il s'agissait bien d'une cité perdue, et les quelques pierres que laissait paraître de place en place le sable mouvant parlaient obscurément d'une civilisation antique bien antérieure à l'ère chrétienne.

Je me demandais comment mon employeur espérait descendre dans la cité cachée. Il n'avait aucune chance d'atteindre les rues au moyen des pelles et des pioches que nous avions emportées : la cité était trop profondément enterrée. Mais ce problème ne m'occupa que quelques instants, car le professeur Shrewsbury ne descendit pas de sa monture; au contraire, il suivit le vent déclinant, talonnant anxieusement son chameau; il me distança, me laissant trouver seul mon chemin parmi les pinacles de cette cité ensevelie. Lorsque enfin il mit pied à terre, il s'était considérablement éloigné; je le rejoignis à l'entrée d'une caverne largement béante au milieu des dunes.

Lorsque, à mon tour, je mis pied à terre, le vent avait cessé de souffler, s'engouffrant dans l'ouverture qui donnait sur des marches couvertes de sable. De là émanait une obscurité complète et le froid qui en sortait annonçait l'atmosphère raréfiée d'en bas. Le professeur Shrewsbury avait presque déchargé le chameau qui, attaché au mien, avait retardé ma course.

— Est-ce là? demandai-je.

— C'est là, me confirma-t-il à voix basse. Je le sais parce que je suis déjà venu ici.

Je le regardai avec perplexité.

— Mais alors, pourquoi cette recherche? demandai-je.

— Parce que je ne suis jamais venu par voie de terre mais par les airs. Venez je vais vous montrer.

Il me précéda pour descendre les marches. Du désert, que chauffaient déjà les rayons du soleil levant, à la froide caverne, on passait des régions tropicales aux régions sub-arctiques; bien plus, l'air devenait plus froid et plus humide à mesure que nous descendions, et il me vint à l'esprit, une fois franchies les premières marches, que nous étions dans une sorte de caverne naturelle plus profondément enfouie sous les dunes qu'on aurait pu le penser. Peut-être avait-elle autrefois été couronnée par une superstructure, depuis longtemps détruite; pour l'heure, elle resplendissait d'une manière surnaturelle dans le faisceau de la lampe de mon employeur.

J'étais frappé par le fait que tout autour de nous s'était autrefois édifiée une antique civilisation. De nombreux passages latéraux conduisaient aux diverses salles de la caverne principale; tous étaient trop bas pour qu'un homme puisse s'y tenir debout. Partout où il y avait des autels — il était certain que la caverne avait servi de temple — ils étaient extraordinairement bas, comme s'ils avaient

été conçus pour des créatures qui rampaient au lieu de
marcher. La coupole de la caverne avait été sculptée par
des tailleurs de pierre; des artistes avaient décoré les murs
qui étaient recouverts des dessins les plus horribles et les
plus inquiétants, dépeignant non des hommes mais les
événements d'une histoire auxquels prenaient part des
sauriens ou des reptiles — très semblables, concluai-je
avec un certain malaise, à ces êtres-crocodiles qui, de loin
épiaient les progrès de notre caravane et nous avaient
accompagnés jusqu'à l'oasis où attendaient encore les
rescapés de notre expédition.

Mon employeur semblait pourtant chercher autre
chose, car il passait rapidement de salle en salle jusqu'au
moment où il atteignit le fond de la caverne; là, il fit
le tour de l'autel et découvrit une porte de pierre gravée
dans le roc du mur. Il l'ouvrit sans peine, trouvant un
autre perron et une déclivité qui s'enfonçait dans des
profondeurs hideuses et repoussantes desquelles émanait
une senteur qui, loin d'être déplaisante, se rapprochait
de celle de l'encens. Sans aucune hésitation le professeur
Shrewsbury s'engagea dans l'obscurité de cet interminable
passage — car il était vraiment interminable; notre descente dura deux heures; le passage diminuait de hauteur
et nous étions contraints, par moments, de marcher
avec la plus grande attention. Nous descendions progressivement, et je réalisai que nous devions nous trouver
extrêmement loin de la surface de la terre.

Nous avons fini par atteindre une plate-forme sur
laquelle nous pouvions à peine nous tenir debout, puis
nous traversâmes en rampant un large corridor dont
l'une des faces semblait faite de verre et qui pourtant
n'en était pas; ces caisses n'avaient manifestement pas
été réalisées par des hommes; de la taille d'un cercueil, elles
étaient disposées le long des murs et du sol du passage. Mon
employeur allait de l'une à l'autre fiévreusement et s'arrêta
finalement devant l'une d'elles, l'examinant attentivement.

Il braqua dessus le faisceau de sa lampe et me fit signe.

— Ne soyez pas surpris par ce que vous allez voir, M. Colum, me recommanda-t-il.

Ce que je vis alors aurait difficilement pu être plus surprenant. C'était bien la dernière chose que je pensais trouver derrière la pseudo-vitre de la caisse : un jeune homme de nos contemporains, approximativement de mon âge et, si ses vêtements pouvaient être un critère, soit un Anglais, soit un Américain, avec une préférence en faveur de ce dernier terme de l'alternative.

— Est-ce un rêve ou une illusion? m'exclamai-je.

— Non, M. Colum, répondit le professeur Shrewsbury. Pas plus que celui-là, pas plus que cet autre.

— Grands Dieux! Trois. Comment ces cadavres sont-ils venus ici?

— Ce ne sont pas des cadavres.

— Mais ils ne sont certainement pas vivants!

— Souvenez-vous de l'inexplicable couplet d'Alhazred — « Il n'y a pas de mort qui puisse éternellement mentir. Et dans d'étranges éternités même la mort peut mourir ». Non, ils ne sont pas morts; mais, aussi paradoxal que cela puisse paraître, ils ne sont pas non plus vivants. Ils furent déposés ici pour attendre le moment où leur force vitale, leur conscience, leur esprit, appelez ça comme vous voudrez, leur sera rendu. Car ceci est le secret des oiseaux Byakhee; ils ne volent pas à Celeano, mais ici, dans le domaine d'Hastur, où les corps de ces jeunes hommes sont préservés. Ils reviendront bientôt de Celeano et ensemble nous franchirons l'ultime étape de cette incroyable quête qui nous mène maintenant au cœur du secret.

Ce qu'il venait de dire me laissa pensif, me rappelant ses paroles à propos des Byakhee et de leur réponse à l'appel du sifflet de pierre que j'avais dans ma poche. Mais où étaient-ils? Je lui posais la question.

— Il y en a peut-être ici. Mais ils sont à Kadath-dans-le-Désert-Glacé, sur le redouté Plateau de Leng et en d'autres endroits, certains se déplaçant dans notre dimension, d'autres évoluant coextensiblement à une dimension différente.

— Et qui sont ces jeunes hommes?

— Le premier est Andrew Phelan; il m'aida à Arkham. Le second est Abel Keane; lui aussi me fut d'un grand secours — à Innsmouth. Le troisième est Claiborne Boyd qui entreprit une dangereuse mission au Pérou.

— Et le quatrième sera Nayland Colum, m'écriai-je.

— Espérons que non, dit mon employeur avec chaleur. Si nous réussissons, il ne sera plus nécessaire d'employer de tels moyens pour échapper aux poursuites.

— Vous saviez qu'ils étaient ici, demandai-je. Comment?

— Parce que je fus, moi aussi, l'un d'eux pour un temps, et même avant qu'aucun d'eux ne vienne ici, j'ai passé presque vingt années de la sorte. Je suis bien plus âgé que vous pouvez l'imaginer, M. Colum — si nous ajoutons ces deux décennies.

Il changea de sujet.

— Mais notre dessein n'est pas de nous attarder ici. Nous devons aller plus loin. Il y a plus bas des cryptes que je n'ai jamais vues.

Il marqua une pause, le temps nécessaire pour ajouter à mon fardeau une partie du sien qui devenait trop lourd pour lui ; puis il se mit en route et de nouveau nous dessendîmes d'étroits escaliers de pierre, de nouveau nous nous mîmes à quatre pattes et avons rampé à travers des passages toujours plus étroits et profonds. Jusqu'où nous sommes-nous enfoncés dans les entrailles de la terre, je ne saurais le dire ; grâce à ma lampe, je pus voir qu'il était déjà midi passé, bien qu'étrangement je ne ressentisse pas les effets de la faim ou de la soif.

Bien plus bas, non loin de l'extrêmité du passage, les murs montraient d'intéressantes fresques de la plus grotesque extravagance. Là, se déroulaient plusieurs scènes décrivant la Cité sans Nom dans un lointain passé;

il semblait que les représentations de la Cité aient été réalisées par clair de lune car elles donnaient une impression spectrale. Un examen de ces peintures révéla un monde caché et secret, sans conteste souterrain, où de grandes villes s'épanouissaient entre de hautes montagnes et des vallées fertiles; ce pays voisinait avec les monolithes lunaires de la Cité sans Nom, dépeinte maintenant à l'époque de sa décadence, les reptiles sacrés disparaissant survolés par leurs esprits tandis que des prêtres aux robes richement ornées maudissaient les eaux et les airs. Une terrible scène finale montrait un groupe émacié d'habitants sauriens de la Cité sans Nom assis en cercle et pleurant un être humain. Dès lors, les murs gris et les plafonds étaient dépouillés de toute ornementation, ce dont je fus extrêmement heureux.

Nous atteignîmes finalement une grande porte de bronze sur laquelle se trouvaient des inscriptions en arabe que mon employeur traduisit à voix haute : « Celui qui est venu, s'en est retourné. Celui qui a vu, est devenu aveugle. Celui qui a percé le secret, est devenu silencieux. Il demeurera ici pour toujours, ni dans les ténèbres, ni dans la lumière. Que nul ne vienne le troubler. » Il se tourna vers moi; son excitation était visible même dans l'obscurité de la salle.

— Qui d'autre sinon l'Arabe Alhazred ? demanda-t-il. Car lui seul est venu et a percé les secrets.

— Il fut tué.

— Torturé et exécuté, sans aucun doute, confirma avec calme le professeur Shrewsbury. La légende affirme qu'il fut saisi par un monstre invisible en plein jour et atrocement dévoré devant une grande assemblée; telle est l'histoire que rapporte le biographe du XIIe siècle, Ebn Khallikan; mais il est plus que probable que ce spectacle fut une illusion et que l'Arabe fut amené ici pour subir son châtiment et connaître la mort pour sa témérité à avoir révélé les secrets des Ancêtres. Venez, nous allons entrer.

La porte de bronze résista à nos efforts un certain temps

mais, finalement, elle céda, découvrant une petite pièce carrée dépourvue de tout mobilier à l'exception d'un massif sarcophage de pierre. Le professeur Shrewsbury se dirigea sans hésiter vers le sarcophage et en souleva le couvercle, révélant des lambeaux de vêtements, quelques restes d'os, et de la poussière.

— Est-ce lui? demandai-je.

Mon employeur acquiesça.

— Et nous avons fait tout ce chemin pour ça?

— Pas seulement pour cela, M. Colum. Soyez patient. Ce qui va suivre maintenant nous dira si nous avons réussi ou échoué. Dites-moi, vous avez toujours l'hydromel?

— Oui.

— Prenez-en un peu.

Je lui obéis.

— Et maintenant, gardez votre sang-froid, je vous prie. Cela sera nécessaire pour qu'il puisse venir.

Je ne tardai pas à m'assoupir. Guidé par le professeur Shrewsbury, je rampai sur le sol près du sarcophage et, presque immédiatement, je fis un rêve identique au premier qui m'advint alors que je demeurais à Soho. Une nouvelle fois, je me vis prendre part à une action dramatique, encore plus outrée que la première qui avait été essentiellement prosaïque.

Je vis le professeur Shrewsbury tracer un cercle autour du sarcophage et de nous-mêmes, avec une large trainée de poudre bleue à laquelle il mit le feu. Elle brûlait d'une manière tellement surnaturelle et avec un tel éclat que la pièce en fut illuminée et que le sarcophage ressortit en haut-relief. Mon employeur exécuta alors une série de dessins cabalistiques sur le sol, près du sarcophage, l'encerclant complètement une nouvelle fois. Il sortit ensuite un certain nombre de documents qui ressemblaient aux transcriptions du *Necronomicon* qu'il m'avait données à lire et il récita à voix haute l'un des passages.

« Celui qui connaît l'emplacement de R'lyeh;
celui qui détient les secrets de la lointaine Kadath;
celui qui garde la clef de Cthulhu; par l'étoile à
cinq branches, par le signe de Kish, par la volonté
des Premiers Dieux, laisse-le revenir. »

Il récita trois fois cette formule, chaque adjuration s'ac-
compagnant d'un dessin sur le sol. A la fin de sa période,
il attendit. Alors se produisit un phénomène des plus inha-
bituels et extrêmement troublant. Quelque chose se sépa-
rait de moi, comme si ma force vitale m'abandonnait;
en même temps il y eut un mouvement autour du sarcophage, d'abord un courant d'air puis une brume naissante;
c'est alors que, devant mes yeux, les lambeaux de vêtements
du sarcophage commencèrent à se dresser et à reprendre
forme dans la brume qui devenait progressivement plus
dense et plus opaque; au-dessus du sarcophage se tenait
une figure spectrale, la caricature blasphématoire d'un
homme qui n'avait ni corps ni visage, mais une illusion
de corps et de visage, avec des puits noirs et brillants à
la place des yeux, sous un burnous déchiré un corps
noir informe, très maigre, sur lequel flottaient les haillons
de ce qui fut autrefois une robe. La terrifiante apparition
se tenait dans les airs, immobile.

Le professeur Shrewsbury s'adressa à l'apparition.

— Abdul Alhazred, où se trouve Cthulhu?

Le spectre leva une manche et désigna sa bouche.
Il n'avait pas de langue, il ne pouvait donc pas
parler.

Le professeur Shrewsbury ne se découragea pas.

— Est-il à R'lyeh? Et, ne recevant aucune réponse,
il prononça ces paroles inintelligibles : « Ph'nglui mglw'
nafh Cthulhu R'lyeh wgah'nagl fhtagen, » qui formaient
je le compris plus tard, une phrase rituelle signifiant,
« Dans sa demeure à R'lyeh Cthulhu mort attend en
rêvant. »

Cette fois, l'apparition acquiesça imperceptiblement.

— Où se trouve R'lyeh?

Une nouvelle fois, l'horrible fantôme d'Abdul Alhazred désigna sa bouche dépourvue de langue.

— Tracez une carte sur le plafond, demanda le professeur Shrewsbury.

L'apparition se mit méticuleusement à ébaucher une carte. N'ayant rien avec quoi dessiner, il ne pouvait inscrire quoi que ce soit; cependant, les effets de l'hydromel étaient si puissants qu'il était certain que le professeur Shrewsbury suivait sans difficulté les mouvements, les recopiant sur une feuille de papier à mesure que le spectre les dessinait.

Il en résulta une carte compliquée qui représentait une partie inconnue de la terre, mais je compris, à l'instar de mon employeur, que la conception de la terre d'Abdul Alhazred était peut-être considérablement éloignée de la nôtre et que sa reconstitution de n'importe quelle partie de la terre dépendait du savoir de son temps auquel il avait pu ajouter des connaissances personnelles accumulées grâce à des méthodes qui le rendirent capable de rédiger l'*Al Azif*.

Ayant fini son dessin, le professeur Shrewsbury le montra à l'apparition qu'il avait fait sortir de l'abîme.

— Est-ce l'endroit?

L'apparition fit signe que oui.

— Et de ces îles, quelle est celle qui surplombe R'lyeh?

Le spectre désigna un point minuscule sur la carte de mon employeur puis fit un geste ésotérique que le professeur Shrewsbury comprit immédiatement.

— Ah, elle sombre et elle émerge.

Le spectre, une nouvelle fois, inclina la tête.

Le professeur Shrewsbury était satisfait de son interrogatoire et revint à l'idée qu'il avait derrière la tête.

— Dites-moi, Alhazred, où se trouve l'*Al Azif* qui fut perdu?

Il ne fut pas donné de réponse immédiatement à la question du professeur; l'apparition resta immobile plusieurs secondes; puis sa tête se mit lentement à tourner, ce qui pouvait indiquer un signe négatif ou simplement l'attente de quelque chose invisible pour d'autres yeux.

— Est-ce dans cette pièce? demanda mon employeur.

Le spectre acquiesça.

— Est-ce dans le sarcophage?

Le spectre hocha la tête.

Le professeur regarda rapidement autour de lui. Il n'y avait de cache possible que dans les murs ou le plancher.

— Les murs? hasarda-t-il.

De nouveau, son hôte confirma.

— Au Sud?

— Non.

— Au Nord?

— A l'Est?

— Oui.

Mais maintenant, l'apparition paraissait essayer de dire quelque chose d'autre dans son extraordinaire langage; la figure pathétique dénuée de langue et d'yeux — car les yeux et la langue de l'Arabe fou furent arrachés dans les tortures qui le punirent de sa témérité à avoir dévoilé les secrets des Ancêtres et de leurs mignons — semblait vouloir gravement dire quelque chose d'important.

Le professeur, voyant cela, essaya de l'aider. Était-ce au sujet du manuscrit? Vive approbation. Le manuscrit était-il gardé? Oui. Les gardes sont-ils ici? Non. Sont-ils plus bas? Oui. Est-ce tout? Non, il y avait autre chose. Le manuscrit restait-il incomplet? Oui, c'était cela. Plusieurs fragments auraient-ils été détruits avant qu'Alhazred ait pu les dissimuler? Oui.

— Je trouverai ce qui reste, dit le professeur. Maintenant, retournez d'où vous êtes venu, Abdul Alhazred.

Immédiatement, les haillons et les fragments d'os s'affaissèrent; le brouillard se transforma en poussière

et s'évanouit; les flammes bleues qui entouraient le
sarcophage pâlirent et disparurent. Au même moment,
toute force se retira de moi; le professeur se releva — car
il s'était mis à genoux pour recopier ce dessin fantastique
tracé sur le plafond — et il referma le sarcophage.

Puis il s'avança vers moi et me secoua.

— Dépêchons-nous maintenant, M. Colum, murmura-
t-il. Nous avons ce que nous voulions; il n'y a pas une
minute à perdre.

Nous commençâmes alors à examiner le mur oriental
pour chercher la pierre qui renfermait les fragments
d'*Al Azif*. Elle devait se trouver assez bas car l'Arabe était,
sans aucun doute, enchaîné, ce qui l'empêchait d'atteindre
le haut du mur. Mon employeur travaillait fiévreusement,
s'arrêtant de temps à autre pour écouter; aussi nous
sembla-t-il que nous avions passé un long moment à
examiner les grandes pierres avant d'en trouver une qui
puisse éventuellement servir de cache. Cependant cela
ne fut pas aussi long que nous le pensions et nous découvrîmes derrière la pierre le parchemin d'*Al Azif;* le
professeur Shrewsbury le glissa rapidement dans son
manteau. Puis nous replaçâmes la pierre et quittâmes la
pièce, refermant derrière nous la grande porte de bronze.
Le professeur Shrewsbury demeura encore un instant sur
le seuil pour écouter et tourna la tête vers l'obscurité
stygienne à notre droite, vers l'énorme gouffre de ténèbres
qui suggérait un mystère encore plus grand. C'est alors que
le bruit commença à se faire entendre. Jusqu'alors, le
seul son qui ait atteint nos oreilles était le frottement du
sable emporté par le vent sur les marches qui donnaient
accès au désert; mais il avait cessé peu après notre descente
dans les régions souterraines; nous étions alors les seuls à
produire un son quelconque. Mais maintenant, émanant
de quelque crypte épouvantable encore plus profonde,
un son s'élevait et gonflait, un son qui ne pouvait être
comparé qu'à un bas murmure accompagné d'un gronde-

ment comme celui d'un vent nocturne — un murmure de plusieurs voix; mais il y avait plus hideux encore : les voix étaient parfaitement inhumaines et indescriptibles si ce n'est comme des sonorités d'une horreur sans nom.

En regardant ma montre, je vis que l'heure du crépuscule approchait et je me rendis compte au même instant que le vent spectral s'était remis à souffler; de toute évidence, il venait d'un lieu plus profond que les cavernes souterraines que nous venions d'explorer. Je compris qu'il fallait nous enfuir sans attendre; mais le professeur Shrewsbury me retint et mit un terme à mon affolement.

— Attendez, m'ordonna-t-il, nous ne pouvons pas courir plus vite que lui. Avec les pierres, nous sommes en sécurité. Réfugions-nous dans un passage jusqu'à ce que le plus fort du vent se soit apaisé.

Alors, nous avons rampé dans l'un des passages secondaires et nous sommes restés là en silence, la lampe éteinte. Bientôt, dans le corridor que nous venions de quitter, se produisit une sorte d'illumination grise; ce n'était pas une lumière, et cela semblait émaner des murs, si bien qu'il nous fut possible de distinguer le mur le plus éloigné et de découvrir d'autres passages qui se séparaient du couloir principal. Puis le vent se mit à souffler; il soufflait en rafales furieuses accompagnées de voix ensorcelantes qui ne cessaient de monter et résonnaient comme des clameurs, comme des cris et des incantations, comme des ululations et des gémissements emportés par le vent. En regardant fixement, il me sembla que le vent lui-même emportait avec lui des visages sans nombre, visages de sauriens, de reptiles et de batraciens, tous se plaignant de leur emprisonnement dans les cryptes qui surplombent la Cité sans Nom; ils défilaient dans un flot sans fin, leurs bouches bestiales grandes ouvertes, accusant ce destin qui les condamnait pour toujours à suivre le terrible vent spectral dont la température arctique pénétrait l'endroit où nous nous tenions, nous glaçant jusqu'aux os.

D'où venaient-ils ? De quelles vastes étendues souterraines provenait ce vent qui hantait, la nuit, les places désertiques que peu d'hommes avaient foulées ? Et par quelle sorcellerie furent-ils enfermés dans cet enfer ténébreux ? Les fresques, qui décrivaient le déclin et la fin de cette ancienne civilisation qui s'était édifiée avant l'ère humaine, disaient-elles la vérité ? Et existait-il vraiment, au plus profond de la terre, un paradis souterrain comme celui qui est dépeint sur les murs, un paradis dans lequel brillait une lumière semblable à celle du soleil, où les jardins et les vallées étaient d'une fertilité inconcevable pour les hommes qui parcourent le désert ? Ou bien, ce paradis avait-il disparu avant que les envahisseurs, ces mignons des êtres infernaux, peut-être adorés ou peut-être inconnus des habitants de ces lieux, n'aient conquis la Cité sans Nom ?

La fureur de ce vent glacial, ajoutée à la cacophonie des terribles voix, était épouvantable ; cela résonnait d'une manière tellement assourdissante que je fus contraint de porter les mains à mes oreilles tant elles bourdonnaient. Le professeur Shrewsbury fit de même et nous restâmes ainsi pendant une demi-heure, peut-être plus, avant que les cris perçants portés par le vent n'aient cessé de résonner dans notre cachette, cédant la place à un lent et régulier courant d'air froid se dirigeant vers la surface.

— C'est le moment, dit mon employeur. Mais soyons prudents. Je ne sais pas quels gardiens furent placés devant la tombe d'Alhazred.

La remontée vers le désert où le sable fuyant recouvrait la Cité sans Nom parut interminable. De temps à autre, mon employeur s'arrêtait pour scruter l'obscurité de ses yeux aveugles. Je pensais alors entendre, mais je ne pouvais en être sûr, des bruits de pas semblables à ceux d'un poursuivant invisible ; mais le professeur Shrewsbury ne dit rien, se contentant de hâter le pas pour gravir les marches raides qui menaient à ce hâvre incertain que représentait le désert étoilé loin au-dessus de nos têtes. Les cavernes et les couloirs résonnaient du bruit de nos pas; le vent glacé soufflait sur nos chevilles; les voix retentissaient toujours avec une insistance fantomatique loin devant nous, puis s'évanouissaient dans les sables du désert avant de retourner une nouvelle fois à ce lieu d'attente profondément enfoui dans le sol.

Il n'y eut bientôt plus de doute : des poursuivants étaient à nos trousses, mais je n'avais aucune idée de leur nature. Mon employeur n'en semblait pas affecté outre mesure, mais je remarquai qu'il me fit me presser alors que lui-même hâtait le pas, murmurant que nos chameaux avait dû être effrayés par le vent et s'être enfuis, que nos guides et porteurs devaient désespérer de nous revoir car cela faisait deux nuits que nous avions quitté le camp de l'oasis, après que nous ayons remarqué pour la première fois l'existence du vent. Et en cet instant, je me sentis incroyablement épuisé, n'ayant pas dormi depuis plus de quarante heures; et le besoin de sommeil se faisait aigu car je ne parvenais plus à distinguer la réalité qui m'entourait de l'illusion visuelle et auditive dans laquelle j'étais plongé de plus en plus fréquemment.

Nous atteignîmes enfin la surface; nos chameaux ne s'étaient pas trop éloignés. Certainement effrayés par la voix du vent, ils s'étaient écartés de l'embouchure du puits duquel jaillissait encore un léger tourbillon de sable et hors duquel, sans aucun doute, comparable aux rafales souterraines, devait s'être levé un véritable ouragan de sable. Mon employeur faisait montre d'une impatience irréfléchie; il monta précipitamment sur le chameau agenouillé devant lui et talonna l'animal avec brusquerie. Le trajet que nous devions suivre était clairement indiqué par la direction du vent qui nous conduirait à coup sûr à l'oasis annonciateur de la Cité sans Nom — tout comme il nous avait mené la nuit précédente à la Cité elle-même. La nuit était tout aussi noire que la première fois; les étoiles scintillantes étaient en partie cachées par les nuages qui se déplaçaient haut dans le ciel; le désert brillait d'une lueur macabre comme si une lumière noire lui était propre, lui offrant une réalité spectrale; il n'y avait aucun bruit en dehors des pas de nos chameaux et du sifflement du vent qui s'orientait maintenant vers le Sud. De temps à autre, le professeur Shrewsbury jetait un regard en arrière; mais s'il put distinguer quoi que ce soit dans cette lumière stellaire, il n'en montra rien. Cependant une indéniable aura de peur nous accompagnait car on ne pouvait nier que notre incursion dans le tombeau de l'Arabe fou Abdul Alhazred ait libéré des forces au-delà de notre faculté de deuxième vue et on ne pouvait non plus négliger la défense de profaner les cendres du sarcophage, même si mon employeur n'hésita pas à le faire. Formellement, il n'y avait rien dans le désert entre la Cité sans Nom et nous; le professeur Shrewsbury s'attendait à ce que quelque chose se trouve là ou vienne de cette maudite ruine si rarement approchée par les hommes, car son attitude trahissait l'appréhension — non des mignons des Ancêtres, car il ne les craignait pas, mais des pouvoirs propres aux Ancêtres qui leur permettraient de frapper à distance.

Il y eut alors une horrible ulul. ulation derrière nous, comme celle d'une créature lancée à nos trousses — mais ce son ne provenait pas d'une gorge humaine; à ce bruit, le professeur pressa encore plus son chameau et la bête elle-même, comme si elle pressentait aussi une horreur ancestrale, se mit au galop, obéissant plus à son instinct qu'à son cavalier. Cependant, en dépit de l'effroi provoqué par le sentiment d'une horreur inconnue, nous atteignîmes le camp de l'oasis sans incident. Là, nous découvrîmes que nos guides et nos porteurs avaient déserté; mais, par chance, ils avaient laissé derrière eux assez de provisions pour que nous puissions retourner sains et saufs à Salalah ou à Damqut.

Si je songe aux événements passés, j'ai l'intime conviction que, si nous avons pu atteindre Damqut tout en étant poursuivis — ce dont j'étais convaincu —, c'est que nous étions protégés par autre chose que les pierres grises à cinq pointes portant le sceau des Premiers Dieux. J'ajouterai qu'au cours de notre quatrième nuit dans l'oasis, j'entrevis quelque chose qui évoluait entre les étoiles et nous; mon employeur en fut immédiatement averti car ses yeux aveugles possédaient un étrange pouvoir qui lui permettait d'identifier nos compagnons ailés, qui n'évoluaient qu'à une grande distance de nous.

— Les Byakhee, murmura-t-il après avoir scruté les cieux. J'avais pensé que plusieurs d'entre eux devaient se trouver dans les parages de la Cité sans Nom. J'ai cru un instant qu'il s'agissait du Marcheur, Ithaqua, contre qui, je le crains, notre talisman ne serait d'aucun secours. Mais non — s'ils sont ici, ce ne peut être lui.

— Qui nous suit? demandai-je.

— Les habitants de la cité, répondit-il énigmatiquement.

— Mais la Cité sans Nom est inhabitée, protestai-je.

— Je pensais que vous les aviez vus sortir de l'abîme?

— Ces fresques — étaient-elles réelles? demandai-je.

— Oh, oui — il y eut là une civilisation qui précéda l'humanité — une civilisation saurienne et reptile, composée d'adeptes de Cthulhu. Je pensais que vous aviez compris — la Cité sans Nom fut autrefois une Cité maritime, profondément ancrée au fond des océans, il y a très longtemps de cela, longtemps avant le soulèvement qui amena cette partie de l'Arabie à la surface du globe et fit reculer les eaux, laissant les habitants aquatiques mourir hors de leur élément sous le soleil aveuglant qui suivit le cataclysme.

— Quel cataclysme?

— J'ai la certitude qu'il s'agit du même cataclysme qui engloutit les continents perdus d'Atlanta et de Mu. Et peut-être même, est-ce le Déluge du mythe chrétien. Je vous assure, M. Colum, qu'il y a nombre de récits déroutants dans les livres anciens qui corroborent bizarrement les plus vieilles légendes qui se transmirent sous une forme ou une autre de génération en génération. Ainsi périrent en ce lieu les adeptes de Cthulhu, sauf ceux des plus lointaines profondeurs qui baignaient encore dans l'eau et ce vent glacial qui souffle sur le désert et s'en retourne. Ils sont encore là, mais ils ne sont plus assujettis à nos lois dimensionnelles; aussi nous poursuivent-ils sous la même forme qu'avant que nous arrivions à la Cité sans Nom.

Peu après, je cherchais à distinguer ces curieux êtres sauriens et, en effet, ils nous entouraient, apparaissant et disparaissant avec une facilité insolite, se contentant de nous séparer de notre troisième chameau chargé d'une partie de nos provisions; cette perte fut compensée par l'achat de provisions à une caravane rencontrée à mi-chemin entre Salalah et Oman. Ce qu'il advint de l'animal, nous ne le sûmes jamais; il avait été détaché mais nos propres chameaux étaient indemnes, probablement parce-qu'ils étaient près de nous.

Les Byakhee furent visibles trois nuits de suite, entre l'oasis proche de la Cité sans Nom et le port de Damqut. Mais ils fuyaient la civilisation et ses villes. Cependant, ce fut dans les villes et le long de la côte que mon employeur craignait le plus d'être poursuivi et, immédiatement après avoir atteint Salalah, il fit une copie de la précieuse carte et l'envoya à Londres, puis une seconde qu'il envoya à une adresse de Singapour, toutes deux annonçant son arrivée. Les fragments du manuscrit restèrent en sa possession. Cela fait, il s'occupa du reste de notre voyage avec une parfaite égalité d'âme, tout en ne se faisant aucune illusion quant à sa nature.

En cela, certainement, il n'était pas indûment pessimiste. En effet, bien que notre déplacement de Damqut à Mukalla et finalement à Aden fut comparativement sans problème et sans que nos craintes soient vérifiées, la traversée de la Mer Rouge en direction de Suez et de la Méditerranée fut semée de toutes sortes d'embûches. Dès le début, le professeur Shrewsbury remarqua que les dockers occupés à charger le navire sur lequel nous emdarquions, le *Sana*, paraissaient curieusement déformés; la majorité d'entre eux donnait l'impression de sautiller et de traîner le pas plutôt que de marcher normalement. Cela n'était sans doute pas trop visible car la plupart des passagers qui les regardaient ne remarquèrent rien; mais pour un observateur tel que mon employeur, la signification des traits des dockers ne pouvait lui échapper. Il était possible, expliqua-t-il, que leur présence ne soit qu'une coïncidence; dans le Massachussetts, certaines villes côtières abritent un nombre surprenant de descendants d'un horrible croisement entre les indigènes et les Profonds; de telles expériences ne doivent pas être considérées comme limitées à une région du globe, car ces dockers ressémblaient, à s'y méprendre, à certains résidents d'Innsmouth, dans le Massachusetts, et de la région vallonnée de Dunwich où d'autres peuples hybrides s'épanouirent autrefois.

Mais les dockers ne nous causèrent aucun ennui; ce fut seulement après avoir quitté Aden en direction de la Mer Rouge que mon employeur comprit de quelle nature était nos poursuivants. Il ne vint dans ma cabine que la nuit dernière, très agité.

— Vous les avez vus? me demanda-t-il sans préambule, en parlant de nos poursuivants aquatiques.

J'acquiesçai.

— Les Profonds, à coup sûr, dit-il. Mais il y a quelque chose d'autre. Écoutez.

Je n'entendis tout d'abord que le bruit du navire, puis, lentement, insidieusement, je pris conscience d'un autre bruit qui ne provenait pas de la mer; le bruit de pas se déplaçant à travers une grande étendue marécageuse, bruits lointains de pas et de vase.

— Vous entendez?

— Oui. Qu'est-ce que c'est?

— C'est quelque chose d'autre que les Profonds, quelque chose contre quoi notre armure est trop fragile. Avez-vous l'hydromel doré et le sifflet ? Vous vous souvenez de la formule ?

Je le rassurai à ce sujet.

— Soyez prêt à les utiliser. Mais le moment n'est pas encore venu.

Tard le lendemain. Au début de l'après-midi, un orage se préparait en poupe ; il s'abattit sur nous avec une fureur jusqu'alors inconnue. Du vent, des éclairs, du tonnerre et des torrents d'eau assaillirent le *Sana* et la violence de l'orage ne cessa de croître. J'ai couché sur le papier ce récit afin qu'il puisse, à l'instar de mes affaires restées à Londres, servir de témoignage le jour de ma mort, bien que mon employeur m'ait assuré que les temps n'étaient pas encore venus. Il m'expliqua clairement que c'était une chose que de préparer notre évasion et une autre que de permettre le sacrifice inutile des passagers du *Sana* qu'il voulait sauver à tout prix.

Le professeur Shrewsbury me fit signe qu'il était temps, Il avait pris de l'hydromel doré et tenait son sifflet. Je pus alors le voir de l'endroit où j'écrivais, je pus l'entendre lancer son appel dans l'orage : *Ia! Ia! Hastur! Hastur cf'ayak 'vulgtmm, vugltlagln, vulgtmm! Ai! Ai! Hastur!* Il se dressait littéralement contre le déchaînement de l'orage et recula seulement lorsqu'un tentacule sortit des profondeurs pour l'emporter.

Alors apparurent les oiseaux. Grands Dieux ! Quels êtres ! Quelle progéniture d'un enfer oublié !

Mais il enfourcha l'un d'eux, sans crainte.

Quelque chose frappa violemment le navire, quelque chose vint trop tard pour saisir sa proie.

Je sais ce qu'il me reste à faire...

Extrait du Journal de Bord du *Sana* :

« L'orage de vendredi a provoqué la disparition
de deux passagers, le professeur Laban Shrewsbury
et Nayland Colum, qui voyageaient ensemble. On les
vit tous deux hors de leurs cabines en dépit de la
violence de l'orage et l'on pense qu'ils furent emportés
dans la mer et noyés. Bien que l'orage se soit apaisé
immédiatement après la disparition de ces passagers,
on ne put retrouver aucune trace de leurs corps. Les
recherches se poursuivent... »

V

L'ILE NOIRE

ou

Le Récit d'Horvath Blayne

1.

Il me parut opportun de faire le récit de ces événements qui se conclurent par l'expérimentation « top-secret » qui se déroula sur une île inconnue du Pacifique Sud un jour de septembre 1947. La sagesse de cette décision pourrait être critiquée. En effet, il y a des choses contre lesquelles le genre humain, qui n'est sur cette planète que pour une courte période, est bien mal préparé; cela étant, il serait préférable de garder le silence et de laisser les hommes dans l'ignorance des événements à venir.

Mais il est des juges bien plus qualifiés que moi et la succession des événements avant et après cette expérimentation fut tellement troublante, évoquant un mal incroyablement ancien, presque au-delà de l'entendement humain, que je crois être de mon devoir d'en faire le récit avant que le temps n'y dépose sa patine, — si jamais cela était possible — ou avant mon inévitable disparition qui est peut-être même plus proche que je ne le pense.

L'épisode débute d'une manière prosaïque dans le plus fameux bar du monde, à Singapour...

Je vis en entrant les cinq gentlemen assis les uns à côté des autres; je n'étais pas attablé très loin d'eux, et je les observais à la dérobée, pensant qu'il devait y avoir parmi eux quelqu'un de ma connaissance. Un homme âgé avec des lunettes noires et une contenance étrange et expressive discutait vivement avec quatre jeunes hommes d'une trentaine d'années. Je ne reconnus aucun d'eux; aussi détournai-je mon regard. J'étais assis depuis peut-être moins de dix minutes, lorsque Henry Caravel se leva pour que nous puissions convenir d'un rendez-vous; il venait juste de sortir lorsque j'entendis prononcer mon nom.

— Peut-être que M. Blayne pourrait nous éclairer?

La voix était cordiale, bien timbrée et particulièrement engageante. Levant la tête, je vis les cinq gentlemen à leur table en train de m'observer, dans l'attente de ma réaction. A cet instant, le vieil homme se leva.

— Notre propos est archéologique, en un certain sens, M. Blayne, dit-il sans préambule. Je me présente : je suis le professeur Laban Shrewsbury, citoyen américain. Voulez-vous vous joindre à nous?

Je le remerciai et, mû par une vive curiosité, je m'assis à leur table. Il présenta ses compagnons — Andrew Phelan, Abel Leane, Claiborne Boyd, Nayland Colum — et se tourna une nouvelle fois vers moi.

— Bien sûr, nous connaissons tous Horvath Blayne. Nous avons suivi avec un profond intérêt vos articles sur Angkor-Vat et la civilisation Khmer, et avec un intérêt encore plus grand, vos études relatives aux ruines de Ponape. Ce n'est pas simple coïncidence si nous sommes en train de discuter du panthéon des déités polynésiennes. Dites-nous si, à votre avis, le dieu-marin polynésien, Tangaroa, a la même origine que Neptune?

— Probablement une origine indienne ou indo-chinoise, avançai-je.

— Ces peuples n'étaient pas primitivement des hommes de la mer, enchaîna promptement le professeur. Voici une idée plus vieille que ces civilisations, même si nous admettons que la civilisation polynésienne est plus récente que celles du continent asiatique qui lui donnèrent naissance. Non, nous ne sommes pas tant interessés par sa relation aux autres figures du panthéon que par le privilège qui lui donna la première place, et par sa relation avec d'innombrables figures et motifs batraciens et ichtyques qui apparaissent et disparaissent dans le travail artistique, tout aussi bien antique que moderne, que l'on découvre dans les îles du Pacifique Sud.

Je rétorquai que je n'étais pas un artiste et que je ne pouvais non plus passer pour un critique d'art.

Le professeur ignora ma réponse avec un détachement courtois.

— Mais l'art vous est familier. Et je me demande si vous pouvez expliquer pourquoi les primitifs du Pacifique Sud sublimaient le batracien ou le poisson dans leur artisanat et dans leur art, alors que les primitifs du Pacifique Nord, par exemple, subliment des figures d'oiseaux. Il y a des exceptions, bien sûr; vous pourrez les reconnaître. Les figures de lézards de l'île de Pâques et les pièces inspirées du batracien de Mélanésie et de Micronésie sont répandues dans ces régions; les masques d'oiseaux et les coiffures des tribus indiennes du Pacifiques Nord sont répandus sur la côte canadienne. Et nous trouvons dans les tribus indiennes de la côte des motifs troublants et pourtant familiers; considérons par exemple les aspects batraciens caractéristiques des coiffures du chaman de la tribu Haida répandues dans les îles du Prince de Galles et le masque de cérémonie à tête de requin des Tlingit de Ketchikan en Alaska. Les totems des Indiens du Pacifique Nord s'inspirent principalement de la gent ailée tandis que les figures ancestrales taillées dans le bois de fougère des Nouvelles-Hébrides évoquent clairement des habitants aquatiques.

J'objectai que le culte des ancêtres était répandu dans tout le continent asiatique.

Mais tel n'était pas son propos; c'est ce qui se dégageait de l'attention que lui prêtaient ses compagnons. Il allait maintenant y venir. A propos des déités marines des peuples primitifs, avais-je jamais rencontré dans mes recherches archéologiques l'une de ces légendes se rappor-

tant à un être mythologique — Cthulhu — que l'on consi-
dère comme le géniteur de tous les dieux marins et des
déités de moindre importance dont l'eau est l'élément?

Les commentaires qu'il faisait alors s'organisaient avec
clarté et unité. Cthulhu, dieu antique de l'élément aquatique, né de l'élément liquide, peut être considéré comme
la déité primordiale du Pacifique Sud, alors que les motifs
d'oiseaux reproduits dans l'artisanat et l'art du Pacifique Nord dérivent d'un culte de l'élément aérien. J'étais
effectivement familiarisé avec le mythe de Cthulhu, fort
proche du mythe chrétien du bannissement de Satan et de
ses adeptes et de leurs tentatives incessantes pour recon-
quérir les cieux. Le mythe, tel que je m'en souvenais à
mesure que le professeur parlait, avec conviction, de
Cthulhu, se transformait en un conflit opposant les êtres
connus sous le nom des Premiers Dieux, qui habitaient
probablement le cosmos à de nombreuses années-lumières,
et les êtres inférieurs appelés les Anciens ou les Grands
Anciens, qui furent, sans doute, les forces agissantes du
mal en opposition avec celles du bien, représentées par
les bienveillants Premiers Dieux. Autrefois, tout n'était
qu'harmonie; mais, par la suite, la révolte des Anciens
— dont faisaient partie Cthulhu, le maître des eaux;
Hastur, qui parcourait les espaces interplanétaires avant
son emprisonnement dans le Lac noir de Hali; Yog-
Sothoth, le plus puissant des Anciens; Ithaqua, le
dieu des vents, Tsathoggua et Shub-Niggurath, dieux de
la terre et de la fécondité; Nyarlathotep, leur effroyable
messager, et bien d'autres — s'acheva par leur défaite et
leur bannissement en divers endroits de l'univers; de là,
ils espèrent se dresser une nouvelle fois contre les Premiers
Dieux avec l'aide de leurs serviteurs, humains et animaux
qui leur sont dévoués corps et âmes. Des légendes parlaient
de Cthulhu qui, croit-on, demeure en un lieu secret de
la terre; d'autres, parmi les plus troublantes, racontaient
que certains de ses adeptes aux traits de batraciens, connus

sous le nom des Profonds, avaient frayé avec les hommes et enfanté l'horrible perversion de l'espèce humaine que sont les habitants de certaines villes côtières du Massachusetts.

Bien plus, le mythe de Cthulhu est consigné dans une série de manuscrits incroyablement vieux, de sources identiques.

Il ne peut donc y avoir de coïncidence bien que l'on puisse prouver que ces récits ne soient autre chose que d'habiles fictions romanesques; ces livres et ces manuscrits — le *Necronomicon* de l'Arabe fou, Abdul Alhazred; les *Cultes des Goules*, travail d'un noble Français excentrique, le Comte d'Erlette; le *Unaussprechlichen Kulten* de Von Juntz, célèbre original qui parcourut l'Europe et l'Asie à la recherche des survivances des cultes anciens; les *Celeano Fragments; le R'lyeh Text;* les *Pnakotic Manuscripts;* et le reste — ont été compilés par les romanciers contemporains et librement utilisés comme matériaux d'incroyables contes fantastiques et macabres. Ils ont entouré d'une aura d'authenticité ce qui, au mieux, n'était qu'une contamination de connaissances et de légendes peut-être unique dans les annales de l'humanité.

— Mais vous semblez sceptique, M. Blayne, observa le professeur.

— Je crains d'être avant tout un scientifique, répondis-je.

— Je pense que tous ici, nous pensons de la sorte, dit-il.

— Dois-je comprendre que vous croyez en cette somme de connaissances?

Il me regarda de derrière ses lunettes noires, ce qui me déconcerta.

— M. Blayne, depuis plus de trois décennies, je suis sur la trace de Cthulhu. Chaque fois, je pense avoir refermé ses voies d'accès dans notre temps; mais chaque fois, je me suis fourvoyé en pensant de la sorte.

— Alors, si vous croyez à un aspect du panthéon, vous devez croire à tout le reste, rétorquai-je.

— Cela n'est pas nécessaire, répondit-il. Mais ma croyance s'est largement renforcée, car j'ai vu et je sais.

— Moi aussi, dit Phelan, et son exclamation fut reprise par les autres.

Le véritable esprit scientifique hésite autant à déprécier qu'à approuver.

— Commençons par la lutte primordiale entre les Premiers Dieux et les Grands Anciens, dis-je avec prudence. D'où tenez-vous cette évidence ?

— Les sources en sont presque infinies. Considérons seulement les écrits anciens qui parlent d'une grande catastrophe qui déferla sur la terre. Prenons l'Ancien Testament, la bataille de Beth-Horon remportée par Joshua : «... et il dit en leur présence : Soleil, n'avance point sur Gabaon ; ni toi, Lune, sur la vallée d'Aïalon. Et le soleil et la lune s'arrêtèrent. »

Prenons les *Annales de Cuauhtitlan* qui rassemblent le savoir des Indiens Nahua du Mexique qui parlent d'une nuit infinie ; l'authenticité de cette fable est confirmée par le prêtre espagnol, Frère Bernadino de Sahagun qui, se rendant au Nouveau Monde une génération après Colomb, parla d'une grande catastrophe au cours de laquelle le soleil se leva légèrement au-dessus de l'horizon et resta là — catastrophe déjà relatée par les Amérindiens. Et de nouveau référons-nous à la Bible : « Et lorsqu'ils fuyaient devant les enfants d'Israël... le Seigneur fit tomber du ciel de grosses pierres sur eux jusqu'à Azeca ; et ces pierres... en tuèrent beaucoup. »

Il existe des récits semblables dans d'autres manuscrits anciens — le *Popol Vuh* des Mayas, le *Papyrus Ipuwer* des Égyptiens, le texte bouddhiste *Visuddhi-Magga*, le *Zend-Avesta* persan, les *Vedas* hindous, et bien d'autres. Il y a d'étranges coïncidences dans les arts anciens — les tablettes de Vénus de Babylone découvertes dans les ruines de la bibliothèque d'Assurbanipal à Ninive, certains des monstres protecteurs d'Angkor-Vat que vous devez connaître ;

il y a encore les horloges étrangement déréglées des temps
anciens — les clepsydres du Temple d'Amon à Karnak
aujourd'hui inutilisables; le cadran solaire de Fayoum en
Égypte tout aussi inutilisable; le panneau astronomique de
la tombe de Senmut dans lequel les étoiles sont montrées
dans un ordre qui n'est plus le leur mais qui a dû être
correct à l'époque de Senmut. Et ces étoiles, je suppose,
ne sont pas par hasard celles du groupe Orion-Taureau,
demeure présumée des Premiers Dieux — qui, pense-t-on,
vivent sur Betelgeuse — et aussi de l'un des Anciens,
Hastur; et l'on peut avancer qu'elles furent le lieu de
résidence des Anciens. Aussi, cette catastrophe enregistrée
par les documents anciens peut très bien avoir été la bataille
titanesque qui confronta les Premiers Dieux aux Anciens
rebellés.

Je fis remarquer qu'il existait une théorie relative aux
mouvements irréguliers de la planète dénommée, depuis,
Vénus.

Le professeur Shrewsbury écarta cette remarque presque
avec impatience.

— Amusant, mais pur non-sens. L'idée selon laquelle
Vénus aurait été en des temps reculés une comète est
réfutée scientifiquement; supposer un conflit entre les
Premiers Dieux et les Anciens ne peut l'être. Je présume,
M. Blayne, que la défiance dont vous faites montre est
moins affirmée que ne le laissent paraître vos paroles.

En cela il avait parfaitement raison. Les paroles de cet
étrange vieillard avaient réveillé des milliers de souvenirs
qui maintenant s'assemblaient. Un archéologue ne peut
avoir vu les figures grotesques de l'île de Pâques sans
avoir l'intuition d'un passé menaçant; il ne peut avoir
examiné Angkor-Vat ou les ruines désertées de certaines
des îles Marquises sans ressentir profondément la terreur
qui régna en ces lieux ancestraux; il ne peut avoir étudié
les légendes des peuples anciens sans reconnaître que le
savoir humain trouve ses racines dans une réalité loin-

taine. Bien plus, un air de gravité, presque sinistre bien que
sans malveillance, transparaissait derrière la bonne humeur
de mes nouveaux compagnons. Je ne pouvais douter du
sérieux de ces gentlemen car chacun d'eux devait poursuivre cette quête depuis fort longtemps.

— Vous voyez, poursuit le professeur Shrewsbury,
ce serait une folie de prétendre que notre rencontre fut
un accident. Vos déplacements ont été suivis pour que
cette rencontre se produise. Il est possible qu'au cours
de vos recherches, en étudiant les ruines et les représentations anciennes, vous ayez mis au jour quelque chose qui
nous offre une indication de l'endroit que nous recherchons.

— Et quel est-il? demandai-je.

— Une île.

Ce disant, il déroula devant moi une carte dessinée à
grands traits.

J'examinai la carte avec un intérêt grandissant; il ne
s'agissait pas d'une carte ordinaire tracée par la main d'une
personne mal informée, mais d'une carte dessinée par
quelqu'un qui croyait fermement en ce qu'il faisait; que
les choses ne se trouvent pas où il les avait mises me fit
penser à un artiste ayant vécu il y a plusieurs siècles.

— Java et Bornéo, dis-je. Ces îles sont apparemment
les Carolines et l'endroit souligné se trouve au Nord.
Mais l'orientation n'est pas très précise.

— Oui, c'est l'inconvénient, convint sèchement le
professeur Shrewsbury.

Je le regardai fixement.

— D'où la tenez-vous, professeur?

— D'un très vieil homme.

— Il devait en effet être très vieux.

— Presque quinze siècles, répondit-il sans sourire.
Mais, regardez; reconnaissez-vous cet endroit au-delà
des Carolines?

Je hochai la tête.

— Alors nos recherches respectives se rencontrent,

M. Blayne. Vous êtes allé dans le Pacifique Sud depuis la fin de la Seconde Guerre mondiale. Vous êtes allé d'île en île et vous avez certainement vu plusieurs régions où les motifs batraciens ou ichtyques sont particulièrement intéressants — cela importe peu, sinon que nous avons de bonnes raisons pour croire qu'une île au moins se trouve soit au centre, soit à côté du centre de productions artisanales et artistiques inspirées du batracien.

— Ponape, dis-je.

Il acquiesça et les autres restaient suspendus à nos lèvres.

— Vous voyez, continua-t-il, je suis allé sur l'Ile Noire qui n'a pas de nom et ne figure pas sur les cartes — elle n'est pas toujours visible et émerge rarement. Mais ma façon de voyager était des moins orthodoxes; ma tentative de détruire l'île et ses horribles ruines se révéla un échec; nous devons la retrouver et nous la retrouverons plus sûrement en suivant la piste des motifs batraciens dans l'art polynésien.

— Il existe certaines légendes, avançai-je, qui parlent toutes d'une île disparaissant par intermittence.

— Oui, et faisant son apparition seulement lorsque se soulèvent les fonds océaniques. Et cela, de toute évidence, pour peu de temps. Je n'ai pas besoin de vous remettre en mémoire les récentes secousses enregistrées par les sismographes des laboratoires du Pacifique Sud; les conditions s'avèrent idéales pour notre quête. Nous prendrons la liberté de supposer qu'elle fait partie d'un ensemble de terres immergées plus important, probablement l'un des continents légendaires.

— Mu, dit Phelan.

— Si Mu existe, rétorqua gravement le professeur.

— Il n'est pas dépourvu de sens de le croire, dis-je, de même que pour Atlantide. Si vous suivez votre propre raisonnement, il existe une multitude de légendes pour le confirmer — le récit biblique du Déluge, par exemple;

les récits de catastrophes des livres anciens, l'engloutisse-
ment d'immenses territoires décrits par les fresques de
nombreux sites archéologiques.

Un des compagnons du professeur rit et dit : « Vous
êtes sur la voie, M. Blayne. » Le professeur m'observa
sans sourire.

— Vous croyez en l'existence de Mu, M. Blayne?

— Je crains que oui.

— Et sans doute, également, dans les anciennes civilisations qui ont peuplé Mu et l'Atlantide, poursuivit-il.
Certaines légendes peuvent être attribuées à des civilisations disparues, M. Blayne — particulièrement en relation
avec leurs déités marines — et il existe des survivances
des anciens cultes dans les Baléares, les îles Carolines,
à Innsmouth et en quelques autres lieux isolés. Si l'Atlantide se trouve au large des côtes espagnoles et Mu près
des îles Marshall, on peut présumer qu'il existe un autre
territoire au large de la côte du Massachusetts. L'Ile
Noire peut aussi bien faire partie de ce territoire que d'un
autre, nous ne pouvons le savoir. Mais il est certain que
le Déluge de la Bible et d'autres catastrophes légendaires
comparables pourraient très bien refléter la lutte titanesque
qui se conclut par le bannissement de Cthulhu sur l'un des
continents perdus de cette planète.

J'acquiesçai, conscient pour la première fois d'être
l'objet d'un intense examen de la part des compagnons
du professeur.

— L'Ile Noire est jusqu'à maintenant la seule voie qui
mène directement à Cthulhu; toutes les autres sont gardées
par les Profonds. Nous devons donc la rechercher par
tous les moyens qui sont à notre disposition.

C'est à ce point de la conversation que je réalisai qu'une
force subtile rivalisait avec mon propre intérêt, tellement
subtile que je ne pouvais me l'expliquer; c'était un sentiment aveugle d'hostilité, la conscience de quelque chose de
maléfique dans l'atmosphère. Mon regard passait de l'un

à l'autre, mais il n'y avait rien dans leurs yeux sinon un intérêt comparable au mien. Cependant l'aura de peur, de tension, ne pouvait m'échapper, du fait même de son caractère d'imperceptibilité. Je regardai au-delà de mes compagnons, promenant mon regard le long du bar, parmi les tables; personne ne prêtait attention à nous dans ce bar rempli comme toujours d'une foule cosmopolite représentative de toutes les catégories sociales. La conviction d'hostilité et l'aura de peur persistaient, hantant ma conscience à l'instar d'une chose tangible.

Je reportai à nouveau mon attention sur le professeur Shrewsbury. Il parlait maintenant de la marque de Cthulhu dans les arts et les artisanats des peuples primitifs; ses paroles réveillaient en ma mémoire mille détails concordants — les curieuses figures découvertes dans la vallée de la rivière Sepik en Nouvelle-Guinée; les dessins des vêtements tapa des îlotes de la Tonga; le dieu hideux des pêcheurs des îles Cook, au torse disproportionné, pourvu de tentacules au lieu des bras et de jambes; la pierre *tiki* des îles Marquises dont la physionomie rappelle celle du batracien; les sculptures des Maori de la Nouvelle-Zélande qui dépeignent les créatures ni homme, ni pieuvre, ni poisson, ni grenouille, mais ayant quelque chose des quatre espèces; le dessin des révoltants boucliers utilisés par les natifs du Queensland, un dessin de labyrinthe sous les eaux avec une figure tortueuse et maléfique en son extrémité, les tentacules détendus comme pour capturer une proie; les colliers de coquillages des Papous; la musique de cérémonie des Indonésiens, particulièrement la musique onirique des Batak; le théâtre d'ombres des Wayang et ses poupées de cuir reprenant des thèmes ancestraux mettant en scène la légende des êtres de la mer. De cette latitude, tout convergeait immanquablement sur Ponape, alors que de l'autre, les figures cérémonielles utilisées dans certaines régions des îles Hawaï et les grandes têtes de

Rano-raraku de l'île de Pâques fournissaient une indication semblable.

Ponape et ses ruines désertées, son port abandonné dont les sculptures sont hautement significatives — sculptures qui inspirent la terreur, sculptures d'hommes-poissons, d'hommes-batraciens, de poulpes, toutes évoquant la vie étrange et terrible des habitants mi-bêtes, mi-hommes. Et à partir de Ponape, où ?

— Vous pensez à Ponape, dit tranquillement le professeur Shrewsbury.

— Oui, et à ce qui doit se trouver au-delà. Si l'Ile Noire n'est pas entre Ponape et Singapour, elle doit se trouver entre cette île et l'île de Pâques.

— La seule indication que nous ayons est le récit de Johannsen, découvert par Lovecraft et repris dans l'épisode de la disparition du H.M.S. *Advocate*. 47° 53' latitude S., 127° 37' longitude O. Cela délimite en gros notre aire d'investigation. Mais la longitude et la latitude ne doivent pas être exactes; selon le récit de Greenbie, il s'agit de l'endroit où l'*Advocate* rencontra une tempête qui « soufflait quelque chose de terrible ». Il est possible qu'il y ait eu une erreur car nous ne pouvons savoir avec précision jusqu'où le navire a été emporté ni combien de temps s'écoula après que Greenbie eut repéré la latitude et la longitude. Il nota « qu'ils se dirigeaient soit vers les îles de l'Amirauté, soit vers la Nouvelle-Guinée... mais nous nous sommes aperçus grâce aux étoiles que nous dérivions vers l'Ouest ». Le récit de Johannsen...

Je dus l'interrompre.

— Excusez-moi, mais je ne suis pas familiarisé avec ces récits.

— Bien sûr, vous ne pouvez pas les connaître. Ces témoignages ne sont pas nécessaires à votre culture, mais ils confirment étrangement ce qui précède. Si l'on ne croit pas à Cthulhu et au panthéon des Premiers Dieux et des Anciens, de tels récits sont dénués de signification

et peuvent sembler hystériques; mais, si vous avez gardé
l'esprit ouvert, ils deviennent évocateurs en diable et, à
partir de ce moment, on ne peut plus en contester l'authenticité.

— Ces récits mis à part, dis-je, qu'attendez-vous de
moi?

— Je suppose que vous êtes peut-être plus qualifié que
quiconque pour parler avec autorité des arts et de l'artisanat du Pacifique Sud. Il nous suffit de savoir que les
représentations et les sculptures primitives de ces peuples
convergent indubitablement sur l'emplacement présumé
de l'Ile Noire. Nous sommes particulièrement intéressés
par les recherches concernant le dieu des pêcheurs de
l'île Cook, qui, nous avons des raisons de le croire, est une
représentation de Cthulhu lui-même tel que l'esprit d'un
primitif a pu le concevoir. En rétrécissant le cercle de ses
apparitions, il est logique de supposer que nous pouvons
en induire la localisation de l'île.

J'acquiesçai pensivement, certain que je pourrais,
presque sans effort, construire le cercle imaginé par le
professeur Shrewsbury.

— Pouvons-nous compter sur vous, M. Blayne?

— Bien plus que cela. Si vous avez de la place pour moi,
je me joindrai à vous.

Le professeur Shrewsbury me gratifia d'un long regard
silencieux qui me déconcerta; il finit par me dire : « Nous
avons réservé une place pour vous, M. Blayne. Nous
espérons quitter Singapour dans deux jours. » Il me donna
sa carte, écrivant rapidement quelque chose au verso.

— Vous me trouverez à cette adresse si vous avez
besoin de moi.

2.

Je quittai le groupe du professeur Shrewsbury avec de curieux pressentiments. Mon offre de l'accompagner avait été faite presque involontairement; je n'avais nullement eu l'intention de faire plus que ce qu'avait demandé le professeur; mais, mû par une forte impulsion, je proposai de les accompagner dans leur recherche. Une fois sorti du bar, je me demandai pourquoi je n'ai pas mis en doute l'étrange récit du professeur; les preuves qu'il avait avancées étaient purement circonstantielles et je pense n'avoir rien dit qui puisse témoigner de ma crédulité; cependant, je me trouvais croyant non seulement à l'existence de l'Ile Noire, mais aussi à la monumentale mythologie sommairement exposée, à tout ce panthéon des Premiers Dieux et des Anciens dont avait parlé ce vieil homme bizarre et inquiétant. Bien plus, je reconnaissais que ma conviction avait été déterminée par quelque chose de plus que les paroles du professeur Shrewsbury; j'en avais l'intime et profonde conviction, comme si je savais cela depuis longtemps et comme si je m'étais toujours refusé à l'accepter; ou plutôt, comme si je n'avais pu en prendre conscience, n'ayant jamais eu la possibilité de le reconnaître.

Cependant, j'avais toujours été intrigué par un tel art, et, comme le suggérait le professeur Shrewsbury, plus encore par le dieu des pêcheurs horriblement évocateur des îles Cook. Le professeur Shrewsbury avait affirmé nettement que ce travail avait été réalisé d'après un modèle vivant, et cela, en dépit de ma formation d'archéologue, n'avait jamais fait l'ombre d'un doute; je ne pouvais pas répondre, sinon qu'une conviction intime plus forte l'avait emporté sur la froide rationalité. Car il était indéniable que l'analyse du professeur Shrewsbury n'était pas vraiment fondée, que l'explication des différents événements et la nature des preuves avancées étaient des plus hypothétiques : il pouvait y avoir d'autres analyses possibles; en effet, les annales des peuples primitifs sont pleines de symboles bizarres et de coutumes que l'on retrouve dans l'existence de l'homme moderne. Mais aucun ne pouvait ébranler ma conviction. Je savais, comme si je m'y étais rendu moi-même, qu'il existait effectivement une île près de Ponape qui n'était pas repérée, qu'elle faisait partie d'un royaume englouti qui aurait bien pu être R'lyeh et un fragment de Mu, qu'elle était la source d'un impensable pouvoir; et aucun raisonnement ne pourrait expliquer mon acceptation ou mon refus global de prendre en considération toute autre explication que celle avancée par le professeur Shrewsbury. Les faits qu'il avait exposés n'étaient que la plus infime part de ce qu'il pouvait savoir.

Et quelle impulsion me détermina à affronter les ombres en attendant la venue du professeur Shrewsbury et de ses compagnons? Je ne pouvais le dire; cependant, je demeurai sur le lieu de rendez-vous jusqu'à ce que les cinq hommes quittent le bar, les observant alors qu'ils sortaient. Je savais par intuition qu'ils étaient surveillés. Et ils l'étaient bel et bien : leurs poursuivants les suivaient à une distance respectable — un, puis deux, puis d'autres encore à de grands intervalles.

Je fis quelques pas pour regarder l'un d'entre eux. Il rencontra mon regard interrogateur, le soutint un instant puis se détourna. Un lascar, pensai-je, mais curieusement déformé, avec une tête singulièrement aplatie,

un front bas et une bouche béante répulsive; il était presque
dépourvu de menton et un bourrelet de peau ridée lui
tenait lieu de cou. Sa peau était rugueuse et boutonneuse.
Je ne ressentis aucune répulsion, et il se peut que les indications du professeur Shrewsbury m'aient préparé à
une telle vision, car je savais que quelqu'un se trouverait
là. J'étais tout aussi certain, du moins dans l'immédiat,
que mes nouveaux amis n'étaient pas en danger.

Je décidai alors de regagner mon appartement, pensif
et préoccupé car il y avait manifestement quelque chose
de plus que l'histoire du professeur Shrewsbury et la quête
du mythologique Cthulhu par ces cinq hommes pour me
décider à agir. Une fois rentré, je recherchai la liasse de
papiers qui me venaient de mon grand-père Waite —
car mon nom n'a pas toujours été Blayne, un changement étant intervenu dans la vie de mes parents adoptifs
à Boston. Mon grand-père Asaph Waite, dont je n'ai
aucun souvenir, périt, ainsi que ma grand-mère, mon
père et ma mère, dans un désastre qui s'abattit sur leur
ville lorsque je n'étais qu'un nourrisson; ils m'avaient
confié à l'un de mes cousins de Boston qui décida de
m'adopter après la perte de ma famille qui, pour un enfant
plus âgé, aurait été tragique et traumatisante.

Les papiers de mon grand-père étaient cachetés à la
cire — il avait été marin hors du Massachusetts ainsi que
régisseur de la fameuse famille Marsh dont les membres,
navigateurs de père en fils, bourlinguaient sur toutes
les mers — et je les avais conservés pendant des années.
J'avais examiné le petit paquet de temps à autre avec une
attirance et une crainte étrange; cette nuit-là, les paroles du
professeur Shrewsbury me firent me souvenir de ces papiers
et je voulus les examiner une nouvelle fois sans attendre.
Ils étaient constitués de fragments d'un vieux journal —
quelques pages avaient été arrachées ici et là ; de lettres
incomplètes; de quelques documents dont certains étaient
de la main de mon grand-père; ils étaient simplement

intitulés : *Invocations*, et dans un coin quelqu'un avait ajouté : *à Dagon*. Je tombai en premier lieu sur les *Invocations*. Elles se présentaient comme une sorte de poèmes et étaient écrites d'une manière qui semblait parfois cohérente et parfois non — à moins que, comme j'étais maintenant prêt à l'admettre, je sois privé de la clef qui me permettrait de les comprendre. Je n'en lus qu'un, avec un plus grand soin que je ne lui avais prêté précédemment.

> « Par toutes les profondeurs de Y'hanthlei — et ses habitants, pour l'Un Par-Dessus Tout;
> « Par le Nom de Kish — et de tout ce qui lui obéit, pour son auteur;
> « Par la Porte qui mène à Yhe — et tous ceux qui l'ouvrent, qui sont partis avant et qui reviendront après, pour celui à Qui L'on Obéit;
> « Par Celui Qui Doit Venir...
> «*Ph'nglui mglw-nafh Cthulhu R'lyeh ugah-nagl fgtagn.*»

Je reconnus dans l'incompréhensible dernière phrase deux des noms prononcés par le Dr. Shrewsbury, et je fus plus inquiet que jamais de les découvrir en ma possession, même en étant tombé dessus par hasard.

Mon attention fut ensuite attirée par le journal qui à en juger par les notes, se rapportait aux événements qui se déroulèrent aux États-Unis en 1928. Les paragraphes étaient peu nombreux, mais il était remarquable de constater qu'après un préambule dans lequel mon grand-père avait consigné, à la manière d'une gazette, des commentaires sur les événements politiques et historiques de son temps, son intérêt se déplaçait progressivement vers quelque chose de mystérieux et de personnel auquel le journal n'apportait aucun éclaircissement. Les paragraphes, se rapportant à ce qui troublait au plus haut point mon grand-père, commençaient à la fin du mois d'avril de cette même année.

« 23 *avril*. De nouveau sorti au R.D. la nuit dernière, où je vis ce que M. affirme être Lui. Amorphe, tentaculaire, inhumain. Pouvais-je m'attendre à autre chose? M. extrêmement agité. Peux pas dire que je partage son excitation en dehors du fait que je me trouvais pris entre l'excessive tension de M. et une tout aussi excessive aversion. Nuit orageuse. Ne sais pas jusqu'où tout ceci peut aller.

« 24 *avril*. Pris note de la disparition de nombreux navires pendant l'orage de la nuit dernière. Mais aucun d'ici, bien qu'un grand nombre se trouvait au R.D. De toute évidence, nous avons été protégés pour une raison qui prendra tout son sens en temps voulu. Rencontré M. dans la rue aujourd'hui; il ne fit pas attention à moi comme s'il ne savait pas qui j'étais. Je comprends maintenant pourquoi il porte constamment des gants noirs. Si ceux qui ne comprennent pas pouvaient *voir*.

« 27 *avril*. Un étranger en ville questionnant le vieux Zadok. On dit de bouche à oreille que Zadok discutait avec lui. Une pitié. Il passait pour un inoffensif et loquace soûlard. Trop loquace peut-être. Mais personne ne l'a entendu dire quoi que ce soit. L'étranger, disent-ils, l'a fait bavarder avec de l'alcool. »

Il y avait des passages de la même veine et des récits d'étranges périples en des lieux simplement dénommés R.D. accessibles uniquement par mer — l'Atlantique — mais situés non loin du port d'attache, car il n'y a pas de récits de voyages au long cours. Ces passages variaient d'intensité mais devenaient de plus en plus chaotiques; de toute évidence la vie citadine avait été sérieusement perturbée par les questions insistantes d'un étrange visiteur au sein de cette communauté fermée. A la fin mai, il écrivit :

« 21 *mai*. Le bruit court qu'un agent fédéral procède à des interrogatoires en ville. Visité la Compagnie de Raffinage M. Je ne l'ai pas vu en personne, mais Obed affirme l'avoir rencontré. Un homme petit et nerveux, à la peau basanée. Un homme du Sud peut-être. Il semble venir de Washington. M. a annulé la réunion de ce soir ainsi que le voyage jusqu'au R.D. On dit que Leopold devait partir comme le s. cette nuit. Maintenant il devra y passer et le suivant va être choisi.

« *22 mai*. Mer très agitée la nuit dernière. Colère au R.D. ? Le voyage n'aurait pas dû être remis.

« *23 mai*. Les rumeurs vont croissant. Gilman dit avoir vu un destroyer aux alentours du R.D. le soir dernier, mais personne d'autre ne l'a vu. Gilman est trop imaginatif. Devrait être plus discipliné pour faire face au mécontentement grandissant.

« *27 mai*. Quelque chose ne va pas. De plus en plus d'étrangers en ville. Aussi des navires au large de la côte, apparemment armés. Docks visités par ces étrangers aux lèvres minces. Sont-ils réellement des agents fédéraux ou d'autres — des hommes d'H, par exemple ? Comment savoir ? Je l'ai suggéré à M. mais il dit que non, il l'aurait « senti ». M. ne semble pas inquiet mais il n'est pas à son aise. Tous accourent le voir.

« *Juin*. Z. a été enlevé, juste sous le nez des agents fédéraux. Que veulent-ils ? J'ai demandé à J. d'envoyer l'enfant chez Martha. »

C'est à cette partie du journal que se rattache l'une des lettres ; l'ayant retrouvée, j'avais placé la lettre adressée à ma mère adoptive entre les pages du journal à cet endroit ; aussi la dépliai-je pour la lire une nouvelle fois.

7 juin 1928.

Chère Martha,

J'écris en toute hâte car nous avons dû prendre une décision précipitée ces derniers jours. Les événements ont évolué d'une telle façon qu'il vaudrait mieux vous envoyer Horvath pour le mettre en sécurité. John et Abigail; sont d'accord, bien qu'hésitants; aussi je l'envoie avec Amos. Il serait préférable qu'Amos reste avec lui une semaine ou deux jusqu'à ce qu'il se fasse à vous et à votre mode de vie à Boston. Alors Amos pourra rentrer à la maison bien que je n'aie pas besoin de lui à présent et, s'il vous est utile, retenez-le par tous les moyens, jusqu'au moment où vous jugerez bon de nous le renvoyer.

Affectueusement,
Asaph Waite.

Il ne restait comparativement que fort peu de passages dans le journal; ils n'étaient plus datés et il n'y avait qu'une seule indication, « Juin ». Ils devenaient de plus en plus confus, trahissant ce que devait être l'extrême agitation de mon grand-père.

« *Juin*. M. rapporte des nouvelles bouleversantes. En rapport direct avec le R.D. et ce qui s'y passe. Quelqu'un doit avoir parlé aux agents fédéraux. Mais qui ? Si seulement M. avait su, il aurait suivi Z. Il n'y a pas de place ici pour les traîtres et quel qu'il soit, il sera pourchassé et abattu. Et pas seulement lui mais tous ceux qui le soutiennent et, s'il est marié, sa femme et sa famille .

« *Juin*. Questions sur les « rites » à la Salle de Dagon. Celui qui a parlé, *sait*.

« *Juin*. Opération de grande envergure dans les docks. Un destroyer près du R.D. Wild dit que le gouvernement a pris la situation en main.

« *Juin*. C'est vrai. La destruction commence et les incendies s'étendent sur les docks. Il est impossible de les circonscrire. Certains sont allés vers la mer, mais l'incendie a empêché les autres à moins qu'ils aient pu quitter la ville... »

En relisant ces passages, je me retrouvai plus troublé que jamais. La nature de la catastrophe qui s'abattit sur mes parents n'était pas claire. Ils ont dû être pris dans les incendies qui suivirent l'inexplicable « destruction », ou emportés par les explosions elles-mêmes. Quoi qu'il en soit, les événements qui se déroulèrent dans cette ville du Massachusetts advinrent en 1928; l'année même où mes parents et mes grands-parents périrent dans une catastrophe sans nom; il n'était pas injustifié de penser que tous ces événements étaient liés entre eux. Les passages du journal de mon grand-père ne révélaient rien, sinon qu'une entreprise avec laquelle il avait partie liée, de toute évidence dirigée par le dénommé M., avait attiré l'attention des agents fédéraux qui ont investi la ville et pris des mesures adéquates. Il n'y a aucune indication sur la nature de cette entreprise, certainement illégale, car rien ne fut écrit dans les papiers de mon grand-père qui permette de l'identifier.

Les lettres qui restaient — il n'y en avait plus que deux — étaient également du mois de juin 1928. L'une était adressée à mes parents adoptifs.

10 juin 1928

Chers Martha et Arvold,

J'ai fait envoyer d'Arkham une copie de mes dernières volontés et de mon testament, au cas où il m'arriverait quelque chose, vous désignant comme exécuteurs et administrateurs des biens que je laisse à Horvath. En dehors de la pension qui vous sera versée sous la forme d'un legs, j'ai laissé tous mes biens à mon fils et à ma belle-fille et, dans l'éventualité de leur mort, à Horvath. J'espère ne pas être trop pessimiste, mais je ne pense pas qu'il faille être exagérément confiant. Les événements des derniers jours ne sont pas encourageants.

Votre Asaph.

La seconde lettre n'était pas datée, mais elle a dû également être écrite en juin; ce n'était pas un original comme celle adressée à mes parents adoptifs, mais une copie exécutée par mon grand-père.

Cher W.,

Un mot rapide pour vous faire savoir que M. pense que tout est perdu pour l'instant. Il ne pense pas que des dommages puissent être faits à Y'ha, mais nul ne peut savoir. La ville grouille d'agents fédéraux. On pense généralement que c'est l'œuvre de Zadok, mais Zadok a été éliminé. Nous ne savons pas à qui il a parlé, mais l'on a des raisons de croire qu'il s'agit de l'un des nôtres. Il ne nous échappera pas. Bien qu'il ait suivi la voie ferrée et qu'il soit parvenu à s'enfuir, il sera toujours hanté par ce qu'il a accompli. Bien sûr, direz-vous, comme d'autres ont pu le dire, cela ne serait jamais arrivé si les Marsh s'étaient éloignés de ces étranges créatures à P., mais le Pacifique Sud est loin du Massachusetts, et qui aurait pensé qu'ils viendraient ici, au Récif. Je crains maintenant que nous ayons tous ce que les gens appellent « l'air des Marsh ». Ce n'est pas drôle. Je n'écrirai plus, mais je vous adjure, si quoi que ce soit nous arrivait — et cela est fort probable, car la chose a tellement impressionné les agents fédéraux qu'il n'y aura pas même un semblant de procès pour quiconque et tous les endroits qu'ils ont découverts seront détruits — faites ce que vous pouvez pour mon petit-fils Horvath Waite que vous trouverez à la charge de M. et Mme Arvold W. Blayne à Boston.

Asaph

Telle fut la réaction de mon grand-père devant la catastrophe qui ruina sa ville, sa famille et lui-même en cet été de 1928. J'avais déjà lu ces papiers mais jamais avec une telle fascination. Peut-être était-ce la connaissance des faits, qui demeurait inscrite dans ma mémoire, qui accrut mon intérêt pour le projet du professeur Shrewsbury. Cependant, je ne pouvais y croire totalement. Avec la conviction que dans les limites de la quête du professeur Shrewsbury se trouvait la solution du mystère qui avait occupé mon grand-père, il y avait un souvenir obsédant qui apparaissait juste au seuil du conscient, et c'était cela, bien que sans nom et sans visage, qui motivait mon intérêt plus profond et plus troublé pour la trace de Cthulhu, pour lequel j'étais prêt à abandonner mes recherches archéologiques ainsi que mes espoirs et mes ambitions. La contrainte était plus forte que mon désir.

Je rangeai une nouvelle fois les papiers de mon grand-père les remettant dans leur enveloppe de toile, telles qu'elles étaient parvenues à mes parents adoptifs, et alors, loin d'être fatigué, je me mis à rechercher, ainsi que me l'avait demandé le professeur Shrewsbury, certains motifs récurrents dans les arts des insulaires du Pacifique Sud, plus particulièrement le Dieu des pêcheurs de l'île Cook. Je travaillai pendant plus de deux heures, consultant non seulement les références en ma possession, mais aussi mes notes et mes recueils personnels. Lorsque j'eus fini, je m'aperçus que le Dieu des pêcheurs avait fait son apparition sous une forme ou une autre très au Sud, jusqu'en Australie et, dans le Nord, jusqu'aux Kouriles et, entre les deux pôles, au Cambodge, en Indochine, au Siam et en Malaisie; mais je soutiens que, comme je l'avais prévu, ces récurrences étaient plus nombreuses au voisinage de Ponape. Lorsque le cercle fut tracé, son centre ne pouvait être que Ponape ou ses abords immédiats; il ne faisait pas l'ombre d'un doute que l'objet de la quête du professeur Shrewsbury se trouvait inscrit dans ce périmètre.

Je ne pouvais pas non plus douter que quelque chose d'incroyablement maléfique résidait en ce lieu caché. Car c'était de Ponape que revenait le M. des papiers de mon grand-père Waite, son retour étant la cause des événements qui culminèrent avec la tragédie de 1928. La présence répétée de l'île dans les légendes et les récits qui s'y rapportent n'était pas le fait du hasard ou de la chance; Ponape était le creuset de la civilisation humaine, l'avant-poste le plus proche du perron qui donne sur le monde bizarre et terrible des Anciens, dont l'un d'eux, le grand Cthulhu, repose perpétuellement en dormant, attendant les événements qui, un jour, le feront resurgir de sa torpeur millénaire et le ramèneront une fois de plus parmi les peuples sans défiance afin de conquérir toute la planète et d'y rétablir sa domination.

3.

Le deuxième jour, nous avons mis le cap sur Ponape; nous naviguions sur l'un des vapeurs qui desservent régulièrement les îles. J'avais pensé que nous aurions notre propre navire, mais le professeur Shrewsbury offrit pour toute explication qu'il avait trouvé cette solution préférable. Nous nous retrouvâmes sur le pont peu après avoir quitté le port pour comparer nos notes et je découvris que tous parlaient de la surveillance dont ils furent l'objet à Singapour.

— Et vous (le professeur Shrewsbury s'était tourné vers moi), avez-vous eu l'impression d'avoir été suivi, M. Blayne?

Je hochai la tête.

— J'ai constaté que quelqu'un vous suivait, admis-je. Qui étaient-ils?

— Les Profonds, répliqua Phelan. Ils sont partout; mais nous avons d'autres poursuivants bien plus dangereux. L'étoile nous protège d'eux; ils ne peuvent s'emparer de nous tant que nous la portons sur nous.

— J'en ai une pour vous, M. Blayne, dit le professeur Shrewsbury.

— Qui sont les Profonds? demandai-je.

Le Professeur Shrewsbury me fournit immédiatement une explication. Les Profonds, disait-il, étaient les mignons

de Cthulhu. A l'origine, ils étaient aquatiques — hideuse
contrefaçon des êtres humains, essentiellement batraciens
ou ichtyques; mais il y a plus d'un siècle, des marchands
américains étaient venus dans le Pacifique Sud et avaient
frayé avec les Profonds, s'accouplant avec eux et donnant
naissance à une espèce hybride qui pouvait vivre aussi bien
sur la terre que dans les eaux; c'est cette espèce hybride
que l'on rencontre dans la plupart des cités portuaires
du monde. Il semblait hors de doute qu'ils étaient dirigés
de la mer par une sorte de supra-intelligence car il ne leur
fallut pas longtemps pour découvrir les membres du groupe
du professeur Shrewsbury qui tous avaient déjà eu affaire aux adeptes de Cthulhu ainsi qu'à certains mignons
des Anciens. Leurs intentions étaient hostiles, mais le
pouvoir de l'étoile à cinq branches, marquée du sceau
des Premiers Dieux, les réduisait à l'impuissance. Si l'un
d'eux venait à perdre l'étoile, il serait alors la proie des
Profonds ou de l'Abominable Mi-Gô ou du peuple Tcho-
Tcho, des Shoggoths, des Shantaks, ou d'une vingtaine
de ces créatures humaines ou semi-humaines qui servent
les Anciens.

Le professeur Shrewsbury alla dans sa cabine et me rapporta l'étoile dont il m'avait parlé. C'était une pierre
rugueuse, de couleur grise, ornée d'un sceau à peine
visible représentant un pilier de lumière — d'après ce
que je pus en distinguer. Elle n'était pas grande; sa surface couvrait la paume de ma main et elle me donna une
sensation très particulière, comme si elle me brûlait la
peau; je la trouvais plutôt repoussante. Je la mis dans ma
poche et elle me parut incroyablement lourde; là aussi,
en dépit de mes vêtements, je ressentis une impression
de brûlure sur la peau; elle ne semblait pas avoir le même
effet sur les autres.

Elle devint si lourde et m'affectait si douloureusement
que je dus m'excuser et regagner rapidement ma cabine
afin de me débarrasser de la pierre.

C'est alors seulement que je pus rejoindre mes compagnons; je ne participais à leur discussion qu'en tant qu'auditeur car ils parlaient d'événements qui m'étaient incompréhensibles — non seulement de Cthulhu, d'Hastur et de leurs mignons, non seulement des Premiers Dieux et de leurs luttes titanesques qui se déroulèrent il y a des éternités et ébranlèrent des univers innombrables; ils firent de nombreuses références à des tablettes anciennes, à des livres qui, à en juger par les dates dont ils firent état dans la conversation, avaient été rédigés longtemps avant que l'humanité eut appris à écrire même sur le papyrus. Ils parlèrent à plusieurs reprises d'une incroyable « bibliothèque » à « Celeano »; je fus sur le point de les interroger mais je compris qu'ils avaient dû s'exiler un certain temps dans ce qui avait dû être un inestimable sanctuaire archéologique, une cité ou une bibliothèque en un lieu dénommé Celeano dont j'ignorais jusqu'à l'existence; aussi hésitais-je à faire montre de mon ignorance quant à un site archéologique si ancien sous un nom que j'associais uniquement à celui d'une étoile.

Leurs références aux Anciens se rapportaient seulement aux rivalités qui opposaient ces êtres, Hastur et Cthugha d'une part, Cthulhu et Ithaqua de l'autre; évidemment, ces êtres ne s'étaient unis que pour lutter contre les Premiers Dieux, mais ils rivalisaient les uns avec les autres pour le culte de leurs mignons, pour la destruction ou la corruption de certains habitants des territoires sous leur influence. Je compris aussi que le professeur Shrewsbury et ses compagnons avaient souvent été favorisés par la chance; que tous avaient été exposés à des dangers identiques et que tous avaient recherché ce qu'avait découvert le professeur plusieurs années auparavant. Il était quelque peu inquiétant de relever certaines références faites par le professeur à des événements auxquels il avait pris part mais qui s'étaient déroulés il y a fort longtemps, ce qui semblait impossible vu son âge; mais j'en vins à conclure que j'avais dû me tromper et comprendre de travers.

Cette nuit-là, je fis le premier de ces rêves troublants qui hantèrent ce voyage. Malgré un sommeil plutôt lourd, je ne reste jamais sans rêver. Je rêvais donc que je me trouvais dans une grande cité sous les mers. Mon existence sub-aquatique ne me troublait point; j'étais capable de respirer, de me déplacer comme cela me plaisait et de mener une vie normale dans les profondeurs océanes. Il s'agissait d'une cité antique — du moins, du point de vue de l'archéologue — bien plus ancienne que toutes celles que j'ai vues jusqu'à présent, avec de grandes constructions monolithiques; sur leurs murs, étaient peintes des représentations du soleil, de la lune des étoiles et d'horribles figures sorties de l'imagination de l'artiste; certaines ressemblaient étonnamment au Dieu des pêcheurs des îles Cook; les portes des constructions avaient une taille inusitée, comme si elles avaient été construites pour des êtres inimaginables.

Je me déplaçais sans encombre dans les rues de la cité, mais je n'étais pas seul. Des êtres humains ou semi-humains apparaissaient de temps à autre; ils avaient presque tous un aspect et des mouvements proches de ceux des batraciens, et même ma propre démarche était plus batracienne qu'humaine. Je découvris alors que tous les habitants se dirigeaient vers un point précis; je les suivis et rejoignis le gros de la foule. C'est alors que je me suis trouvé devant un promontoire sur lequel se dressait un temple en ruine. Le bâtiment était construit en pierre noire, d'une taille rappelant celle des pyramides égyptiennes — la partie effondrée laissait apparaître au-delà du portail un passage qui s'enfonçait dans les fonds marins. Autour du portail s'étaient assemblés en demi-cercle les habitants des profondeurs, dans l'attente d'un événement.

Je commençais à entendre une vague ululation qui montait de l'assemblée, mais je ne pouvais en distinguer

es paroles car leur langage m'était inconnu. Cependant,
'étais persuadé que je devais le connaître; nombre de
es étranges créatures qui m'entouraient me fixaient
vec insistance, comme si ma présence était déplacée.
Mais leur attention se détourna rapidement de moi pour
e reporter sur le portail en ruine. La foule grossit et une
orte de lueur commença à poindre derrière l'entrée;
'était une lumière curieusement diffusée, ni blanche, ni
aune, mais vert pâle, à l'instar des aurores boréales,
evenant de plus en plus intense. Alors, du plus profond
u passage, sortit une grande masse de chair amorphe,
récédée par une profusion de tentacules incroyable-
ent longs, une chose dont la tête aurait pu être celle d'un
tre humain gigantesque pour le haut et celle d'une pieuvre
our le bas.

Je n'osai lever sur cette chose qu'un regard horrifié;
uis je me suis éveillé en criant. Je restai allongé un moment,
ssayant de trouver la raison d'être de ce rêve. Je ne
ouvais douter qu'il trouvait son origine dans ma connais-
ance des légendes anciennes; mais comment expliquer
ma présence dans le rêve? Je n'étais pas un intrus, comme
'il était logique pour moi de découvrir la porte de Cthulhu.
En outre, je fus témoin de quelque chose qui dépassait
out ce que j'avais pu lire, et rien de ce que j'avais rêvé
'avait été amené par les propos du professeur Shrewsbury.
e cherchai, en vain, une solution à ce problème. La seule
xplication possible était que mon imagination exaltée
vait forgé de toutes pièces ce rêve. Bercé par le calme
mouvement du navire, je me rendormis et, de nouveau,
e me mis à rêver.

Cette fois, le début fut très différent. Je rêvais que j'étais
e spectateur de cataclysmes dans les constellations et
galaxies lointaines. Une grande bataille opposait des êtres
parfaitement inhumains. Ils étaient immenses, des masses
le lumière pure, perpétuellement changeantes — parfois
ous la forme de piliers, parfois semblables à de grands

globes, d'autres fois encore pareilles à des nuages; ces
masses luttaient de façon titanesque avec d'autres masses
elles aussi changeant perpétuellement, non seulemen
d'intensité et de forme, mais aussi de couleur. Leur taill
était monstrueuse; comparé à elles, j'étais une fourm
à côté d'un dinosaure. La bataille dans l'espace faisai
rage; de temps à autre, un ennemi des piliers de lumièr
était jeté au loin et disparaissait en rapetissant hideusement
devenant corporel sans jamais cesser de se métamorphoser

Soudain, au milieu de cet affrontement interstellaire
ce fut comme si un rideau avait été jeté sur la scène; ell
disparut brusquement et une succession de scènes la
remplaça. Un étrange lac noir, perdu parmi des rocher
escarpés dans un paysage extra-terrestre, avec une ea
bouillonnante et agitée; une chose, trop hideuse pou
être nommée, émergea; un paysage sinistre et sombre
balayé par les vents, composé de rochers couverts d
neige, entourait un grand plateau; en son centre, se dres
sait une noire construction évoquant un château aux nom
breuses tours; à l'intérieur, trônaient quatre êtres téné
breux servis par d'énormes oiseaux aux ailes de chauves
souris; un royaume marin, réplique de Carcassonne
semblable à celui que je vis dans mon précédent rêve; u
paysage de neige rappelant le Canada, survolé par une
grande forme comme emportée par le vent, masquan
les étoiles et montrant à leur place de grands yeux luisants
humanité grotesque dans les déserts arctiques.

Ces scènes se déroulaient devant mes yeux avec une
rapidité toujours croissante, et une seule était parfaitemen
claire : une ville côtière qui, j'en étais sûr, se trouvait
sinon dans le Massachusetts, du moins quelque par
sur la côte de la Nouvelle-Angleterre. Je vis alors, er
marchant dans ses rues, des gens que je me rappela
avoir vus il y a fort longtemps particulièrement le visage
toujours lourdement voilé de la femme qui avait été ma
mère.

Le rêve s'acheva. Je m'éveillai à nouveau, pour de bon cette fois, assailli par mille questions embarrassantes, incapable de découvrir la signification de ce que je venais de rêver; ce kaléidoscope d'événements dépassait mon entendement. Je restai allongé, essayant de les ordonner, d'imaginer ou de créer un lien commun; je ne pus en trouver aucun, sauf la nébuleuse mythologie dont avait parlé le professeur Shrewsbury.

Je me levai et sortis sur le pont. La nuit était calme, la lune brillait; le navire traversait sans encombre le Pacifique Sud, nous menant à notre but. Il était minuit passé et, accoudé à la rambarde, je regardais le ciel et les étoiles, me demandant où pouvait exister une autre humanité; puis, le clair de lune se reflètant faiblement sur l'eau, je me demandais si les légendaires continents engloutis avaient jamais existé, si les cités avaient sombré dans les océans, si réellement les habitants des profondeurs veillaient dans ces abysses, inconnus des hommes.

Au même moment, je remarquai ces silhouettes noires qui évoluaient le long du navire — des silhouettes déformées d'êtres humains; il semblait à mon esprit surchauffé que les flots chuchotaient mon nom : *Horvath Blayne! Horvath Waite!* jusqu'au moment où je ressentis, malgré moi, le besoin de retourner dans la maison de mes ancêtres, oubliant qu'elle avait été détruite dans l'holocauste de 1928. Ce phantasme devenait si fascinant que je dus regagner ma cabine pour trouver le repos; je m'allongeai, dans l'espoir que cette fois mon sommeil ne serait plus troublé par aucun rêve.

Finalement, je m'endormis.

4.

En arrivant à Ponape, notre groupe rencontra un offi-
cier de marine américain en uniforme blanc. Cet homme
au visage sombre prit à part le professeur Shrewsbury
et s'entretint brièvement avec lui; pendant ce temps, nous
attendions en compagnie d'un marin à l'allure pitoyable
qui semblait lui aussi vouloir parler au professeur. Le
regard du marin rencontra celui du professeur; ce dernier
ne s'offusqua pas de la familiarité du marin et, peu de temps
après, il marchait à ses côtés, parlant avec animation
dans un dialecte que je ne pouvais comprendre.

Le professeur ne l'écouta qu'un court instant. Puis il
nous fit signe et modifia nos plans.

— Phelan et Blayne, venez avec moi. Que les autres
regagnent leurs logements. Keane, appelez le brigadier
général Holberg et demandez-lui s'il peut me recevoir.

Phelan et moi accompagnâmes le professeur Shrewsbury
et son louche compagnon qui ouvrait la marche; il nous
mena à une bâtisse à peine plus grande qu'une cabane.
Un autre marin nous y attendait, allongé sur un grabat.
Les deux hommes avaient été prévenus de notre arrivée,
car le professeur avait demandé, plusieurs mois avant,
qu'on lui communique tous les renseignements possibles
au sujet d'une île mystérieuse qui apparaissait en certaines
occasions et disparaissait tout aussi étrangement. C'était

rtainement un tel renseignement que le marin étendu
ulait maintenant nous donner. Son nom était Satsume
reke; il était d'origine japonaise, mais c'était certai-
ment un métis; il avait une instruction au-dessus de
moyenne; il approchait de l'âge mûr, mais paraissait
us vieux. Il avait été matelot sur un vapeur de Hong-
ng, le *Yokohama:* le vapeur avait fait naufrage et il
ait l'un des hommes qui avaient pris place dans un canot
sauvetage. Avant de permettre à Sereke de poursuivre,
professeur Shrewsbury nous demanda de prendre
igneusement note de ses propos. Le compte rendu
e j'ai consigné ne diffère aucunement de celui de Phelan.
ous n'avons évidemment pas tenté de reproduire le
ngage exact du marin.

« Notre destination était Ponape. Bailey avait une bous-
le grâce à laquelle nous savions à peu près où nous
lions. La première nuit après la tempête, tout allait
en. Henderson et Melik ramaient ainsi que Spolito
Yohira. La nuit était claire, et nous avions suffisamment
boire et à manger, c'est dire que personne ne rêvait
rsque nous vîmes quelque chose dans l'eau. Nous
nsions qu'il s'agissait de requins ou de marsouins,
us ne pouvions pas bien les distinguer. Il faisait sombre
ils restaient loin de l'embarcation, se contentant de
us suivre. Ils s'approchèrent au cours de mon quart.
s avaient un drôle d'aspect, comme s'ils avaient des bras
des jambes au lieu de nageoires et de queues, mais ils
soulevaient et s'enfonçaient de telle sorte que nous ne
uvions en être sûrs. Puis, plus rapide que l'éclair,
uelque chose grimpa dans le canot et s'empara de Spolito
- ils l'emportèrent; il cria et Melik plongea, mais il
ait disparu avant que Melik ait pu le rejoindre. Melik
ffirma avoir vu quelque chose comme une main palmée;
était devenu presque fou de peur; Spolito venait de
uler et ne refit jamais surface. Tous nos poursuivants

avaient subitement disparu; ils revinrent une heure, et cett
fois, ils prirent Yohira de la même manière. Après, il n
se passa plus rien. Au matin, nous étions en vue de l'île

« Il y avait une île là où il n'y en avait jamais eu. Rie
n'y poussait et elle était noire de boue. Mais il y avai
des ruines, des constructions comme je n'en avais jamai
vues, faites d'énormes blocs de pierre curieusemen
taillés. Il y avait un portail ouvert, très grand, partielle
ment détruit. Henderson avait les jumelles et put regarde
à loisir. Puis il les fit passer. Henderson voulait l'aborde
mais je refusais. Eh bien, il prit la parole et Mason, Meli
et Gunders décidèrent de débarquer; Benton et moi
nous refusâmes, décidés à revenir en arrière; aussi nou
sommes restés dans le canot avec les jumelles pour obser
ver les autres.

« Ils accostèrent, pataugeant dans la boue et les algue
pour gagner les pierres; de là, ils parvinrent au portai
Je les observais tous les quatre à travers les jumelles
Je ne sais comment cela arriva, mais quelque chose d
grand et noir s'extirpa du portail et s'abattit sur eux. L
chose revint en arrière avec un horrible bruit de succio
mais Henderson, Mason et les autres avaient disparu
Benton put également le voir, mais pas aussi distinctemen
Je cessai de regarder, je ne voulais pas en voir plus. Nou
avons ramé aussi vite que possible pour nous éloigne
de là. Nous n'avons pas arrêté de ramer jusqu'à temps qu
le cargo *Rhineland* nous recueille. »

— Avez-vous établi la latitude et la longitude de cett
île? demanda le professeur Shrewsbury.

— Non. Mais nous avons abandonné le navire à 49°51
de latitude Sud et 128°34' de longitude Ouest. Elle es
près de Ponape, mais pas tout près.

— Vous avez vu cette chose le matin, en plein jour

— Oui, mais il y avait du brouillard — un brouillar
vert; on n'y voyait pas grand-chose.

— A quelle distance de Ponape?

— Peut-être une journée.

Le professeur Shrewsbury ne parvint pas à en savoir plus. Pourtant il semblait satisfait; il ne marqua une pause que pour s'assurer que Sereke pourrait se remettre de ses émotions; puis il regagna les chambres qu'il avait fait préparer à notre intention.

C'est là que nous attendait le général Holberg, homme sombre aux cheveux gris, âgé d'environ soixante ans. A peine les présentations étaient-elles faites qu'il expliqua la raison de sa présence.

Il sourit froidement.

— Si je ne me trompe, c'est vous qui avez eu l'idée de l'opération Ponape.

— On vous a certainement donné des documents à consulter?

— Oui, je les ai lus. Je n'ai pas de commentaires à faire. Cela est de votre ressort, pas du mien. J'ai fait armer un destroyer. Un porte-avions mouille au large et les armements sont prêts. D'après ce que j'ai compris, vous comptez entreprendre la destruction avec d'autres armes?

— Oui, c'est mon intention.

— Quand souhaitez-vous quitter Ponape, Monsieur?

— Dans une semaine, Général.

— Très bien. Nous serons prêts.

Cette semaine à Ponape se déroula sans événement notable; nous l'employâmes principalement à réunir des explosifs puissants qui seraient utilisés dans l'Ile Noire, du moins si nous trouvions cette île que n'indique aucune carte. Mais derrière ces tâches matérielles s'insinuait quelque chose de profondément troublant. Ce n'était pas seulement l'indéniable surveillance dont nous étions l'objet; nous nous y étions attendus. Ce n'était pas seulement le fait que nous étions préoccupés par cette

tâche imminente d'une singulière importance. Non,
c'était quelque chose d'autre; le sentiment de côtoyer
un pouvoir formidable et primitif dont se dégage un aspect
maléfique presque tangible. Nous le ressentions tous;
moi seul ressentais quelque chose d'autre.

Cependant je ne pouvais définir la peur intangible
qui m'habitait. C'était plus que la peur d'un mal qui som-
meillerait dans les mers au large de Ponape; c'était quelque
chose qui avait atteint au plus profond de moi les vérita-
bles sources de mon être, quelque chose d'omniprésent
comme les pulsations d'un courant sous-marin dans mon
sang et mes os. Malgré tous mes efforts, je ne parvenais
pas à me défaire de cette impression. Je regrettais mille fois
d'avoir accepté l'invitation du professeur Shrewsbury
à Singapour, cette nuit qui me paraissait si lointaine.
Cette ombre pesa sur moi sans répit, jour après jour,
jusqu'au moment de notre départ pour Ponape.

Ce jour fut chaud, étouffant même, et pour moi lourd
de pressentiments. Nous gagnâmes de bonne heure le
destroyer *Hamilton* avec à son bord le général Holberg.
Le professeur Shrewsbury avait préparé notre itinéraire;
il avait eu d'autres discussions avec le marin Sereke et
était parvenu à une localisation approximative. Le général
ne s'était pas non plus croisé les bras; des avions avaient
survolé les mers aux alentours du lieu de naufrage du
Yokohama et un pilote avait signalé une curieuse concen-
tration de brouillard à la surface de la mer; il ne repéra
pas de terre, mais la présence d'une formation immobile
de nuages était suffisamment étrange en elle-même pour
attirer l'attention. Il avait établi la latitude et la longitude et le *Hamilton* appareilla en direction de ce
point.

En dépit de mes pressentiments, notre voyage se déroula
sans événement notable. Les nuages qui avaient dissimulé
le soleil à l'aube se dissipèrent à midi; l'atmosphère étouf-
fante avait laissé place à une atmosphère plus claire

et moins humide. Nous étions tous gagnés par une même excitation, sauf le général qui, en militaire, obéissait à des ordres et croyait fermement à leur nécessité. Il s'entretint avec le professeur du pouvoir destructeur de l'armement moderne. Et ce que le professeur désirait savoir, c'était ce qui allait advenir d'un si petit territoire comme l'Ile Noire ?

— Balayé, dit laconiquement le général.

— Je me le demande, répondit le professeur. Nous verrons.

Je ne sais pas si je souhaitais vraiment que le destroyer attaque l'Ile Noire ; je ne partageais sûrement pas le calme et l'assurance du général. Mais, à la fin de l'après-midi, nous rencontrâmes une île inconnue et, peu de temps après, nous mîmes à flots un canot avec à son bord le professeur Shrewsbury, Phelan, Keane et moi-même ; un deuxième canot transportait Boyd, Colum et deux hommes du destroyer avec tout l'équipement. De manière significative, les canons du navire étaient pointés sur les constructions de l'île.

Je ne fus pas surpris de découvrir que l'Ile Noire portait en son sommet le temple que j'avais vu dans mon rêve. Il se dressait exactement comme je l'avais vu, avec sa porte sculptée ouverte et ce grand portail béant sous le soleil malgré une aura de brume qui verdissait toutes choses. Les ruines étaient impressionnantes, bien que complètement dévastée par les séismes ou, plus certainement, par des explosions dont les ravages étaient moins considérables que ceux causés par les tremblements de terre qui avaient jeté bas nombre des angles de ce colossal bâtiment de pierre. Les pierres, comme le sol, étaient noires et de mauvais augure, et leurs surfaces étaient couvertes de terribles hiéroglyphes et d'images révoltantes. Le bâtiment était composé d'angles et de plans non euclidiens, suggérant d'effroyables dimensions et sphères étrangères, comme si les bâtiments et ce qui restait de la cité engloutie qu'il annonçait, avaient été édifiés par des extra-terrestres.

Le professeur Shrewsbury nous mit en garde avant que nous touchions terre.

— Je pense que l'histoire de Sereke est vraie pour l'essentiel, dit-il, et je n'ai pas l'espoir que cette attaque refermera l'ouverture, ni qu'elle détruira ses gardiens. Nous devons donc être prêts à nous enfuir dès que quelque chose semblerait s'élever des profondeurs. Nous ne devons pas nous effrayer d'autres apparitions; les pierres nous protègeront; mais si Celui qui attend en rêvant se dresse, il ne nous faudra plus tarder. Nous devons donc nous dépêcher de miner le portail.

La surface de l'île était spongieuse. La boue n'avait pas été exposée suffisamment longtemps au soleil pour avoir séché; bien plus, la brume vert pâle qui continuait à flotter sur l'île était humide et malodorante; c'était non seulement l'odeur de quelque chose qui était resté longtemps immergé, mais aussi une odeur animale qui n'était ni musquée ni âcre, mais putride, presque une odeur de charnier. L'atmosphère de l'île contrastait avec celle de l'océan; peut-être était-ce l'odeur putride, l'humidité, ou encore l'exhalaison des antiques pierres. Et, par-dessus tout, cette aura de terreur parfaitement inexplicable avec ce soleil éclatant et la présence rassurante du *Hamilton*, mouillant non loin du rivage.

Nous travaillâmes rapidement. Nous étions tous dominés par le sentiment d'une manifeste malveillance. L'aura de terreur qui entourait l'île grandissait rapidement, alors qu'augmentait l'appréhension d'une horreur imminente; un état de tension ne cessait de nous habiter, malgré la vigilance incessante du professeur Shrewsbury au seuil de la caverne béante à laquelle donnait accès le portail brisé; de toute évidence, il guettait un danger qui proviendrait de ce gouffre, si ce n'était un autre, car les eaux qui entourent l'île sont pleines de périls, du moins si l'histoire de Sereke n'était pas le fruit de son imagination.

Au même instant, je découvris avec effroi que des forces hostiles s'étaient emparées de moi; je les éprouvais physiquement, presque sans lien avec la confusion cahotique de mes pensées. En vérité, l'atmosphère de l'île m'affectait profondément et déterminait non seulement un sentiment de peur mais une profonde perturbation de mes sens, non seulement de l'appréhension mais aussi un désordre fondamental qui se traduisait par un conflit dont la signification m'échappait, un conflit tellement troublant que je me voyais à la fois désireux de contribuer au travail effectué par mes compagnons et tourmenté par l'idée de le contrarier.

Ce fut presque avec soulagement que j'entendis le professeur s'exclamer brusquement : « Il vient! »

Je levai les yeux. Une vague lumière verte provenait du plus profond de ce gouffre obscur au-delà du portail, une lumière semblable à celle qui illumina mon rêve. Je savais, sans l'ombre d'un doute, que ce qui allait émerger de cet abîme ressemblerait à l'être de mon rêve; une créature caricaturale, horrible et terrifiante avec une tête grotesque et gigantesque à moitié humaine. Un instant, je me sentis poussé non à suivre les autres, qui déjà regagnaient les canots en emportant le détonateur, mais à me jeter dans ce puits de ténèbres, au bas des marches monolithiques, dans cet empire souterrain de R'lyeh la maudite où le Grand Cthulhu repose en rêvant, attendant le moment de ressurgir une nouvelle fois et de régenter les océans et les continents de la Terre.

Cette impression se dissipa. Je répondis à l'appel du professeur Shrewsbury et le suivis avec l'horrible certitude que j'étais la victime toute désignée de cet être fantômatique qui se frayait un chemin hors des profondeurs surplombées par ce temple infernal, l'aura maléfique de ce charnier s'élevant derrière moi telle un nuage.

Je fus le dernier à atteindre les canots et nous avons immédiatement poussé au large.

Il faisait encore jour, bien que la nuit fût sur le point de tomber. Le soleil ne s'était pas encore couché, de telle sorte que nous pouvions tous parfaitement voir ce qui se passait sur l'île. Nous nous sommes éloignés autant que nous le permettaient les fils du détonateur. Nous entendîmes alors l'ordre du professeur Shrewsbury pour déclencher l'explosion et nous avions tout le loisir de voir cet être fantômatique émerger des profondeurs.

Le premier mouvement perceptible fut celui des tentacules, s'extrayant de l'ouverture en suintant, rampant sur les grands rochers; il s'accompagnait d'un horrible bruit de vase et de succion, évoquant des bruits de pas issus des entrailles de la terre. Brusquement apparut la chose, se dessinant dans l'encadrement du portail, précédée par l'émanation d'une lumière verte, chose qui était bien plus qu'une masse protoplasmique; de son corps partait un millier de tentacules de toutes tailles qui battaient l'air; sur sa tête qui changeait constamment de forme, devenant tour à tour bosse informe et semblant de tête humaine, s'ouvrait un seul œil malveillant. Un horrible hoquètement, accompagné d'ululations et de sons de flûte, arriva jusqu'à nous.

Je fermai les yeux; je ne pouvais supporter de voir éveillé l'horreur que j'avais vue en rêve peu de temps auparavant.

A cet instant, le professeur Shrewsbury donna le signal.

Les explosions produisirent une terrible onde de choc. Qu'est-ce qui pouvait résister à ces premières explosions qui soufflèrent le portail et remuèrent ciel et terre? La chose dans l'entrée aussi avait été déchiquetée et par moments des blocs de rochers se fracassaient sur elle, parachevant son anéantissement. Mais, ô horreur, lorsque mourut le bruit de l'explosion, parvinrent à nouveau à nos oreilles les mêmes ululations, les mêmes sifflements et le même hoquètement. Et alors sous nos yeux, les entrailles désagrégées de la chose des profondeurs confluèrent, *se reconstituant* et se reformant une nouvelle fois!

Le visage du professeur Shrewsbury était blafard mais il n'hésita pas. Il ordonna que les canots regagnent le destroyer; ce que nous avions vu nous donna la force de ramer et nous atteignîmes le *Hamilton* en très peu de temps.

Le général Holberg, les jumelles à la main, vint à notre rencontre sur le pont supérieur.

— Une chose terrible, professeur Shrewsbury. Va-t-on employer l'*arme?*

Le professeur Shrewsbury acquiesça silencieusement.

Le général Holberg leva un bras.

— Maintenant, regardez, dit-il.

La chose sur l'île continuait à grossir. Elle dominait maintenant les ruines, s'étendait dans les cieux, commençant à glisser doucement vers le bord de l'eau.

— Horrible, horrible, murmura le général Holberg. Mon Dieu, qu'est-ce que c'est?

— Peut-être quelque chose d'une autre dimension, répliqua le professeur. Nul ne sait. Il est même possible que l'*arme* soit impuissante à la détruire.

— Rien ne peut y résister, Monsieur.

— L'esprit militaire, murmura le professeur.

Le *Hamilton* s'éloignait en prenant de la vitesse.

— Combien de temps cela prendra-t-il, Général?

— Le porte-avions devrait avoir reçu notre signal; l'avion est chargé. Juste le temps pour nous d'atteindre la zone de sécurité.

Sur l'île, une grande masse noire se dressait, ne diminuant seulement que parce que nous nous éloignions rapidement. Maintenant l'île elle-même était hors de vue, et seule la masse noire restait visible, se détachant sur le ciel.

Un avion qui se dirigeait vers l'île passa au-dessus de nos têtes.

— Le voici, cria le général Holberg. De grâce, détour-

nez vos regards. Même à cette distance, la lumière sera
aveuglante.

Nous nous retournâmes docilement.

Quelques instants plus tard, il y eut un bruit terrible.
Après quelques secondes, le souffle de l'explosion nous
frappa comme une gifle.

Il s'écoula un long moment, nous sembla-t-il, avant
que le général parla à nouveau.

— Vous pouvez regarder maintenant si vous le désirez.

Nous nous retournâmes.

A la place de l'Ile Noire montait un nuage gigantesque,
formant un champignon plus grand que l'île elle-même,
un nuage blanc, brun et gris mêlé de teintes splendides
Et je sus ce qu'avait été cette *arme*, me rappelant Hiroshima
et l'expérience de Bikini, je sus quelle force titanesque
s'était abattue sur cette île menaçante qui apparut une
dernière fois à la surface du Pacifique pour être anéantie
avec tout ce qu'elle abritait, pour toujours.

— Je pense que la chose ne peut avoir survécu à cela,
dit calmement le général Holberg.

— Je prie le ciel que vous ayez raison, dit avec ferveur
le professeur Shrewsbury.

Maintenant que plusieurs mois se sont écoulés, je me
rappellle la gravité du professeur Shrewsbury lors de
notre départ; je me rappelle comment il nous témoigna
sa sympathie. Depuis, j'ai compris ce qui alors était incompréhensible : cet homme étrange et intelligent qui portait
toujours des lunettes noires n'avait pas d'yeux qui pouvaient voir; et cependant il voyait et il me connaissait
mieux que je ne pouvais moi-même me connaître.

Il m'arrive souvent de songer à cela. Nous nous sommes
séparés là où nous nous étions rencontrés, à Singapour,
je regagnai le Cambodge puis Calcutta et le Tibet avant
de retourner sur la côte où je pris un navire pour l'Amérique; ce n'était pas tant la curiosité archéologique qui m'y

conduisait mais plutôt la volonté d'en savoir plus sur mon compte, sur mon père, ma mère et mes grands-parents. Nous nous séparâmes en amis, unis par un même lien. Les paroles du professeur Shrewsbury avaient été pleines d'espérance, bien que vaguement prophétiques. Peut-être, avait-il dit, est-Il mort dans l'explosion atomique; mais nous devons reconnaître, avait-il insisté, que quelque chose d'une autre dimension, quelque chose d'une autre planète pouvait ne pas être assujetties à nos lois naturelles; on ne pouvait qu'espérer. Son œuvre avait été accomplie; il avait été aussi loin que possible, sa vigilance incessante ayant permis de refermer temporairement toutes les ouvertures qui pourraient être utilisées par Cthulhu ou ceux qui le servent, qui l'adorent et exécutent les ordres des Anciens.

J'étais le seul à douter de la mort et de la désintégration de la chose de l'Ile Noire. Je savais, par une intuition que je pourrais expliquer, que R'lyeh gisait encore dans les profondeurs, abîmée mais non détruite, que l'habitant de ces profondeurs subaquatiques survivait encore sous la forme qu'il désirait, que ses adorateurs lui étaient toujours fidèles dans tous les océans et tous les ports du monde.

Je retournais chez moi pour comprendre la raison de ce que je reconnus pour un sentiment de parenté avec les Profonds, pour la chose qui vivait dans le royaume englouti de R'lyeh, pour Cthulhu, dont on a pu dire et comme on le dira jusqu'à son retour, *Ph'nglui mglw'nafh Cthulhu R'lyeh wgah-nagl fhtagn*. Je retournais dans ma maison du Massachusetts pour comprendre pourquoi ma mère resta voilée la plus grande partie de sa vie, pour apprendre ce que cela signifiait d'être un Waite d'Innsmouth, détruite par les agents fédéraux en 1928 afin d'enrayer la peste maudite qui s'était abattue sur les habitants, dont les Waite qui furent mes grands-parents et mes parents. En effet, leur sang coule dans mes veines, le sang des Profonds, résultat de sombres accouplements dans le Pacifique Sud.

Et je sais que j'ai mérité leur haine pour avoir trahi mon sang et même maintenant je me sens profondément attiré par les profondeurs, impatient de marcher à la gloire de Y'ha-nthlei où il repose dans l'Atlantique près du Récif du Diable au large d'Innsmouth, de contribuer à la splendeur de R'lyeh dans les eaux au large de Ponape. Et même maintenant, je ressens la peur de les retrouver encore souillé de ma trahison.

La nuit, je les entends appeler, « Horvath Waite. Horvath Waite !

Et je me demande combien de temps il leur faudra pour me trouver.

Et il était vain d'espérer, comme l'espérait le professeur Shrewsbury, que Cthulhu pouvait avoir été vaincu si facilement. La bataille des Premiers Dieux avait été bien plus formidable, bien plus titanesque que cette bombe impressionnante qui effaça l'Ile Noire de la surface du Pacifique en ce jour mémorable. Et cette bataille interstellaire avait eu lieu bien avant la victoire des Premiers Dieux qui étaient tout-puissants, qui dépassaient en grandeur tous les autres et condamnèrent pour toujours les Anciens à l'obscurité extérieure.

Des semaines après ma bouleversante découverte, je me demandais lequel de nous serait le premier retrouvé. Je me demandais comment cela se manifesterait — certainement pas par un meurtre exemplaire qui, en effrayant le professeur Shrewsbury et ses compagnons, leur ferait abandonner leurs desseins.

Et aujourd'hui, les journaux m'apportèrent une réponse.

« *Gloucester, Mass.* — Le Révérend Abel Keane, ministre récemment consacré, s'est noyé aujourd'hui alors qu'il se baignait près de Gloucester. Il passait pour être un excellent nageur, mais il disparut sans que les autres baigneurs s'en aperçoivent. Son corps n'a pas encore été retrouvé... »

Maintenant je me demande qui sera le prochain ?

Et combien de temps durera l'interminable succession des jours avant que ceux qui Le servent m'appellent en expiation dans ces noires profondeurs où le Grand Cthulhu repose en rêvant, attendant que les temps soient venus pour ressurgir et prendre possession des terres et des mers et de tout ce qui y vit, une nouvelle fois comme jadis, une nouvelle fois et pour jamais ?

TABLE

Achevé d'imprimer en février 1990
sur les presses de l'Imprimerie Bussière
à Saint-Amand (Cher)

PRESSES POCKET - 8, rue Garancière - 75285 Paris
Tél. : 46-34-12-80

-– N° d'imp. 266. —
Dépôt légal : novembre 1988.
Imprimé en France

RENDEZ-VOUS AILLEURS

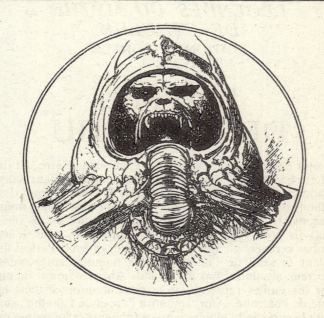

H. P. Lovecraft (1890-1937) a developpé depuis L'Appel de Cthulhu *une mythologie entièrement imaginaire. Il a su la faire partager à ses amis – Clark Ashton Smith, Robert Howard, Frank Belknap Long, August Derleth – qui à leur tour ont évoqué les Grands Anciens dans des récits fantastiques extraordinairement inspirés.*

H. P. LOVECRAFT
et A. DERLETH
présentent

LÉGENDES DU MYTHE DE CTHULHU
ÉDITION INTÉGRALE
TOME 1

L'APPEL DE CTHULHU

Ils sont descendus du ciel et ont régné sur la Terre. Et ils ont été bannis hors du monde. Ils sont couchés dans leurs sépulcres au fond de la cité perdue de R'Lyeh. Depuis des millions d'années, ils méditent. Ils savent tout ce que nous pensons. Ils inspirent nos cauchemars et nos cultes obscurs. Ils sont tapis dans la ville engloutie, sous leurs tombes vertes et gluantes, et ils veulent revenir. Parfois ils frôlent le seuil de l'univers et les hommes entrevoient l'horreur absolue. Mais les Grands Anciens savent qu'un jour les étoiles reprendront la position propice dans le cycle de l'éternité. Alors retentira l'appel de Cthulhu ; sur toute la surface du globe, dans les immensités lointaines et les lieux retirés, les adorateurs secrets accompliront les rites immondes ; la terre tremblera ; la cité monstrueuse émergera des océans ; les Grands Anciens sortiront de leur sombre demeure, libres de réduire la Terre à merci. Et les hommes se mettront à hurler, à hurler de peur, de frénésie et de rage déchaînée.

LA CHOSE
DES TÉNÈBRES

Les lumières se sont éteintes, mais il y a les éclairs. Il semble qu'une influence tente de passer. Pluie, tonnerre, vent. La chose pénètre mon esprit...

Maintenant la foudre est noire, la nuit est lumineuse. De quoi aurais-je peur ? Je me souviens de Yuggoth, puis de Shaggai, plus lointaine encore, de l'ultime vide au-delà des ténèbres, du long vol à travers l'abîme...

Allons, je m'appelle Blake. Azathoth, aie pitié de moi ! Il n'y a plus d'éclairs et pourtant je vois tout. La créature cherche son chemin dans la tour. Elle sait où je me trouve...

Je suis Robert Blake mais je vois la tour dans la nuit... L'odeur est monstrueuse... La fenêtre craque... Iä... ngai... ygg...

Je la vois... elle vient... vent d'enfer... ailes noires... Yog-Sothoth, sauve-moi... l'œil brûlant aux trois lobes...

Après la mort de Lovecraft, son ami et exécuteur testamentaire August Derleth dirigea la publication de ses inédits (1 et 4) et la réédition de ses écrits sous pseudonymes (2 et 3) avant de prolonger son œuvre (5 et 6). Le travail exemplaire d'un inconditionnel.

LE RÔDEUR DEVANT LE SEUIL

Sa piste s'arrête à l'orée du bois. Son fusil et son chapeau sont restés dans la neige, ce qui m'a permis de l'identifier : Jededyah Tyndal, un jeune homme de quatorze ans, qui est introuvable – et qui malheureusement le restera. Je pense qu'une Entrée a été laissée ouverte d'une façon ou d'une autre et que Quelque Chose l'a empruntée sans que je sache de quoi il peut bien s'agir. Les empreintes sont nombreuses et il pourrait y avoir plusieurs Créatures de grande taille ; je n'en ai vu aucune mais je ne suis pas sûr qu'Elles soient invisibles. Savez-vous à quelle page du livre se trouve la formule qui permettrait de Les renvoyer chez Elles ? Je vous supplie de faire vite car Elles se nourrissent apparemment de sang comme les autres et nul ne peut dire quand Elles reviendront du Dehors et se remettront à chasser les gens.

H. P. Lovecraft (1890-1937) est sans doute le plus grand auteur fantastique américain de notre siècle. Pourtant il resta toute sa vie en marge. Il en fut réduit à réviser – moyennant finances – des textes que des écrivains amateurs lui proposaient sous forme d'esquisses, voire de récits de rêves. Il en a tiré du pur Lovecraft, parfois du meilleur.

L'HORREUR
DANS LE MUSÉE

Rogers avait cessé de hurler et de se cogner la tête contre la porte massive ; il se pencha comme pour écouter. Un rictus de triomphe éclaira son visage ; il chuchota :
– Ecoute ! Ecoute bien ! Entends-tu le bruit d'éclaboussures qu'*il* fait en sortant de *sa* cuve ? *Il* est arrivé sur Terre, venant de Yuggoth la grise, où les villes se trouvent sous la mer chaude et profonde. Donne-moi mes clefs, nous devons *le* faire entrer et nous mettre à genoux. Puis nous irons chercher un chat ou un chien, peut-être un homme ivre, et *lui* donner à manger.
Jones eut le souffle coupé. Il aurait dû savoir que cet endroit le rendrait aussi fou que Rogers. On le sommait d'entendre l'éclaboussement d'un monstre mythique derrière cette porte, et à présent... que Dieu lui vienne en aide... *il l'entendait effectivement !*

L'HORREUR
DANS LE CIMETIÈRE

– Faites attention ! Les Atlantes ne savaient pas ces choses. J'ai parlé au Yémen avec un vieil homme qui était revenu vivant du Désert Cramoisi – il s'était prosterné devant les autels souterrains de Nug et de Yeb...

La voix n'était plus qu'un murmure. Clarendon sombra dans la stupeur. Puis, aux heures sombres de la nuit, il se déchaîna. James le contint de toutes ses forces. Jamais il ne répétera ce qu'il a entendu sortir de ces lèvres gonflées. D'ailleurs, qui le croirait ?

Au matin, Clarendon reprit conscience et parla d'une voix assurée :

– Tout ce qui est ici doit disparaître. Brûlez tout : si quelque chose en réchappe, Surama répandra la mort sur toute la surface du monde. *Et surtout, brûlez Surama !* Ne lui permettez plus de ricaner devant les tortures de la chair mortelle. Débarrassez l'univers de sa pourriture originelle... que j'ai tirée de son sommeil séculaire...

Howard Phillips Lovecraft (1890-1937) est avec Edgar Poe le plus illustre auteur fantastique américain. Son ami August Derleth (1909-1971), agissant en qualité d'exécuteur testamentaire, a complété ses manuscrits inachevés avec un remarquable sens du style cabalistique de l'auteur, de la topographie de la sinistre région d'Arkham et de l'inquiétante mythologie des Grands Anciens.

L'OMBRE VENUE DE L'ESPACE

Je traînai le cercueil et son infernal contenu jusqu'au bûcher. Je regardai le feu consumer le tout ; j'entendis seul le hurlement strident, le glapissement de rage que les flammes crachèrent comme autant de blasphèmes.

Toute la nuit, je regardai rougeoyer et décroître les cendres du bûcher.

C'est alors qu'un chat noir apparut sur le seuil de ma porte et me lança un mauvais regard.

Et je me souvins du sentier que j'avais suivi à travers les marais, des empreintes boueuses, de la fange sur mes souliers. Je me souvins du coup de griffe à mon poignet, du Livre Noir que j'avais signé...

Je me tournai vers le chat tapi dans l'ombre et l'appelai doucement par son nom.

Il s'approcha, s'assit sur son derrière.

Je sortis mon revolver du tiroir du bureau et tirai posément.

Le chat me regardait toujours. Pas un poil de sa moustache n'avait bougé.

LE MASQUE
DE CTHULHU

De l'endroit où je me trouvais, je voyais les flammes
dévorer la maison. Je distinguais aussi, par intervalles, les
Êtres des profondeurs qui hurlaient désespérément avant
de disparaître dans cet horrible brasier. Enfin il y eut cette
gigantesque créature qui se dressa au milieu du feu en
agitant ses tentacules avant de retomber finalement dans
le gouffre infernal en une longue et sinueuse colonne de
chair, pour s'évanouir sans laisser la moindre trace.
Alors j'entendis, comme tous ceux qui entouraient la villa,
une voix qui chantait dans la nuit :
– Ph'nglui mglw'nafh Cthulhu R'lyeh wgagh'nagl fhtagn !
On aurait dit un langage primitif, informe, à peine
articulé, qui se rapprochait de plus en plus des cris d'un
animal et s'élevait par moments jusqu'à un ululement.
La voix annonçait au monde entier que le Grand Cthulhu
continuerait à attendre en rêvant dans le refuge subaquatique de R'lyeh, cherchant des hommes et des femmes pour
satisfaire ses volontés jusqu'à l'heure de sa résurrection.